血鎖《ちぐさり》の鎧の完成だ。アイテムボックスの腕輪を囲う細かな血鎖が籠手を形成。
流線の形をした血鎖が前腕を覆っていた。

カルード・フローグマン
ユイの父。元武門の出で、凄腕の剣士でもある。渋い中年男だが、猫好きな一面も。
ユイ・フローグマン
かつてシュウヤが出会い、愛した女暗殺者。「ベイカラの瞳」の特殊スキルを持つ。
BLACK CAT

エヴァ・ナイトレイ
トンファーを操る美女。普段使っている魔導車椅子は、車輪付きの義足に変化可能。
レベッカ・イブヒン
蒼炎神エアリアルの血を引く、ハイエルフの魔法使い。火系統魔法のエキスパート。
STRANGER &

「ん、大好き」
「そんなにジロジロ見ないで！」

槍使いと、黒猫

STRANGER & BLACK CAT

13

author
健　康
illustration
市丸きすけ

口絵・本文イラスト　市丸きすけ

迷宮都市ペルネーテ

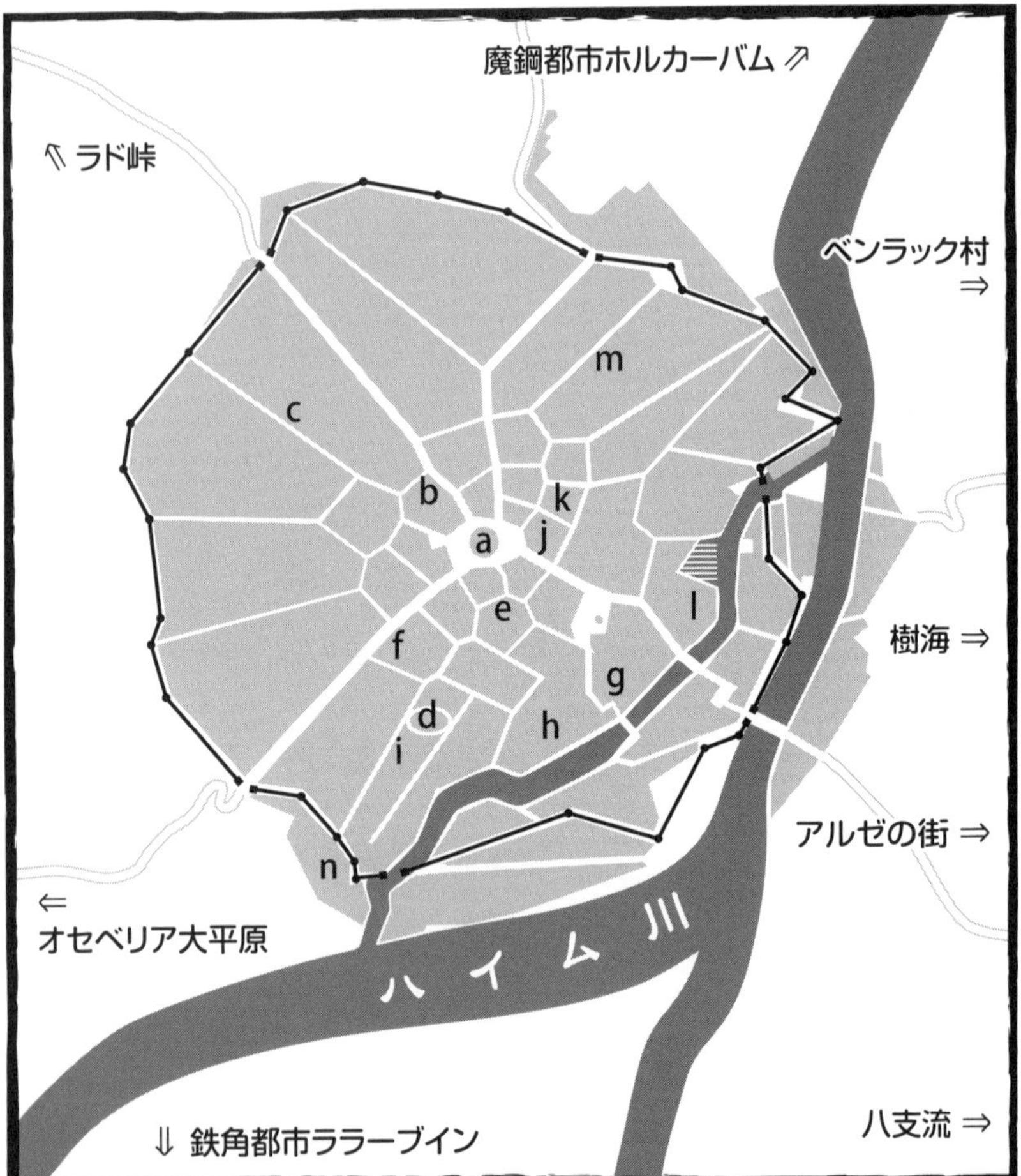

a：第一の円卓通りの迷宮出入口
b：迷宮の宿り月(宿屋)
c：魔法街
d：闘技場
e：宗教街
f：武術街
g：カザネの占い館
h：歓楽街
i：解放市場街
j：役所
k：白の九大騎士の詰め所
l：倉庫街
m：貴族街
n：墓地

「槍使いと、黒猫。」舞台地図
南マハハイム地方
⇑砂漠都市ゴザート
⇐古代遺跡ムーゴ&
メファーラの祠
ゴルディクス大砂漠
マハハイム山脈
北東、レリック地方⇒
■ゴルディーバの里
エルフの領域
（テラメイ王国）
魔霧の渦森
ラド峠
太湖ルルザック
■太湖都市ルルザック
ドラゴン崖
■葉脈墳墓
■魔鋼都市ホルカーバム
■城塞都市ヘカトレイル
ハイム川
レフテン王国
■王都ファダイク
■不屈獅子の塔
●塔烈都市セナアプア
■古都市ムサカ
■城郭都市レフハーゲン
■
ペルヘカライン大回廊
迷宮都市ペルネーテ■
■ベンラック村
オセベリア大平原
オセベリア王国
サーマリア王国
ハイム川
バルドーク山
グリフォン丘
穀倉地帯
■鉱山都市タンダール
王都ハルフォニア■
支流
■アルゼの街
ハイム川支流
ハイム川
樹海
ノイルの森
ハウザンド高原
⇐ラドフォード帝国
鉄角都市ララーブイン■
ララーブイン山
⇓王都グロムハイム

第百四十九章「エヴァの過去語り」

鏡に映る紫色《むらさきいろ》の瞳《ひとみ》は、あの頃《ころ》と変わらない。けど、胸は膨《ふく》らんだ、身長も伸《の》びた。

そして、足から出た骨も違《ちが》う。今ではちゃんとした鉱物を溶《と》かして金属を足に吸着できる。武器にもなる金属の足。ん、成長して冒険者《ぼうけんしゃ》にもなった。

櫛《くし》で髪《かみ》を整えつつ、また鏡を見てから本棚《ほんだな》にも目がいった。まだ迷宮《めいきゅう》には向かわない。

少し過去を振《ふ》り返《かえ》りたい気分になった。本棚の本は、

……『隠《かく》れた古貴族フェンロン一族』。ベファリッツ大帝国《だいていこく》の古貴族のお話。

先生の名もフェンロン。元六大トップクランのメンバーで冒険者でもあり武芸者。

フェンロン流棒術の使い手。わたしもフェンロン流棒術を習った。弟子《でし》。

その先生は、冒険者としての過去を少しわたしに語ったぐらいで、自分の出身のことは内緒《ないしょ》のことが多かったから、先生に関して、この本から何か情報が得られたら……と、この本を買って独自に調べたけど、先生の情報に繋《つな》がることは少なかった。

いつか、会えると嬉《うれ》しいな……と、その本の横に挟《はさ》まっている日記帳を取った。

日記帳と本を机に置く。日記を開きつつ過去を思い出していった。

日記のページをかなり遡《さかのぼ》った。ペルネーテに来た頃のページを見て、ふと、また鏡を見る。ん、紫色の瞳が揺《ゆ》れている……〈念動力《ねんどうりよく》〉を発動。紫色の魔力《まりよく》を体から出した。

鏡に映るわたしの体から紫色の魔力が溢《あふ》れ出《で》た。

いつ見ても不思議。魔力だと思ったけど魔力ではない？

紫色の魔力で触《さわ》れば物を掴《つか》めるんだから凄《すご》いスキル。その〈念動力〉の紫色の魔力を体に仕舞《しま》って、ペルネーテの頃の日記に目を通していると、

「お嬢様《じようさま》〜迷宮にまだ行っていないのなら特製プッコの新作を味見しませんか〜、近所の子供たちがエヴァお姉ちゃんと遊びたいって、店の右手の広場に集まっていましたよ」

と、下の階からリリィの声が響《ひび》く。

「ん、リリィ、待って、迷宮に行く前に、今考え事があるから、あとで〜」

「はいです〜」

リリィの間延びした声を聞いて、幼い頃の自分の気持ちをふと思い出す。

リリィとディーに父と母。ナイトレイ家の皆《みな》と先生……。

立ち上がった。ゆっくりと傍《そば》にある鏡に近寄った。

そして、〈紫心魔功《パープルマインド・フェイズ》〉を実行しつつ手を伸ばす。

鏡の自分もわたしの手に触《ふ》れた刹那《せつな》――。
自然と鏡の紫色の瞳に幼い頃の自分が映った。
その心がわたしと繋がる。

父と母は、わたしのことがきらい。
わたしはふつうじゃないから、へんな足を持つから……家族からきらわれた。
だから、こんな骨の足はきらい……。

これは幼い頃の強い記憶《きおく》……。
更《さら》に、わたしは、鏡に映る自分に語りかけるように名を心の中で告げていた。
わたしの名はエヴァ・ナイトレイ。
葉脈墳墓《ふんぼ》があるナイトレイ地方の男爵《だんしやく》家の娘《むすめ》として生まれた。
……わたしの紫色の瞳……。
この瞳も、当初は魔族の先祖帰りと呼ばれた。
あとから知ったけれど、この瞳の虹彩《こうさい》は先祖帰りではないことを知った。
でも、もう一つは……決定的に魔族の血を引くと分かるモノ。

それは、足。今は立派な金属の足がある……ん、当時は……脹《ふく》ら脛《はぎ》の下は骨と歪《いびつ》な肉だけだった。左右の足の脛骨《けいこつ》と腓骨《ひこつ》のバランスも違う。右足は腓骨と脛骨が剥《む》き出《だ》していて……左足のほうには腓骨がない。太い脛骨と脹ら脛には、小さい肉が付着している。

普通《ふつう》に歩くことができない脛骨が剥き出しの奇形児《きけいじ》。

貴族としての対面を重視する父と母に嫌《きら》われる原因にもなった。

そして、今も自分の過去と繋がった感覚を得ているように〈紫心魔功《パープルマインド・フェイズ》〉という特別なエクストラスキルを持つ。この〈紫心魔功《パープルマインド・フェイズ》〉の能力は手で触れた相手の心を読むことができる。サトリ系の能力で、相手が何を考えているか心の声が聞こえてくるスキル……勿論《もちろん》、心が読めない時もある。心を読めるのは表層の一部。ん、意図せずに相手の心を知ってしまうことが多いから大変。だから、父と母に露見《ろけん》していたら、もっと嫌われていたはず……。

更にエクストラスキルはもう一つある。それはさっきも発動した〈念導力〉。ん、この〈念導力〉の紫色の魔力は凄い——と、〈念動力〉を発動。

鏡の上部に纏《まと》わせた紫色の魔力で、鏡を浮《う》かせた。

こうやって物に触れたり掴んだ物を動かせたりできる。あと〈念動力〉を紫魔力《むらさきまりょく》とか略称で呼ぶこともある。魔力を消費するけど、かなり便利なスキルだと思う。

そして、父と母は、幼い頃のわたしの姿を見て不憫《ふびん》に思ったのか鍛冶屋《かじや》と錬金術師《れんきんじゅつし》で高名だったドワーフ一家のマセティノ一家に大金を支払《しはら》って、わたし専用のトンファーの武具と魔導車椅子《まどうくるまいす》の作成を依頼《いらい》してくれた。最初は嬉しかった。

でも、武器と魔導車椅子の作成作業が進むうちに嫌《いや》になった。特別な椅子を作るための素材として、髪の毛《け》、血、爪《つめ》、皮膚《ひふ》の一部が必要だからと……鉈《なた》で体の一部を切られたから。わたしだけが動かせる専用コアに必要なのだと言われても、幼い当時のわたしには、何の事か解《わか》らない。だから恐怖《きょうふ》でしかなかった。

マセティノ家の一番偉《えら》いドワーフはグドラ樹《じゅ》製で金剛樹《こんごうじゅ》、白命鋼、錬魔鋼、霊魔《れいま》鋼を掛《か》け合《あ》わせると言っていた。けど、頭に入らない。凄く怖《こわ》かった。泣いたけど、だれも助けてくれない。　当時は、ドワーフたちのことを嫌いになった。

ん、そんなトラウマな生活が続いた時……。

リリィがわたし専属のメイドで雇《やと》われて一緒《いっしょ》に生活をするようになった。

「おじょうちゃまっを、わたぢが守るっ」

当時のわたしは、リリィの守るという意味が分からなかった。

「ん、ちっさい」

学校に行けなかったから友達ができたと嬉しかった。そのリリィのお陰《かげ》で、家にあるド

ワーフの作業場に向かうことが少し楽になった気がした。

リリィとは一緒に遊び回るようになった。

そして、幼い頃、誰《だれ》にも言わなかった事を打ち明けていた。

「りりぃー、わたし、気持ちがわかるの」

「きもちですか?」

「うん、心の一部だけ」

「すごいです、嬢様っ」

「でも、皆には内緒、リリィだけ」

「はいですっ」

リリィのお陰で、勇気を保てた。毎日ちゃんとドワーフの作業場に向かう事ができた。

そんなある日の作業場で、ドワーフ一家のお兄さんとお姉さん方々が大喧嘩《おおげんか》。

攻撃魔法《こうげきまほう》と片方の拳《こぶし》から出た刃《は》を互《たが》いに活《い》かす殴《なぐ》り合いの闘《たたか》いが起きては、作業場の大切そうな魔道具類《るい》が幾《いく》つも壊《こわ》れて素材が爆発《ばくはつ》。そんな喧嘩《けんか》の中心にいたのは……。

顎《あご》が細長くて、頬に変なマークのあるお兄さんドワーフ。

その顎が細長いドワーフお兄さんは施術《しじゅつ》する前にお菓子《かし》をくれたり、変顔をワザと作ってくれたりした。いつも、不安気なわたしを不憫《ふびん》に思ったのか、笑わせようとしてくれた。

その顎が細長いドワーフお兄さんは、自分のお父さんに向けて、

「冗談《じょうだん》じゃねぇ、子供の体をなんだと思ってやがんだ！　まだ小さいのに、何回も体を傷つけて、親父《おやじ》は、魔導車椅子のコアに集めた素材はもう終わったと言ったじゃねぇか！　今度は、子供の脳幹と松果体の一部が必須《ひっす》だぁ？　神聖回復薬《エリクサー》で直《す》ぐに回復するとはいえ、子供の脳から素材採取とか【血印の使徒】やら【悪夢教団ベラホズマ】共の変態野郎《やろう》と同じじゃねぇか。おれは、こんな依頼はもう続けたくねぇぞ……」

そう怒鳴《どな》って抗議《こうぎ》。わたしのために怒《おこ》ってくれた。暫《しば》し、一家の仕事の作業を中断させる。でも、結局は魔導車椅子を作る作業は再開。直ぐにわたしは眠《ねむ》らされた。

紆余曲折《うよきょくせつ》在りつつも作業の日々が続いた。

そうしてから、無事にトンファーと魔導車椅子は完成した。

痛い思いをしたけれど、わたしにとって、トンファーと魔導車椅子は大切なアイテムだと幼いながらに理解して不満は言わなかった。

トンファーは杖《つえ》にもなる。武器であり大切な足！　そのドワーフ一家は仕事をやり遂《と》げると、次の仕事のため西のラドフォード帝国《ていこく》に去った。わたしを守ろうとしてくれた細い顎を持つドワーフの名は……デナッツ？　マセティノ一家しか覚えていない。忘れてしまいました。済まない、ごめんなさい。でも、感謝。トンファーはわたしの足や武器になる。

魔導車椅子《くるまいす》も他の車椅子にない機動力。

そして、『この魔導車椅子をちゃんと操作できるようになりなさい』と厳しく言いつけられる。更に、父は高度な魔法《まほう》も扱《あつか》えて近接戦闘《せんとう》も可能な戦闘職業を持つクレイン・フェンロンという美人なエルフの先生も専属で雇った。その先生と魔法と武術の修業《しゅぎょう》を行う事になった。先生との修業が激しい頃……わたしの足から出た骨が、普通でない事に気が付く。ある時、足に魔力を溜《た》めると、露出《ろしゅつ》した骨の表面に不気味な紋章《もんしょう》が刻むように出現して輝《かがや》くことを知った。この時わたしはかなり驚《おどろ》いた。ん、でも、このあとのほうが凄かった。その輝いた骨の足を地面に付けた時――地面の鉱物が溶けた！　そして、液体金属に変化すると、一瞬《いっしゅん》で、その液体金属が、わたしの骨の足に付着した！

ん、同時にかなりの魔力を消費した！　けど、一瞬で、奇形《きけい》の剥き出しの骨が、金属の足と化したから、かなりびっくり。同時に〈魔工士〉という戦闘職業を獲得《かくとく》していた。

凄く嬉しかった！　ん、当時の興奮を思い出す！　あ、鏡のわたしの鼻の孔《あな》が膨らんだ！

でも、当時は本当に嬉しくて心臓も高鳴ったと覚えている。

あ、でも〈魔工士〉を獲得してから、興奮が冷めると……不安になったんだ。

足に吸着した金属は分厚かったし、金属を溶かして骨に融解《ゆうかい》した金属を吸着させるとか、普通ではない足だから怖くなったことを思い出した。でも、直ぐに気分は持ち直した。

そう、もう奇形の足ではない！　金属の足に、ちゃんとした足になる！

金属の足で、歩く訓練を続ければ普通に歩くことできる？

〈念導力〉で体を浮かせず自分の足で歩くことができるように、トンファーで支え歩く訓練をできるはず！　そんな考えに行き着いたわたしは心に火がついた。

そう『自分の骨の足を忌《い》み嫌ってばかりではダメなんだ』と……。

歪な骨の足に金属が付いたお陰で、わたしは自分自身を卑下《ひげ》することを止《や》めた。

奇形な足と骨だけど、わたしの成長を助けてくれる……とても大切な骨の足！

ん、ガイアの神に感謝。父と母とハギにリリィとディーにも感謝。

今も鏡に映る自分にも感謝したい。ん、全部に感謝。神様ありがとう。愛しています。

と、金属を納めるアイテムボックスを見る。

そう、わたしの金属の足は更に進化をしたからこそ、今がある。

金属を足に吸着させることができてから月日が経《た》って……。

何回、何百回も繰《く》り返していた頃。〈金属融解〉というスキルを得た。

ん、このスキルのお陰で、金属の種類もある程度《ていど》分かるようになった。

足から出た骨に金属を吸着させるのは今まで通り。

だけど、〈金属融解〉は金属を精錬《せいれん》しつつ加工も可能となるスキルだった。

炉《ろ》を使わずに、この骨の足を鉱石か土の金属類に付ければ金属を溶かして精錬しつつ骨の足に吸着させることができる。勿論、溶かすことのできない金属もあった。

でも、インゴットに精錬が可能な金属が増えたことで、わたしの足の骨に付着できる金属は増えて色々な二次効果が得られることで、わたしの足は更なる強化に繋がった。

土属性だから、金属と相性《あいしょう》がいいのだろう。ん、そして、当時、嬉しくなったわたしは、この足の骨に秘《ひ》められた能力を先生に報告してみた。

「エヴァ、その才能は素晴《すば》らしいよ」

「ん、本当？」

「あぁそうさね、貴族の証明証拠《しょうこ》だよ。専門の魔金細工師には及《およ》ばないが、土や金属を精製できるとは驚きさね。その武器になる骨の足。それは素晴らしい武器になる」

今でも思い出すと嬉しいぐらい、先生に褒《ほ》められて凄く嬉しかった。

専門の人には敵《かな》わないけど、土や金属の精製だけなら、わたしにもできる！

元六大トップクランのメンバーだった先生から言われると嬉しい。

先生の手を触って、確認《かくにん》したから本心だと分かる。

その先生と、実際の金属の足と一対《いっつい》のトンファーの金属棒を中心とした武術の訓練を続けていった。先生も二本のトンファーを扱う武芸者だから、わたしには好都合だった。

父が最初から狙《ねら》って先生を探していたのは、あとから知った。

ん、だから、自然とわたしも金属棒の扱いを学ぶ。

〈足使い〉、〈速舞士《まい》〉、〈足技使《あしわざ》い〉などの戦闘職業を獲得して〈軽棒術〉スキルを獲得。

魔力操作と魔法も学んだ。〈魔闘術〉のスキルは獲得済みだったけど、先生が知る体内の魔力を巡《めぐ》る魔力操作の基礎《きそ》を学ぶ。

そして、〈魔法使《まほうつか》い〉、〈魔道士〉、〈魔導使《まどう》い〉などの戦闘職業を獲得。

魔力の消費が多かったけど、トンファーを足の代わりにしつつ金属の足を格闘《かくとう》に使う武術は楽しい。足の骨に装着可能な鋼鉄製の専用クロスボウも研究して作った。

ん、リリィと遊ぶ機会が減った頃で喧嘩もした。

そのあとに戦闘職業が融合《ゆうごう》して〈鋼魔士〉という戦闘職業に変化したはず……。

戦いに自信を持てるようになった。

体内の魔力操作の技術〈魔闘術〉系の訓練を重ねて〈念動力〉の扱いに少し慣れた頃。

ついに、魔導車椅子にある魔導コアを反応させる事に成功した。

ん、あの時は最高に幸せな気分だった。

自由に魔導車椅子を操作できるようになった。

しゅばしゅばっと魔導車椅子が変形して立ち上がる事も可能になった。

ふふ、背もたれに座と車輪も足の置き板もブレーキも横鋼もハンドリムも変形が可能！

当時は、ババッと両手を挙げて喜んだ！　今も両手を挙げる！

ふふ、あ、ぶらじゃーが外れちゃった……と――ワンピースを脱《ぬ》ぐ。

――ふぅ……おっぱいに時々ボタンとか紐《ひも》が引《ひ》っ掛かるから……。

脱ぐ時は注意。ほつれる原因にもなるから気を付けないと……。

鏡に映る素肌《すはだ》の自分を確認――。

ん、横のお腹《なか》と太股《ふともも》のお肉増えた？　ううん気のせい……と、凝視《ぎょうし》……。

……ん、お店の試食は当分止《や》める！　そう決意して新しいワンピを着た。

そして、鏡を見ながら――ん！　ん！　ん！　ん！　ん！　ん！

「お嬢様～下に響いてますが、いったい何を～？」

「ん、気にしないで――」

と、スクワットを止めた。そのまま魔力を消費しつつ金属の足で歩く。

そう言えば……当時の魔導車椅子の魔導コアを反応させることができるようになったお陰で、この金属の足で歩くことが可能になったんだった。

ん、昔のわたしは頑張《がんば》り屋！

ふふ――と、スクワット！　金属の足があるからできる！

そして、恒久《こうきゅう》スキル〈金属融解〉も、魔導車椅子のメンテナンスに利用できることも知った。魔導車椅子の車輪の中に、様々な金属を納めることもできる！

〈念動力〉の紫色の魔力もある程度慣れた頃だからかも。

略して、紫の魔力か紫魔力は凄い。〈念動力〉の紫魔力で金属を包んで浮かして、金属による遠隔攻撃《えんかくこうげき》が可能。そして、金属の先端《せんたん》を刃状に変えて宙を行《い》き交《か》わせた！

クレイン先生に、この〈念動力〉の紫の魔力を見せたら、先生は魔力が備わった目でわたしを見つめながら、

「〈導魔術《どうまじゅつ》〉に近い技術。あまり見たことがない質だねぇ。冒険者の中でもかなりレアな能力だよ。迷宮都市で長らく活動していたが……鉄球使い、光斬糸、闇《やみ》斬糸使いと同じぐらいに貴重な能力だと思う」

「ん、先生みたいに活躍《かつやく》できる？」

「それは実際に経験してみないと分からない」

先生は笑顔《えがお》でそう言ってくれた。また訓練を再開。

でも、こうした修行の日々は唐突《とうとつ》に終わりを告げた。

そう……わたしがこのペルネーテに来る切《き》っ掛けになった事件。それは……

父が政変に巻き込まれた……。

わたしは父から命令を受けて、料理長のディーと召《め》し使《つか》いのリリィを伴《ともな》って……。

当時、ナイトレイ家が出資していた料理店がある迷宮都市ペルネーテに避難《ひなん》させられた。

父は貴族籍《せき》を没収される形で土地を他の貴族に取られてしまう。

そして、夜盗《やとう》に狙われて命を落とした。母と執事《しつじ》も同じ。その頃の日記のページはグチャグチャな文字になっている……先生は多勢に無勢の状況《じょうきょう》をなんとか逃《に》げ切って、その知らせをわたしに聞かせてくれた……わたしはそれを聞いて、泣いた。

父ショーン、母マリナ、執事ハギ……皆、死んでしまった。

生きているのは、料理長ディー、召し使いのリリィのみ。

ん、リリィとディーは、そんな悲しむわたしを優《やさ》しく見守ってくれた。

先生は責任を感じているのか、金の切れ目が縁《えん》の切れ目なのか、わたしたちを置いて旅に出ると言って迷宮都市から去った。だけど、先生を恨《うら》むとか、父の仇《あだ》を討《う》とうとかは思わなかった。わたしのエクストラスキル〈紫心魔功《パープルマインド・フェイズ》〉で、父と母の内面を幼い時から知っていたから……父がわたしを厳しく育てた理由は、愛ではなく貴族としての体面のためだけ。でも、それでも、大金を使って装備を調《ととの》えてくれたのは、感謝している。

でも、母はわたしのことを忌み嫌っていた。

いつも優しく接してくれていたけど……この子の足は気持ち悪いと、いつも心の中で愚《ぐ》痴《ち》をこぼしていた。幼い時は、どうして両親は愛してくれないの……と、嘆《なげ》いた。

でも、一緒に育ったリリィは、わたしの手を握《にぎ》りながら、

「わたちは、嬢様をあいちてますっ」

と、優しく話をしてくれて、それが本心と分かると、すごく心が温かくなって、嬉しかったのは覚えている。ディーは甘《あま》い料理をいつも修業のあとに出してくれた。

ん、優しいコックのお爺《じい》さん。そして、隠れた武術家であることは知っている。リリィと稽古《けいこ》しているところを見ていた。そのディーにも心が読めることを打ち明けていた。

「お嬢様、ありがとうございます。決して他言いたしませぬ」

ディーは真剣《しんけん》な顔だった。そうして、ディーとリリィと迷宮都市ペルネーテで第二の生活を送ることになったから、今がある。わたしはペルネーテで冒険者になった。

料理長のディーも新たな料理店をオープン。

名は〝迷宮名物料理屋リグナ・ディ〟。ディーは今も一階の店で試作料理を作っている。

リリィと一緒に食べているか、お喋《しゃべ》りのはず。

その召し使いのリリィも、わたしを追って冒険者となった。

だけど、当時は、数回しかリリィとパーティを組まなかった。

リリィに悪いけど、わたしは、ペルネーテで知り合いを作りたかったこともある。

冒険者の友もほしかった。リリィがいるのに……。

そして、ん、リリィが新しい鋼のナックルを装着していた時に、

「お嬢様、今日こそはパーティを組みましょう」

「ん、駄目《だめ》」

「えぇー、なんでですか、新しい武器でお嬢様をお守《まも》りする！」

「この間、一緒に組んだ」

「もう一度です！　わたしがお嬢様をお守りするのですから」

リリィが手を握ってきた。

『お嬢様を守りたい、昔の誓《ちか》いは忘れませんっ』

リリィの気持ちは伝わってくる。

「ん、今日だけだからね」

昔と変わらないリリィの気持ちを知って、凄く嬉しくなったから、つい許可をしてしまった。そうして、ペルネーテで生活を始めて数年間。

いつの間にか、他の冒険者たちから、わたしは、死の車椅子、死神のエヴァと、呼ばれて忌み嫌われてしまっていた。降りかかった火の粉を払《はら》っただけなのに。

だから、最近は日記帳は過去のページを読むことが多い。

すると、階段を上がる音が聞こえた。リリィだ。

「お嬢様、また日記帳を見て！　お嬢様を嫌う人族なんて放っておけばいいんです。お嬢様が強いから妬《ねた》んでいるんですよ」

「ん、ありがとう、リリィ」

いつもリリィはわたしを支えてくれる。いい子。

「ん、メンテナンスして、店のために、迷宮に行ってくる」

鏡の横に置きっぱの魔導車椅子のメンテナンスを行った。

これは、必ず毎日やることが日課。

「はい、ついていくのは……駄目ですよね」

「駄目」

リリィを危険な目には遭《あ》わせたくない。

「分かりました、待っています」

「ん」

リリィの笑顔を見てから、魔導車椅子を操作。少しスクワットしたことは内緒。

店を出て、冒険者ギルドでいつものように食材と魔石の依頼を受けた。

ん、迷宮に向かう。鉱山の奥《おく》に銀ヴォルクの湧《わ》く依頼もあったけど、奥には行かない。

手前で目的の鉱石を採る！　加工して、直ぐに水晶《すいしょう》の塊《かたまり》のある空間に戻《もど》れば、他の冒険者たちもいるし、銀ヴォルクと遭遇《そうぐう》する確率は低いと思う。

その思いで、わたしは二階層に入った。

順調に狩《か》りを行う。しかし、その途中《とちゅう》、銀ヴォルクに遭遇してしまった。

ん、戦うしかない……銀ヴォルクは、守護者級と同クラスと呼ばれた初心者キラー。

足の骨の切り札を使って、ダメージを与《あた》えたはずだけど、反撃《はんげき》を喰《く》らってしまった。

——リリィとディー……ご、ごめんなさ、い……。

——あれ、わたしは死ななかった。冒険者に助けられた？

背の高い、黒い髪で黒い瞳のサーマリアに多い平たい顔系でカッコイイ……。

不思議と吸い込まれそうな綺麗《きれい》な瞳を持つ人……。

ん、赤く光った気がする。わたしは、この男の人に抱《だ》っこされていた。

「……ん……な、何？」

考えがすぐに伝わってくる。

『黒髪《くろかみ》が綺麗だ、シャンプーは何を使っているんだろう』

『身体が柔《やわ》らかいし、綺麗な肌《はだ》だなぁ、紫の瞳だって、凄く綺麗で黒髪にマッチして美人さんだ』

『小さい唇《くちびる》にキスしちゃいたいなぁ、ちゅちゅっと……』

そこからは、えっちな事ばかり考えていた。

リリィが言っていた通り男の人の考えはこんな事ばかり……。

「起きたね。大丈夫《だいじょうぶ》かな？」

「……」

あれ、急にえっちぃな事はなくなった。

『まだどこか、怪我《けが》があるのか？』

『さっき回復魔法をかけたのに、心配だ。柔らかい身体だし、こんな若くて美人な子が』

彼《かれ》は偽《いつわ》りの無い本心で、わたしのことを心配してくれていた。

さっきのえっちぃなことも偽りの無い本心なんだ、本心で、わたしの容姿を褒めてくれていた……不思議と心地《ここち》よくなった。

「目は覚めてるよね？」

「……はぃ……」

『なんだ、顔を赤くして、俯《うつむ》いて、声が小さいぞ……』

「ごめんなさい……」

そう返事をしていた。

「とりあえず、その車椅子に乗せればいいかな？」

「……」

わたしは恥《は》ずかしくて、頷《うなず》くのみ。魔導車椅子を操作した。この男の人は優しい。

丁寧《ていねい》に魔導車椅子へと降ろしてくれた。そこに銀ヴォルクの死骸《しがい》が目に入る。

「あなたが……アレを……銀ヴォルクを」

銀ヴォルクを彼が倒《たお》したらしい。強い人のようだ。迷宮の帰りみちで本当に強いことを知る。

槍《やり》使い、魔槍《まそう》使い？　しゅっしゅっしゅっしゅっと器用に凄い槍技《やりわざ》と体術。

ロロちゃんも凄かったけど、シュウヤのことが気になって、彼の横顔ばかり見ながら迷宮を脱出《だっしゅつ》していた。助けられたからちゃんとお礼をしたい。

精算をすぐに終わらせて、彼をギルドの外で待つ。あ、きた。

「よっ、待っていたのか？」

恥ずかしいけど、誘《さそ》う。

「ん、そう……来て」

少しして、

「エヴァ、どこに連れてく気だ？」

「ん、あっちよ」

シュウヤは不安気な表情。わたしは構わずに先導——店に案内した。

リリィに食事を頼《たの》むと、

「さっき、お嬢様と呼ばれていたが？」

「ん……今は違う」

ナイトレイ家の事はあまり話したくない。

「そっか……」

「……ん」

シュウヤはきょろきょろし始めていく。お礼をちゃんと言わないと……。

「——シュウヤ。来てくれてありがと。助けてくれたお礼をしたかった」

「おう、俺《おれ》も食事は嬉しいよ。ありがとな」

彼の笑顔を見ると凄く嬉しくて、これからもずっとシュウヤと一緒にいたい。

どうしようもなくなっていた。リリィも手伝ってくれた。

パーティを組んでくれとシュウヤに嘆願《たんがん》していた。

最初は断られた。目の前が灰色に覆《おお》われたかのように感じて、凄くショックだった。

ん、だけど、その瞬間《しゅんかん》、わたしは自分自身の心を知る。

強くて助けてくれたシュウヤの事が、好き、好きなんだと。

彼と離《はな》れたくないという思いが胸に木霊《こだま》して苦しくなってきた。

彼は闇ギルドと関《かか》わり合いがあるので断ろうとしてきた。でも、わたしは素直《すなお》に心の気持ちに従った。何とか説得していたらシュウヤは笑顔でこれからもパーティを組むことを約束してくれた！　どきっと胸が鳴る。嬉しい。自然とシュウヤに抱きついていた。

明日もまたパーティを組む。楽しみ。可愛《かわい》い黒猫《ロロ》ちゃんにもまた会いたい。けど、シュウヤともっと会いたい。

不思議と部屋が暖色に包まれたような、愛の女神《めがみ》様が光臨してくれたような気がして、凄く幸せな気分になった。早く明日にならないかな。

パーティを組んで、レベッカ、ヴィーネとも知り合った。

迷宮に挑《いど》んで、依頼をこなして、バルバロイを倒したことは皆には内緒。精霊《せいれい》様の存在を知って驚いたけど、司祭様と強い剣士《けんし》の女性が知り合いだと知って少しショックを受けた。そして、気がかりだったことをシュウヤに告げた。ヴィーネは奴隷《どれい》。

最初はシュウヤに歯向かうような心持ちだったから、シュウヤに忠告した。

同時に、わたしの大事な心を読む力を告白していた。

シュウヤは、わたしの心読む力を知っても怖がらず、尊敬の意思を示してくれた。

美人だとか可愛いとか、気持ちを伝えてくれた。

ふふ、嬉しい。わたしもシュウヤが大好き。

でも、わたしのヴィーネに対する警告は意味がなかった。

どうやら、心を読み間違《まちが》えたみたい。シュウヤの事が好きだから、女、美人の女性に対して、いやな気持ち、狡《ずる》い気持ちで見ていたのかも知れない。

それに彼女《かのじょ》はダークエルフ……普通の心情とは異なっていた事も大きい。

彼女は奴隷から解放されていた。

シュウヤはヴィーネを信じている。だから、わたしも信じてみる。

それから何回か偶然《ぐうぜん》を装ってヴィーネに触れても、彼女は反抗《はんこう》どころか、わたしとレベッカにさえ、尊敬の意思を見せてくれた。シュウヤには尊敬を超《こ》えたある種の信仰《しんこう》に近い物凄《ものすご》い熱を帯びた感情が向けられている事も知る……。

ヴィーネはシュウヤの事を愛していると、この時知った。

わたしも負けていられない。チャンスを待つ。

そんな事を考えて過ごしていたら、最近は夢にまで出てきて、シュウヤが耳元でえっちいなことを囁《ささや》いてくる変な夢を見るようになった……でも、嬉しかったりする。

そして、魔宝地図に挑む事になった。魔宝地図の場所は、迷宮の五階層。

シュウヤは念のために戦闘奴隷《せんとうどれい》を買ったりした。

わたしたちを守りたい故《ゆえ》の行動だと思う。大きな家も買っていた。

ん、ディーとリリィには悪いけど、ここでシュウヤと住みたいな……。

次の日に、迷宮、魔宝地図に挑む事になり、レベッカと一緒に帰った。

帰り道の途中で魔道具店に寄り、魔物《まもの》の本も買う。

ん、今日は本を読んで五階層に湧くモンスターの勉強をしよう。皆の役に立つ。

ディーとリリィに話してからシュウヤの家に向かった。

家では、イノセントアームズの皆が集結。

シュウヤは、誰が前衛で、ワントップのフォワードだとか、ボランチが司令塔《しれいとう》とか、エンドウがどうとか、パスワークが大事だとか、ゴールキーパーは吹《ふ》き飛《と》ばされないように頭の毛を剃《そ》ってツルツルにしなければいけないとか、よく分からない事を言っていたけど、なんとなく通じていた。こうして、入念に戦術の話し合いを行う。

わたしたちイノセントアームズは、ギルドで依頼を受けてから五階層へ飛んだ。

五階層に湧いている様々なモンスターを倒し、順調に進むことができた。

途中で、他のパーティと遭遇。彼らはトップクランの一つだった。

でも、毒炎狼《グロウウォルフ》の大軍にメンバーの一人がやられてしまい、その炎《えん》毒を胸に浴びて苦しんでいた戦士を介抱《かいほう》しているところだった。

「周りの死骸から分かるように暴走湧《スタンピード》きに遭遇したようね。それに、あの怪我は毒？　中々厳しそう……」

ん、レベッカが怖がっている。確かにあの毒は怖い……。

「ん、毒炎狼《グロウウォルフ》の炎毒」

わたしも気を付けなきゃと思いながら話していた。

そんな苦しんでいる人を見たシュウヤは駆《か》け寄《よ》って話しかけていた。助ける気らしい。

そして、本当に助けていた。ん、水属性魔法を使えるシュウヤは本当に凄い！

地図にある二つの塔《とう》の真下に行く。二つの塔の下でも、シュウヤは守護者級のモンスターにやられそうだった一人の戦士を助けてパーティを救う。

でも、英雄的《えいゆうてき》なシュウヤに攻撃《こうげき》をした守護者級の死皇帝《デスリッチ》は強かった。

わたしたちも攻撃に加わる。でも、皆でダメージを与えても、死皇帝《デスリッチ》は直ぐに回復した。

だけどシュウヤが本気を出した！

見た事のない紅《あか》い鎖《くさり》を出していた！　かっこいいっ、死皇帝《デスリッチ》が丸くなって潰《つぶ》れてしまった！　なんという強さなの！　凄い！

紅い鎖、しゅしゅっしゅしゅー、わたしも使いたい！

でも、血をいっぱい出したシュウヤが心配！　急いでシュウヤの下に駆け寄った。

「ほんとに大丈夫？」

レベッカも心配しているみたい。シュウヤは、

「あぁ、平気だよ」

と言ってくれた。いつもの笑み《え》。良かった。安心した。

ん、さっきのスキルが凄かったことを、興奮した胸の内を伝える！

「シュウヤ、さっきの凄かった！　しゅしゅしゅしゅーっと、紅い鎖、新しい技？」

ん、トンファーで真似《まね》をするっ。

先生も凄かったけど、シュウヤも凄い！　もっと上手《うま》くなりたい。

「そそ、これで守護者級は倒せたな」

「ん、魔石《ませき》を回収しないと」

シュウヤは笑ってくれた。自然と微笑《ほほえ》んでしまう。

シュウヤは……本当に優しくて強くて頼《たよ》りになる。

休憩《きゅうけい》後。魔宝地図を設置。金箱が出現して、もの凄《すご》い数のモンスターを、皆《みな》で一致《いっち》団結して挑んだ。守護者級はシュウヤが一人で片付けた！

そこからは皆で、怒涛《どとう》の勢いで、ほかのモンスターたちを狩る。

シュウヤが買った高級奴隷たちは、優秀《ゆうしゅう》。金箱はヴィーネが開けた。

ヴィーネは優秀な鍵《かぎ》開け師の実力を持つ。そして、アイテムを確認した。

シュウヤはアイテムの独占《どくせん》をしない。欲《ほ》しいアイテムを選ばせてくれた。

髪飾《かみかざ》りをもらった。そして、宝物の真珠《しんじゅ》のネックレスの争いになった。

レベッカ、ヴィーネ、わたし、の三人でじゃんけんすることになる。

わたしは負けたくない。少し狡い事をしてしまった。

何回か、二人へ向けて手を伸《の》ばして、体に触《さわ》りながら心を読んでじゃんけんをして、わたしは勝利——ふふ。狡いけれど、愛の女神様も許してくれるはず。

そして、愛の女神様は許すどころか、チャンスをくれた。

シュウヤが真珠のネックレスを掛けてくれた！　ん、見逃《みのが》さなかった。

——ん、わたしの高ぶった想《おも》いの丈《たけ》をぶつける。

えいっと、確固たる思いで、顔を上げてシュウヤの頬に唇を当てた。

シュウヤの頬は柔らかくて、剃《そ》った髭《ひげ》の感触《かんしょく》も少しあった。

わたしはもっと唇からの感触を得たいと思ったけど、離れてしまう。

レベッカとヴィーネが叫《さけ》ぶが知らない。

わたしはわたしなりにシュウヤに愛情を伝えるために努力をする。

こうして魔宝地図も終わり、新武器を試《ため》しながらモンスターを倒して水晶の塊に到着《とうちゃく》。

無事に地上に帰還《きかん》できた。

鑑定《かんてい》中にシュウヤは貝殻《かいがら》の水着をわたしたちに着せたいと言ってきた。

ん、わたしは了承《りょうしょう》した。シュウヤだけのえっちぃは許す。わたしもえっちだし。

シュウヤが大好き。レベッカは皆が貝殻の水着に好意的なことを見て……。

ぶつぶつと『負けないんだから』と小声で言ってから「――わたしも着るわよっ」と元気良く宣言をしていた。わたしだって負けない。

ただ、ヴィーネは勝《か》ち誇《ほこ》っている態度だった。

ん、ヴィーネは美人でプロポーションもいい……。

負けたくないけど、自信をなくしちゃう。ん、スクワットがんばる。

家に戻ってから、ディーとリリィにシュウヤとの会話を伝えた。

すると、リリィが泣き出してしまった。

「ついに、わたしを置いて男に走るのですね、ショックです」

と、そんなことを連呼して、わたしを困らせてきた。

ん、でも、ディーがリリィを嗜《たしな》めて静かになったので事なきを得た。

そして、シュウヤの屋敷《やしき》に向かったら……彼は留守だった。

シュウヤの側にはヴィーネがいる。彼女を伴って出かけたらしい。

今度はわたしがショックを受けて泣きそうになった。

胸中に一抹《いちまつ》の不安がよぎる。妄想《もうそう》してしまう想いが浅ましいほど黒い感情が渦巻《うずま》いた。

普段《ふだん》は気持ちをあまり顔に出さないと、自覚している。

けど、冬の寒さのように身の凍《こお》る醜《みにく》い感情が表に出てしまう。

レベッカも遅《おく》れてシュウヤの家にやってくる。

いつものように強気な態度で、家にいた高級戦闘奴隷たちと話していた。

泣きそうな表情を浮《う》かべて、怒ったりして、蒼《あお》い目の内心はイライラしていると、手に取るように分かった。ん、でも、蒼炎《そうえん》が時々瞳《ひとみ》に現れるのは何だろう。

レベッカは魔法学院ロンベルジュで優秀だったと聞いた。

ん、だから、何かわたしの知り得ない秘密がある？

単に、レベッカも嫉妬《しっと》の炎が燃えているから、そう見えたのかな。

わたしも嫉妬した。シュウヤがヴィーネとだけ一緒《いっしょ》に出ていったことが悔《くや》しい。

レベッカは頷く。わたしも頷く。ん、同志——レベッカの笑みを見て少し元気が出た。

そのレベッカは、シュウヤの奴隷に当たり散らすように話をしていた。

わたしも加わる！　虎獣人《ラゼール》のママニに、

「ん、シュウヤに会えないで寂《さび》しい、残念」

と、シュウヤに伝えておいてと、強く念を押《お》す。

「エヴァ、今日は一緒にお出かけしましょう。この間、話していたお店とか、どう？」

「ん、賛成」

彼女と一緒にシュウヤの家を出た。ん、見知らぬ女性がいた。

シュウヤの家に入っていく。頭にバンダナを巻いて、垂らした髪《かみ》が綺麗な女性。

気になるけど、レベッカと一緒に様々なお店巡りをした。魔法書が置いてある古めかしい魔法店に入り、迷宮《めいきゅう》や大草原に出現する未知のモンスターが詳《くわ》しく載《の》っている怪《あや》しい羊皮紙本を買ったり、美味《おい》しいパン屋へ案内したり、卵のお菓子《かし》を作る店に案内されたり、屋台に売っていた魔法の干しブドウ入りの綿菓子《わたがし》を一緒に食べながら散策して、一時の寂しさを紛《まぎ》らわすどころか、逆に楽しく過ごす事ができた。

「エヴァ、たまにはこういうことしない？　わたし楽しい」

「ん、わたしも楽しい」

「良かった。昔は友達もいたんだけど、悪い噂《うわさ》が付きまとうようになると、自然と、疎遠《そえん》になってね……エヴァとは一緒にパーティを組んで、何回か一緒にお買い物をしたりして、今更《いまさら》だけど、エヴァの事、友達だと思っていい？」

レベッカ……リリィ以外で初めて、嬉《うれ》しい。

「……ん、嬉しい、わたしもこの都市に来てから友達はいない、だからよろしく」

「わーい、エヴァ、大好き、優しい表情の笑顔も好き」

「……ありがと、レベッカも可愛い、蒼い目も綺麗」

「あはは、ありがと」

今日はシュウヤとは会えなかったけど、レベッカとはちゃんとした友達になれた。

「エヴァ、話は変わるけどさ、シュウヤ、ヴィーネと一緒だよね」

「……うん」

ん、やっぱり同じ事を考えていた。触らなくても気持ちは分かる。

「どうも、最近、ヴィーネの勝ち誇る顔が気になるのよ……」

「ん、確かに……」

いやな予感がする。彼女は従者と言っていたけれど。

シュウヤに触りながら質問すれば、心の表層が分かるけど、シュウヤの場合、気に入った相手は基本好意の塊だから、判断が難しい。

「……わたし、負けていても必ず挽回《ばんかい》するから……あ、エヴァ、友達だけど、シュウヤの気持ちはわたしが先に奪《うば》うからねっ」

はっきりとした宣戦布告……少しびっくり。レベッカも本気でシュウヤのことを……。

「……ん、当然。でも、わたしが、また勝つ」

「あー、この間のじゃんけんね？　でも、恋《こい》にじゃんけんはないから、ふふん」

「ふふ、わたしとシュウヤには秘密があるから、必ず勝つ」

「ええぇ、ひ、秘密って、何よっ！」

レベッカは焦《あせ》った表情を浮かべて挙動不審《きょどうふしん》になった。可愛い。

「ん、教えない、友達でも、恋は別――」

わたしは機嫌《きげん》よく、魔導車椅子《まどうくるまいす》を回転させて前進っ。

「あぁー、逃げるなーっ」

ふふ、レベッカはそう言って、わたしの魔導車椅子の手押《てお》しハンドルを押してくれた。

この時、押してくれているレベッカの手に手を当てて、気持ちを知った。

『秘密が気になる。でも、友達となったエヴァなら、シュウヤの気持ちを奪われても仕方ないかな……エヴァの渾名《あだな》は聞いたことあった。わたしも散々な言われようだった。同じように陰湿《いんしつ》なイジメを回りから受けていた。それでもがんばっていたエヴァは、とても善い子。わたしは大切にしたいエヴァという友達を――』

ん……レベッカ、ありがとう……。

第百五十章「白猫マギットの真実」

俺はメイドとママニたちにエヴァとレベッカが家に来たら、

「ごめん、今は忙《いそが》しい。伝えておいてくれ」

と命令を出してからヴィーネと黒猫《ロロ》を連れて、食味街の【月《つき》の残骸《ざんがい》】の拠点《きょてん》の【双月店《そうつき》】に向かった。

店では、副長のメルと幹部のベネットとゼッタが待機していた。

「総長、迷宮の宿り月はカズンと白猫マギットに任せてあります。今はわたしはこの店を中心に指示を出しているのです」

マギットか。守り神的な感じかな。そんなことを考えながら今は聞き手に回る。

「ポルセンとアンジェは倉庫街の見回りに、ロバートはルルとララを連れて歓楽街《かんらくがい》を見回り中です。我々は縄張《なわば》りが広くなりましたから、幹部たちには掛《か》け持《も》ちで働いてもらっています」

「人材募集《ぼしゅう》はしないのか？」

「簡単には見つかりません。ロバートとルルにララでさえ、異例の抜擢《ばってき》なのですから……」

「それもそうか。で、悪いが命令だ。ある冒険者《ぼうけんしゃ》を探してほしい……」

目当ての冒険者の名前と目的を話していく。

「……総長、そのパクスとかいう名の冒険者を探せばいいのですね？」

「そうだ。住所とクランの情報を仕入れてこい。至急だ」

「分かりました、ベネット、頼むわよ」

「あたいに任せなっ。その代わりに弓を早く頂戴《ちょうだい》ね、メルッ」

「分かってるって」

メルは『仕方ないわねえ』といったように苦笑い。メルはベネットに弓をプレゼントすると約束していたからな。ベネットは満面の笑みで頷く。と、素早《すばや》い立ち居振《ふ》る舞《ま》いで店の外に出ていった。メルはベネットの消えた方向を見て、小声で「頼むわよ」と呟《つぶや》いてから俺を見る。そして、

「――総長、その冒険者を探して倒す。と、言っていましたが総長に対して、何かをやらかしたのですか？」

「俺は別に恨みはない。が、他の冒険者に対して、問題になることをしているようだ。他にも深い理由があるんだが……その理由を聞きたいか？」

「い、いえ、知らないほうが良いのでしたら、何も言わないでください」

「ご主人様、わたしも詳しくは存じておりませんが……」

あ、ヴィーネに説明をしていなかった。

この際だ、メルは聞きたくないようだが、聞いてもらおう。

頭部と首に蟲が棲みついて脳を寄生されるなんて、怖《こわ》すぎる話だが、彼女は副長だ。

それにペルネーテで暮らす以上は知っておいたほうがいい。

「ターゲットは邪神《じゃしん》の使徒だ。その邪神の使徒は、寄生蟲に乗っ取られている。そして、今ではもう別の種に進化しているそうだ」

「え？　そんなモノが？　蟲というと……」

メルはゼッタに視線を向ける。

「寄生蟲ですと？」

沈黙《ちんもく》していたゼッタも喋る。彼は蟲使いだ。何か知っているかも知れない。

「……奴隷のフーの頭部に寄生していた邪神の蟲ですね、やはり他にもいたのですか」

過去に一度相対したヴィーネは納得《なっとく》していた。そのヴィーネにも向けて、

「そうだ。ヴィーネが寝《ね》ている間に、千年の植物《サウザンドプラント》に魔力《まりょく》を注いだんだが、その千年の植物《サウザンドプラント》の植木が、急に踊《おど》ってから喋り出してな」

「不思議です。まさか……」

ヴィーネは知っている？

あぁ、ダークエルフ社会を構成する魔導《まどう》貴族の一つに、喋る樹木《じゅもく》の話があったな。

「その不思議な植木とコミュニケーションを行う。喋る植木は、糸を吐《は》き出《だ》しては蜘蛛《くも》の巣的な膜《まく》を作る。その膜に邪神シテアトップの姿が映ったんだ。それから、その邪神とコミュニケーションを取った」

そこから、十本の尾《お》を持つ邪神シテアトップと邂逅《かいこう》したことを説明。

「邪神シテアトップとやらと、直にお話を……」

「本当のお話のようですね。この迷宮都市ペルネーテは、邪神界との戦争の場でもあると……」

メルはゼッタと頷き合う。ゼッタが、

「総長が言うことです。本当のことなのでしょう」

「そうね」

すると、鱗人《カラムニアン》のゼッタが、

「総長は光属性もお持ちですが、濃厚《のうこう》な闇《やみ》属性を持った吸血鬼《きゅうけつき》系の種族でもある。ですから、総長は、魔界《まかい》セブドラの神々と、特別な繋《つな》がりがあるのでしょうか」

「魔界の神とは、話をしたことがある程度《ていど》だ……むしろ、俺の眷属《けんぞく》である〈筆頭従者長〉のヴィーネのほうが関係を持つ」

「……なんと、これからはヴィーネ様とお呼びしたほうがよさそうですね……」

メルは恭《うやうや》しくヴィーネに向けて頭を下げている。

「ヴィーネで結構。それよりも、ご主人様こそ神を超えし至高なるお方。貴女《あなた》も、総長様とお呼びしたほうがいいでしょう」

「……はい、わたしも魔に連なる者として、総長様とお呼び致《いた》します」

メルはヴィーネの言葉を聞いて神妙《しんみょう》な面だ。魔か……。

「魔に連なる者？」

「はい、お話ししづらいのですが、わたしは巷《ちまた》を騒《さわ》がせている魔人ザープの娘《むすめ》なのです」

「何だと？　といっても魔人ザープのことはあまり知らないな。今も繋がりがあるのか？」

「幼い時に母と別れた男が魔人ザープだと。直接、面識はないので当てずっぽうなのですが……足に黒翼《こくよく》を生やす、と、噂を耳にしました。ですから……わたしの家族かと思っているのです」

メルは暗い顔だ。

「メルは魔族の血を引くから、〝閃脚《せんきゃく》〟の由来でもあるわけか」

「はい。足が普通《ふつう》ではないのです」

「この間見せていた技《わざ》。足首の踵《かかと》の上かな？　その踵と足首から斜《なな》め上《うえ》に湾曲《わんきょく》して出る格《かっ》好《こ》いい黒い翼。閃脚の由来」

「はい……」

メルは恥ずかしそうに顔を伏《ふ》せているが、立派な武器だと思う。

「そういうことか」

メルは神々の争いに関しての話をしてから、少しぎこちない。

話題を変えてクッションを入れてやろう。

「メル、別に俺に対して、様とつけなくていい。宿屋の女将《おかみ》としての対応のほうが気楽で好きだ」

「は、はぁ、よろしいので？」

彼女はヴィーネと俺を交互《こうご》に見て、了承を求めている。

「許可を求める必要はない」

「いいよ」

「ご主人様。先ほどはすみません。メルに、総長様と呼ぶようにと、差し出がましいことを……わたしはご主人様のお気持ちを察して、おりませんでした」

ヴィーネも礼儀《れいぎ》正《ただ》しいな。長い銀髪《ぎんぱつ》を垂らし頭を下げながら俺を見て話していた。

艶《あで》やかな銀髪が綺麗だ。つい弄《いじ》りたくなる。

「気にするな。それでゼッタ。頭に取り付くような蟲の件だが……何か知っているのか？」

「知っています」

一応、カレウドスコープを起動させる。

ゼッタを見たが、脳が寄生されていることはなかった。

「……そういう蟲をゼッタは扱《あつか》えるのか？」

「無理です。わたしもすべての蟲を使役《しえき》できるわけではないのです」

「寄生を受ける蟲の名は？」

「わたしが知っているのは、ベーマトラという名の蟻《あり》のモンスター」

「ベーマトラ？」

「はい。大草原を住みかにしているガラランという四足獣《じゅう》。頭には小さい蟻のベーマトラが取り付くことがあるのですが、取り付かれると、意識を乗っ取られてベーマトラの巣に誘導《ゆうどう》されて、大量のベーマトラの餌《えさ》になるという……あまり近付きたくない蟻のモンスターです。ですが、一度は捕《つか》まえて研究をしたいと思っています」

へぇ、そりゃ怖い蟻だ。ゾンビ蟻の話なら聞いたことがある。

「……ベーマトラが、ガラン以外に取《と》り憑《つ》く可能性は？」

「その可能性は非常に低いかと思われます。特殊《とくしゅ》な環境《かんきょう》での話なので」

まぁそりゃそうか。

実際、都市の中で蟻が人族の脳に寄生したと分かったら騒ぎになるだろうし。

「そっか。ゼッタ、蟲の講義をありがとう」

「いえいえ、他にもわたしが使役する蟲について解説しましょうか？」

鱗顔のゼッタは微笑む。目を輝《かがや》かせているので、嬉しそうだ。

「いや、もういいよ、それは今度」

「そうですか」

虫の先生ゼッタは残念そうに視線を逸《そ》らす。

脳が寄生を受ける話はここまでだ。次はヴェロニカと白猫マギットに関することを聞く。

「……メル、ヴェロニカは元気になったようだな。幹部会では無言で大人しかったが」

「はい。幹部会では、ヴェロニカ独自の能力の一つ、傀儡《かいらい》兵の変装技術を使っていました。本人も、偽装《ぎそう》した傀儡兵の背後にいましたが、まだ傷が開くと痛いようで、黙《だま》っていたようですね」

「傀儡兵の能力か。そんなことが可能なのか？」

「素材でかなり質が変化すると聞いていています。ロレント鉱が混じる古代骨シリーズ、アブラナムの炭火と、幻影香《げんえいこう》。収集していた血を活《い》かしたらしいですが、詳しくは不明」

「複雑だな。で、先ほど疑問に思ったんだが」

「なんですか？」

「宿屋を守る白猫マギットのことだ」

「はい、当然、マギットは普通の猫ではありません。元は【血法院《ちほういん》】に封《ふう》じられ閉じ込められていた。アブラナム系の荒神《こうじん》マギトラ。白猫ではありますが、実は多頭の白狐《びゃっこ》で巨大《きょだい》化《か》も可能な怪獣《かいじゅう》。普段は緑封印石《ハイ・マジクシールズ》の首輪により封印されている状態です。今は、ただの白猫ですが」

　アブラナム系の荒神マギトラ。

【血法院】は王都にあるヴァルマスク本家にある名前だったよな。

「【血法院】に忍《しの》び込んで盗《ぬす》んだのか？」

「はい、ヴェロニカが宝物庫に侵入《しんにゅう》して六至宝と言われていた一つを盗んだらしいです」

　……あの子ならやりかねない。

「追っ手が来るほどの物を盗んだか。マギットの緑色の首輪から強い魔力を感じてはいたが、解放はできるのか？」

「呪文《じゅもん》を唱えると、マギットの力は解放されます。迷宮の宿り月が潰されるぐらいの強敵が現れたら使うつもりでした」

解放した姿は見たい気もする。

「……最初、宿で俺のことを地下に案内した時、使うつもりだったか？」

「ええ、勿論《もちろん》。視野には入れていました」

ニヤッと笑みを作る。はは、正直だな。

しかし、今にして思えば、黒猫《ロロ》と白猫《マギット》が仲良くなった理由が分かるような気がする。神《しん》獣《じゅう》の猫と、荒神を宿す多頭の狐《きつね》。

「にゃ？」

黒猫《ロロ》に視線を向けると返事をした。

「お前とマギットは仲が良かったからな？」

「にゃおん」

話すと頬に頭を擦《す》りつけてくる。可愛い相棒ちゃんだ。

「……それで、盗んだヴァルマスク本家からヴァンパイアの追っ手とかありそうだが」

「ヴェロニカも強いですから、すべてを撃退《げきたい》しています。その観点から、総長に対して、ヴァルマスク家がちょっかいを掛けてくる可能性が高いです。ヴェロニカが【月の残骸】

に所属して活動していることはヴァルマスク家も知っているでしょうし」

「俺に対して戦いを挑むなら受け入れてやるさ。が、仲間に手を出されるのは厄介《やっかい》だな
……」

さて、そろそろ家に戻《もど》るか。エヴァたちが家に来ているかも知れない。

「それじゃ、俺たちは屋敷に戻る。ベネットに屋敷まで来るように言っといてくれ」

「承知しました」

メルの口調は変わらない。優秀な皮肉屋の彼女だ。

自分の立ち位置ぐらいは直《す》ぐに把握《はあく》するか。

俺は椅子《いす》から立ち上がった。ヴィーネとアイコンタクト。

黒猫《ロロ》を肩《かた》に乗せて店の外に出た。食味街の街並みは、食事処《どころ》が多い。

ヘカトレイルの横丁にあったルンガ焼きの専門店はここにもあるんだろうか。

あの横丁より食味街は、通りに面しているから店の種類は多い。

羊、牛、鳥、モンスターなどの形をした看板が並ぶ。双月店の看板は鳥とイノシシが大きい。小さい動物の看板もある。メニューが豊富って一発で分かる宣伝の仕方だ。

「ご主人様、どこか店に寄られるので？」

「寄らないが、町並みを見学するのは好きなんだ。そして、昔を思い出していた」

「そうでしたか」
「ロロ」
「にゃお」
相棒は地に足をつけた瞬間――。
黒馬か、黒獅子《くろじし》を彷彿《ほうふつ》とさせる神獣ロロディーヌに姿を変化させた。
俺とヴィーネは、その凛々《りり》しい黒女王的な神獣ロロディーヌに乗り込む。
ペルネーテの空を、ジェット気流に乗ったかのように駆け抜《ぬ》けた。
武術街の通り沿いに到着。それでも速度を緩《ゆる》めない相棒――。
建物の壁《かべ》を蹴《け》っては、柄《がら》が悪い奴《やつ》らが住んでいそうな家の壁を壊《こわ》しつつ爆進。
屋敷の正面にある大門が見えたと思ったら、その大門の屋根にロロディーヌは着地。
力強い四肢《しし》の動きで、屋根の一部を壊しつつ急停止するや頭部を上向かせる。
ロロディーヌの鬣《たてがみ》が風を受けて靡《なび》く。そんな相棒の鼻先はふがふがと蠢《うごめ》いていた。
匂《にお》いでも嗅《か》いでいるのか。不遜《ふそん》な者がいないか、縄張りチェックか。
相棒は上向かせていた頭部を左右に動かす。
その時、屋敷の外で数人の気配を感じ取った。誰《だれ》かが見張っている?
俺が周囲の魔素《まそ》を感じ取った瞬間――。

黒馬と黒獅子が合わさったようなロロディーヌはまたもや頭部を上向かせた。

「ガルゥウッ、にゃお〜ん」

獣の息吹《いぶき》を感じさせる猫声だ。

――刹那《せつな》、筋肉が盛り上がる四肢で屋根の板を蹴った。

立派な腹を中庭で掃除《そうじ》している使用人に見せつけるかのような大ジャンプを敢行《かんこう》。

更《さら》に、相棒は六本の触手《しょくしゅ》を変形させた。

それら触手が、無数に分裂《ぶんれつ》しつつクジャクの羽のように扇状《おうぎじょう》に拡《ひろ》がった。

そのまま、拡大させた触手は、浮力《ふりょく》でも得たのか、俺はふんわり感を得た。

派手だが柔《やわ》らかくもある動きで中庭にピタッと肉球着地した。

肉球体育審査員《しんさいん》がいたら、9点はつけるだろう。10点かも知れない。

「――ご主人様が戻られた！」

「ひぃぁぁ」

「巨大《きょだい》な魔獣《まじゅう》がぁぁ」

「あわわわわっ」

高級奴隷たちは中庭で訓練を行っていたらしい。

洗濯《せんたく》や掃除をしていた使用人たちは、皆、驚《おどろ》いていた。

中には尻《しり》もちをついて転んでいる使用人もいる。

そんな光景を見ながら、神獣ロロディーヌから飛び降りた。

ヴィーネも続くが、ゆっくりと慎重《しんちょう》に足を震《ふる》わせながら降りる。少し飛ばしすぎたか。

俺《おれ》たちが降りるとロロディーヌは黒猫《くろねこ》に戻った。

「にゃっ」

黒猫《ロロ》は一声鳴きつつ使用人たちに突進《とっしん》――。

好きなメイドでもいるのか？　黒猫《ロロ》は転んでいた使用人に触手を伸ばす。

優《やさ》しい猫さんかい！　使用人の体を持ち上げて、立たせてあげていた。

その使用人の足をぺろっと舐《な》める。黒猫《ロロ》は優しいなぁ。

微笑んで、その光景を見ていると、

「ん、シュウヤが帰ってきた」

「――シュウヤッ、わたしたちを放っておくなんてっ」

エヴァとレベッカだ。彼女《かのじょ》たちは怫然《ふつぜん》とした表情……。

特にエヴァが珍《めずら》しく怒《おこ》ったような表情を浮かべている。

少し緊張《きんちょう》しながら、母屋《おもや》から出てきた彼女たちに近寄った。

「……や、やぁ、おはよう？」

「おはよう？　もうお昼になるわっ」

「ん、おはよう――シュウヤ、どこに行っていたの？」

確かに昼だな。エヴァは魔導車椅子を変化させた。

車輪が踝《くるぶし》の横に付いた状態で近くから聞いてくる。俺はヴィーネに視線を向けて、

「えっと……」

と、呟くと、ヴィーネは、銀髪を揺《ゆ》らして頷《うなず》いた。

ヴィーネも仲間には、正直に話をしたほうがいいと思っているようだ。

よし、勇気を出して告白だ。

鏡のことも闇ギルドのトップになったことも全部、話をしよう。

「俺は闇ギルド【月の残骸】の総長になった。そのメンバーと会議をした」

「な、なんですって？」

「闇ギルド……総長……いつの間に」

レベッカは目を見開き、エヴァは手を出してくる。

紫《むらさき》の瞳を揺らして、俺の気持ちを探《さぐ》らせろと暗に示してきた。

エヴァの望むままに掌《てのひら》を出して、彼女の手を握《にぎ》ってやる。

心を読みやすいように、脳内で今までの経緯《けいい》を軽く考えていく。

「【月の残骸】と闇ギルドたちの戦争で凄腕《すごうで》たちと戦った。〝雷落《らいお》とし・改〟と似ているが風槍《ふうやり》流の〈槍組手〉の『左風落とし』で倒《たお》すことができたって、シュウヤは凄い……」

エヴァは眉間《みけん》に皺《しわ》を作りつつそう語ると手を離《はな》した。リーディングは直ぐに終了《しゅうりょう》だ。納得はしてくれたはず。

「……闇ギルド同士の争いにシュウヤが……そんな危ない稼業《かぎょう》に手を出していたなんて。あ、もしかして、この間、わたしを襲《おそ》った闇ギルドの関係なの？」

レベッカは攫《さら》われたことを思い出したのか、顔色を悪くしていた。

「レベッカを拉《さ》致《ら》った連中は倒した。その組織も潰した。もう関係ない」

「潰したって？　驚き……」

「ん……」

彼女たちは困惑顔《こんわくがお》だ。そりゃそうなるか。

「そうした闇ギルドと呼ばれる集団の一つと仲良くなった。しかし、俺は冒険者を辞《や》める気はない……しかし、殺し殺されの負の螺旋《らせん》に足を踏《ふ》み入《い》れた俺だ。戦いが好きな面が出た形でもある。こんな俺だが、嫌《きら》いになったのなら無理してパーティを組まなくても——」

「ちょっと！　みくびらないでっ、わたし、ううん、エヴァだってそんなことで、そんなことで、嫌いになるわけがないでしょう！　まったく、どんな想いでここに来ているかもしらないで、ふざけないでよっ、この、ばかちんのっ、にぶちんの、えろばかの、ばかシユウヤ！」

俺の言葉に重ねてきた。レベッカは泣きそうな表情だ。同時に、可愛《かわい》く、愛《いと》しい姿でもある。自然とレベッカの下へ歩き、彼女を抱《だ》きしめていた。

「──ごめん」

「あ、あ、うん……」

レベッカは急に、黙り込む。目が潤《うる》んで、頬は真っ赤だ。

「レベッカ、退いて」

「え、ううん、いや」

「だめ、退いてっ」

エヴァは強気な態度でレベッカに話すと、魔導車椅子ごと、横合いから俺に抱きついてきた。二人から強く抱擁《ほうよう》を受けることに。

「ん、シュウヤ、気にしないで、闇ギルドの戦いも、冒険者の戦いとそう変わらない。優しい気持ちのシュウヤを知っているから、大丈夫《だいじょうぶ》だから、すべてはわたしたちのための行動だって……でも、シュウヤ。わたしたちを突《つ》き放《はな》そうとするのは、めっ！」

『閣下、わたしも混ざっていいですか？』

視界に精霊《せいれい》ヘルメも登場。

『別にいいが……』

『ではっ』

二人が抱きついている側で、俺の左目からスパイラル放出する精霊ヘルメ。

「ん、精霊様？」

「きゃ、少し水が」

水飛沫《みずしぶき》を少し荒《あら》めに出していた？　気のせいかな。

常闇《とこやみ》の水精霊ヘルメはすぐに人型へ変身すると、俺に抱きついてくる。

「閣下、素晴《すば》らしい仲間たちへの忠告です。閣下の優しさは深すぎます」

「ご主人様、では、わたしも……」

ついにはヴィーネまでも……皆《みな》の手と体が重なった。遠巻きに見ていた高級戦闘奴隷《せんとうどれい》と使用人に、メイドたちは少し笑っているようだった。暫《しば》し、彼女たちの温《ぬく》もりを感じていた。が、女同士で手の叩《たた》き合《あ》いに発展。ここらでストップさせる。

「……皆、分かったから、もう離れてくれ、な？」

強引《ごういん》に、皆の手を剥《は》がして離れた。

「んっ」

「もうっ」

「閣下」

「ご主人様」

彼女たちは不満気な表情だ。ヴィーネは一緒に闇ギルドの戦いを行ったが、不満顔だ。

なぜぇ？　女同士の連帯か？　ま、それは置いて、レベッカとエヴァに向けて、

「……なぁ、エヴァとレベッカ、なんなら、俺の家に引《ひ》っ越《こ》してくるか？」

「え！　いいの？」

「ん、引っ越す。シュウヤと一緒がいい」

二人とも即答《そくとう》だ。

「閣下、やはり優秀《ゆうしゅう》な二人を……」

「彼女たちは優秀ですからね」

ヘルメとヴィーネは互《たが》いに目を合わせて、頷いている。

俺はエヴァとレベッカを見据《みす》えながら、

「本気なんだな？　俺の屋敷に泊《と》まるということは、夜もあるという意味だぞ」

「勿論よっ」

レベッカは鼻の穴を少し膨《ふく》らませて、興奮した口調だ。エヴァもレベッカの影響《えいきょう》を受け

て鼻の穴を少し膨らませると、頬を朱色《しゆいろ》に染めつつ、

「ん、えっちぃな夜もがんばる」

と発言しつつ両手の指先の先端《せんたん》を合わせていた。

「分かった。母屋の部屋は複数ある。だから自分たちで住む部屋を決めてくれ」

「ん、見てくる」

「わたしも！」

エヴァとレベッカは競《きそ》うように母屋に向かった。魔導車椅子《まどうくるまいす》のほうが速い。

これで、彼女たちを陰《かげ》で守る【月の残骸】の人員たちも楽になるはずだ。

さっき屋敷《やしき》の外で感じた気配も消えるはず。

彼《かれ》らは俺の屋敷に入ってはいないが、指示通りにエヴァとレベッカを追跡《ついせき》していた。

さて、夜のことは別の意味も含《ふく》んでいるが……。

彼女たちは当然、エロいことしか分からなかったはずだ。

……俺の血に関することと、鏡の件も話さないとな。

しかし、どんな反応が返ってくるか。少し怖い……。

「……ご主人様、お顔が優《すぐ》れませんね。わたしの血をお飲みになりますか？」

「閣下……閣下の、その愁《うれ》いの主たちの尻を水で懲《こ》らしめてあげます」

常闇の水精霊ヘルメさんは相変わらず。

最近は水よりも闇の精霊らしくなってきたか？

「二人とも大丈夫だ。さ、母屋でまったりタイムといこうか」

「はいっ」

「戻りましょう」

するとメイド長のイザベル、獣人のクリチワ、人族メイドのアンナが黒猫《ロロ》と一緒《いっしょ》に近寄ってくる。

「ご主人様、お帰りなさいませ」

「お帰りなさいませ」

「お帰りなさいませっ」

「ンンン、にゃあおん」

黒猫《ロロ》もなぜか、メイドの真似《まね》をするように喉声《のど》と変な鳴き声を出す。

「ふふ、あ、ロロ様。今、わたしの真似をされましたね。なんて可愛らしいのでしょう」

「わたしたちの真似をしています」

「ご主人様！　先ほどロロ様が抱きしめさせてくれたのです！」

「そうなんですっ、ふっくら、もちもちなのですよ」

「肉球が、肉球が、あまりにも可愛すぎて」

三人のメイドたちはすっかり、黒猫《ロロ》の虜《とりこ》だ。

「そうか、良かったな」

「はいです」

「はいぃ、ようやく触《さわ》らせてくれたのです」

獣人メイド、クリチワは何故《なぜ》か、敬礼を行う。アンナは胸に手を当てる。

本当に嬉《うれ》しそうにしていた。

「にゃ？」

黒猫《ロロ》は首を傾《かし》げると、メイドたちに頭を撫《な》でられていく。

メイド長イザベルもご機嫌だ。

「ふふっ、可愛い」

「……君たち、ちゃんと仕事はしているのだろうね？」

彼女たちが黒猫《ロロ》と戯《たわむ》れる姿を見て、そんな風に聞いてしまった。

「「「――はいっ」」」

三人は声を揃《そろ》えて、一斉《いっせい》に黒猫《ロロ》のお触りタイムを終了する。

背筋を伸《の》ばしつつの気をつけの姿勢で、俺を見つめていた。

「掃除と洗濯。普段着《ふだんぎ》として、お洋服をご用意致しました。そして、向かいのトマス・イワノヴィッチ氏と、ご近所のレーヴェ・クゼガイル氏、リコ・マドリコス女史、他、多数の方々がいらっしゃいました。その際、わたしが代表してご挨拶《あいさつ》をしておきました」

へぇ、そうだったのか。

「その人らはなんて?」

「トマス氏は、『武術街互助会《ごじょかい》のご挨拶に参りました。また後日』とお話をしていました。レーヴェ・クゼガイル氏は『またお邪魔《じゃま》する』と短く仰《おっしゃ》ってから屋敷から去りました。続いて、リコ・マドリコス女史は『武術連盟の使いなのにっ、留守とは失礼してしまうわね、近くに住むからわざわざ、わたしが挨拶しに来たというのに！　ふんっ、また来るわよ！』と、語気を強めてお帰りになりました」

ツンツン口調の女か。会うのは気後《きおく》れしちゃうな。

「タイミングが会えばいいが、俺も色々ある。また、俺がいないときに来たら、日にちを指定してくれれば、できるだけ合わせると、話をしておいてくれ」

「はっ、かしこまりました」

そこで、視線を母屋へ向ける。

「んじゃ、少し母屋で休む」

三人のメイドたちは黙って頭を下げていた。

ヴィーネとヘルメを連れて母屋のリビングルームに入ると、メイドたちと付いてくる。黒猫《ロロ》も続いた。ヘルメはリビングの隅《すみ》に移動するや胸を左右にパカッと開いた。びっくりだ。ロボット的ではない。胸の周囲は川の流れのように液体が流れていた。

その開いた胸の中から、黝色《ゆうしょく》の水晶《すいしょう》を取り出す。

水晶には濃密《のうみつ》な魔素が内包されていた。

「閣下、少し〈瞑想《めいそう》〉を致しますので、お構いなく……」

「あぁ」

皆の注目を集めた常闇の水精霊ヘルメ。

その胸から出した水晶を両手で抱きながら胡坐《あぐら》の姿勢で浮《う》かぶ。更に、ヘルメの体から水蒸気が発生。その蒸気は瞬《また》く間《ま》にヘルメを包む。繭《まゆ》的な動きだ。周囲にも霧《きり》が発生していた。

「にゃ、にゃにゃー」

霧に興味を持った黒猫《ロロ》さんだ。霧に猫パンチを繰《く》り出す。

「濡《ぬ》れた肉球で水を飲んでいる？」

「ロロちゃんは、霧を食べようとしているのでしょうか」

「あ、ご主人様、精霊様のことなのですが、使用人たちが、お祈《いの》りを捧《ささ》げるようになりました。あ、わたしもですが、いつもお祈りを捧げています」

そう語るメイドたちは祈りのポーズ。アーメンの仕種《しぐさ》で頭部を下げていた。

祈りを精霊ヘルメに捧げている。精霊様だからな。ヘルメも信仰《しんこう》の対象か。

「ヘルメに祈ってもあんまり意味はないと思うが。ま、好きにしたらいい」

さて、着替《きが》えるか――胸ベルトを外す。ベルトを机に置いて外套《がいとう》を脱《ぬ》ごうとした。

すると、ヘルメに祈りを捧げていたメイドのクリチワとアンナが、俺の外套の袖《そで》を上げてくれた。俺が服を脱ぐことを手伝ってくれた。俺が着ていた外套と胸ベルトを彼女たちは大切そうに持って専用のマネキンにまで運んでは、それらの服をかぶせてくれた。メイドたちは気が利《き》く。いい子たちだ。マネキンに小物類も増えている。

しかし、どこぞの貴族のような感覚だ……。

しかも、『替《か》えの服も買った』と、彼女たちから話を聞いていたが、ただの革《かわ》の服ではなかった。高級な絹製の上着とスマートなズボンとスリッパを用意してくれていた。

専門の裁縫《さいほう》スキルがなければ作れそうもない衣服。

「……すまんが、下は俺が穿《は》く。これからも手伝わないでいい」

「はい」

「分かりました」

メイドのクリチワは狐の耳をぴこぴこと動かす。アンナは慎《つつ》ましく俺から距離《きょり》を取った。

そこに、レベッカとエヴァがリビングルームから戻ってきた。

「シュウヤッ、決めたわ」

「ん、わたしも」

「それで、どこに寝泊《ねと》まりするんだ?」

「どの部屋も大きくて、目移りしてしまう。けど、決めた」

「ん、決めた」

エヴァとレベッカは微笑《ほほえ》みながら、互いに頷き合う。そのレベッカが、

「シュウヤが寝泊まりしている部屋は、右側の大きいところでしょ?」

「そうだよ。一階の右な」

「やっぱり。だから、その部屋に近い一階廊下《ろうか》の左の部屋に決めたの」

「ん、わたしもその隣《となり》」

二人とも俺が寝ている目の前の部屋か。

「分かった。荷物とか引っ越すなら、二人だから一人ずつになると思うが、手伝うぞ」

「ん、必要ない、辻馬車《つじばしゃ》を雇《やと》う」

「わたしも雇う。この間の大金があるし。それにここには、使用人が沢山《たくさん》いるじゃない。手伝ってくれるでしょ？」

「あぁ、それはそうだが」

「ご主人様のお仲間様のお手伝いですね。すぐに何人かに指示を出して人数を確保します」

側に控《ひか》えていたメイド長のイザベルが話を聞いていたのか、そう言ってくれた。

「うん。お願いします」

「はい」

「さすがは専属メイド！　それじゃ、さっさと家に戻って荷物を纏《まと》めてくる」

「わたしも、店に戻って荷物整理。ディーとリリィにも説明する」

レベッカは独り身らしいから、直ぐにでも引っ越せそうだ。

エヴァにはリリィという侍《じ》女獣人《じょじゅうじん》がいた。リリィはエヴァを慕《した》っているから、予想するに……時間が掛《か》かりそうではある。さて、血と鏡の件について少し話をするか。

重い唇《くちびる》を動かす。

「了解《りょうかい》。それと、引っ越しが終わったら、二人に大事な話があるから聞いてくれるか？」

「……何？」

「大事な話……」

エヴァとレベッカは俺の感情を探るように、瞳《ひとみ》を見つめてくる。

「闇ギルド云々《うんぬん》の話？」

「いや、まぁ、もっと大事な話だ」

「そ、そう……分かったわ」

「ん、楽しみ」

レベッカは唾《つば》を呑《の》み込んだような印象。微《かす》かに首を動かし、少し顔が強張《こわば》った。

エヴァは天使の笑顔《えがお》で対応だ。いい子なエヴァ。

そこからイザベルの指示を聞く形で来た使用人たちを連れて各自の家に戻った。

「ご主人様、大事な話とは、もしや……」

ヴィーネが銀色の虹彩《こうさい》の瞳を潤ませて、聞いてくる。

「そうだ。俺の血に関することも話そうと考えている」

「眷属をお増やしになられるのですね」

「そういうことだ。しかし、彼女たちが承知してくれるかは分からない……」

「大丈夫です。エヴァもレベッカも、きっとご主人様に従います。同じ女として解《わか》りますから」

ヴィーネは微笑《びしょう》を浮かべて、優しくフォローしてくれた。

「女の勘《かん》か――」

彼女の括《くび》れた腰《こし》に手を回して抱き寄《よ》せる。ヴィーネは、

「あ、はい……」

と発言しつつ唇を震わせるや、その唇を微かに拡げた。ヴィーネはキスを望む顔だ。

その優しい言葉を生んだ唇の襞《ひだ》に……お礼を兼《か》ねた優しい愛撫《あいぶ》を重ねた。

第百五十一章「選ばれし眷属たち」

夜半過ぎ、レベッカと共に荷物を載《の》せた辻馬車が屋敷に到着《とうちゃく》した。

大門は開放されている。通り側に並ぶ篝火《かがりび》は明るい。

「この机を運んでちょうだい。あ、そこのティーポットはわたしが運んじゃうから、植木を運んでくれる？　では、アイテムボックスの中のアイテムを置いてくるから頼《たの》むわね」

レベッカは使用人たちの主人にでもなったかのように指示を出している。

小さい荷物と大きい荷物が馬車から順繰《じゅんぐ》りに運び出されていく。

そうして、馬車から運び出された大小様々な荷物が中庭に並ぶと、荷物を母屋の本館に運び入れる運搬《うんぱん》作業が始まった。続いて、エヴァの馬車が到着。

魔《ま》導車椅子《どうくるまいす》に乗ったエヴァは両手を上げたまま馬車から降りた。フワッとした着地。体から出た紫色《むらさきいろ》の魔力《まりょく》で魔導車椅子の車輪に受ける衝撃《しょうげき》を殺していた。

左右の手を伸ばしたままのエヴァは回転しながらワンピースの裾《すそ》から黒色のトンファーを出して仕舞《しま》うを繰り返《かえ》す。その際に、裾から二《に》の腕《うで》が少し見えた。

軽棒術の動作に満足したエヴァは笑《え》みを見せてきた。

「――ただいま」

「おかえり、少し遅《おそ》くなったな」

「ん、リリィが泣いてしまった……」

エヴァはリリィのことを思ったのか、顔に翳《かげ》りを見せる。

「リリィは引っ越しに反対？」

「うん。でも、ディーが、〝リリィには食事調達をしている冒険者《ぼうけんしゃ》仲間がいる。我《わ》が儘《まま》は駄目《だめ》だ、これはお嬢様《じょうさま》の旅立ちでもあるのだぞ〟と、強い口調で説得してくれた。リリィはまだグズっていたけど、お店の維持《いじ》に必要だからと、わたしと永遠に離れるわけじゃない、と、リリィを抱きしめて優しく説明を繰り返したら、了承《りょうしょう》してくれた」

一応、説得は成功したようだが、リリィは、俺のことを怒っているかもなぁ。

「ディーさんの店に支障がなければ、エヴァと一緒に過ごしてきた家族のリリィとディーさんも、この家に暮らしてもらって構わないんだが」

「ん、ありがとう。その言葉だけでも嬉しい……でも、店は動かせない。わたしもだけど、リリィもディーも近所と深い繋《つな》がりがある。ディーは、小さいけど商店街の役員もやっているから、ディーも向こうでがんばる」

「分かった。それと、見れば分かるが、もうレベッカの積み込み作業は始まっている」

「ん、わたしの荷物は少ない。金属は多いけど、アイテムボックスがあるから」

両腕《りょううで》を上げてアイテムボックスの箱を見せるエヴァ。

「エヴァは鋼魔士の戦闘《せんとう》職業も持つんだったな。あ、金属が扱《あつか》えるなら中庭の鍛冶《かじ》部屋とか使う？」

「ううん、必要ないの。鉱石と骨の足があれば精錬《せいれん》できちゃうから」

迷宮鉱《めいきゆう》山の一時を思い出す。骨の足を鉱脈に付けて鉱石を溶《と》かしていた、溶かした金属を一瞬《いっしゅん》で精錬しては、骨の足に吸着させていた。あの時の苦しげな表情は今でも目に浮かぶ。すると、レベッカが、

「――あ、エヴァも来たのね」

と、声を掛けながら近寄ってきた。部屋に荷物を運び終えたようだ。

「家具の配置は？」

「うん。家具の配置はある程度《ていど》終えたけど、服とお茶っ葉の整理が残っている。そんなことより、エヴァの荷物だけど、これだけなの？　随分《ずいぶん》と少ないわね……」

「ん、レベッカは服が多すぎ……」

と、エヴァの可愛らしいツッコミが入ると、レベッカは白魚のような指を揃えつつ、変

な拳法《けんぽう》でも繰り出《だ》すようなポーズで身構えると、視線を泳がせてから、

「え、そ、そうかなぁ。シュウヤ、別に大丈夫《だいじょうぶ》よね？」

と、相槌《あいづち》を求めるように、俺に話を振《ふ》ってくる。

「自分の部屋内だけに納めてくれれば文句は言わないさ」

「ほ、ほら～、エヴァのは少なすぎるのよ。それに、まだ増える予定」

「ん、服を買うの？」

「ふふ、そうよ！　この間、儲《もう》けたお金で、新しい服を買うんだからっ」

エヴァは頷くと、俺を見て、

「……シュウヤ、覚悟《かくご》しといたほうがいいかも」

「えっ、なんの覚悟？」

「ん、洋服の山に埋《う》もれて動けなくなるレベッカ……」

「……多少は散らかってしまうかも知れないけど、さすがに埋まるほどは……でも、お金はいっぱいあるから……」

と、語るレベッカさん。今、許しを乞《こ》うように、一瞬、チラッと俺を見た。

「レベッカ、ほどほどにな？」

「う、うん」

こうして、レベッカとエヴァはアイテムボックスに荷物を入れたり、手に持ったりと、自分なりのペースで荷物を運び入れていく。俺とヴィーネも彼女たちの作業を手伝った。

すると、正門の大門から見知らぬ方々が現れた。大柄《おおがら》な二人。存在感の二人だ。

背中の肩口《かたぐち》から剣《けん》の柄《つか》を覗《のぞ》かせている、片方の猫獣人《ねこじゅうじん》を注視。目が三つに腕が四つ。

腰には、紐《ひも》で結ばれた剣《けん》と短剣《たんけん》を差していた。どれもマジックアイテムだ。

黒と灰色のフロックコート系の防護服。鎧《よろい》の服とも言えるか。皮膚《ひふ》の毛も灰色系。

〈魔闘術〉の操作も自然体。行雲流水の如く、といった歩法で何気ない歩きではある。が、独特の歩法の流れがあった。武人と分かる猫獣人《アンムル》だから、少し緊張を覚えた。その猫獣人《アンムル》が、

「どうも、わたしはレーヴェ・クゼガイル。貴方《あなた》が裏社会で有名な〝魔槍《まそう》使い〟と呼ばれている、ここの屋敷をお買いになった方ですかな?」

声質がダンディだ。すると、隣の黒褐色肌《こつかっしょくはだ》の方が、

「……わたしは、向かいに住む、トマス・イワノヴィッチという者です」

トマスと名乗ったのは人族の男。この方も大柄だ。

スキンヘッドの頭には魔力を漂《ただよ》わせる熊《くま》の入れ墨《ずみ》が目立つ。

深い眼窩《がんか》を持ち鋭《するど》い眼光の持ち主で、ワイルドな顎鬚《あごひげ》を生やしている。

ツーハンデッドソード系の立派な柄が肩口から覗く。胸の幅《はば》が厚く筋骨隆々《りゅうりゅう》。六つ以上に割れたたくましさをアピールするかのように心臓を隠《かく》す鋼の鎧を着ている。六つ以上に割れた腹筋は、何重とグーパンチを喰《く》らっても、余裕《よゆう》で耐《た》えそうな筋肉に見えた。

トマスさんか。彼も〈魔闘術〉の体内強化がスムーズだ。凄腕の武芸者だろう。それにしても、さすがは武術街に住む強者たちだ。立ち姿からして近寄り難《がた》い雰囲気《ふんいき》を醸《かも》し出す。

「そうです。俺の渾名《あだな》の一つに魔槍があります。しかし、『槍使い』でいいですよ。そして、俺は最近ここに引っ越して来ました。名はシュウヤ・カガリと言います。お二人とも、先日は留守の間に屋敷にご訪問して頂いたとか」

「そうです。武術街互助会に入って頂こうかと思いまして」

トマス氏は、その武人たる武骨さのある体格から、かけ離れた柔らかい口調で語る。

「わたしは、昔の知り合いの屋敷を買った、魔槍使いと話をしたく……その実力を見たくてね」

獣人《じゅうじん》レーヴェ氏は、何処《どこ》となく厳しい口調だ。

前に住んでいた人物か。特に、俺には関係ないような気がするが。

「その、武術街互助会とは何なのです？」

「主に、薬の売人と泥棒《どろぼう》に闇《やみ》社会の手合いの者たちから、我々の街を互いに協力して守るということです……他にも、諸々《もろもろ》とありますが……勿論《もちろん》、魔槍使いシュウヤさん。貴方が、闇ギルドと関《かか》わっていることは承知しています」

関わっているか。その闇ギルド【月《つき》の残骸《ざんがい》】の総長とか、盟主って立場なんだが……。

勿論、そんなことは彼には言えない。アイムフレンドリーを意識。

「街を守るのはいいですね」

「はい、我々は力を持った闘技《とうぎ》者であり武芸者。金には困っていない。で、ありますから、この街に住まう貧しい人々に援助《えんじょ》を行っているのですよ。互助会は、それが主な活動となります」

トマス・イワノヴィッチ氏は優しく語った。彼が話す力を持った闘技者……イメージ的にあのコロッセオのような闘技場《とうぎじょう》で戦う人たちのことか。

「貧しい人々に援助とは素晴らしい考えです。互助会なら入ってもいいですが、俺は冒険者なので、この街にはいないことが多いと思われますが、それでもいいのでしょうか」

「冒険者が、この屋敷を……」

猫獣人のレーヴェ氏は三つの眼球を目まぐるしく動かして、そんなことを呟《つぶや》く。

「構わないです。書類とか規則はありません。月に数回、わたしの屋敷で門弟《もんてい》たちと共に貧しい人々に施《ほどこ》しを行うだけ。その際に、色々とご協力頂ければと考えています」

闘技者であり慈善家《じぜんか》か。教会の司祭みたいな人だな……。

野郎《やろう》だが、関係なく好感度が上がる。イワノヴィッチ氏。偉《えら》い！

尊敬を込めて心でラ・ケラーダ！

「……分かりました。もし、日にちが合えば協力致《いた》しましょう」

「はい。よかったです。では、わたしはこれで……」

スキンヘッドのトマス・イワノヴィッチ氏は、隣のレーヴェ氏に頭を下げた。

そして、背中の両手剣を見せびらかすように踵《きびす》を返す。大門に向けて歩いていった。

イワノヴィッチ氏とレーヴェ氏か。別段、仲がいいわけではないようだ。

帰る姿のスキンヘッドを見ていると、レーヴェ氏が口を動かす。

「シュウヤさん、冒険者とお話をされていましたが……この街に住まわれるからには闘技大会に出場、あるいは武術街の戦武会議トーナメント、または、武術連盟に加入、神王位の地位を狙《ねら》っているのですかな？」

この猫獣人レーヴェ氏は、また意味不明なことを語る。

すると、ヴィーネが荷物運びの手伝いを俄《にわか》に止めた。

素早《すばや》く俺の傍《かたわら》に来てくれた。気が利くヴィーネにアイコンタクト。

「――失礼します、ご主人様は冒険者です。闘技大会には出場したこともありませんし、戦武会議にも、武術連盟にも加入していません。そして、神王位なぞ、なくても、この地上に住まう最強、唯一無二《ゆいいつむに》の魔槍使いであり、皆が平伏《ひれふ》すべき存在でもあります……」

ヴィーネは途中《とちゅう》から俺《おれ》を見ながら熱を込めて語っていた……。

血を分け何回も愛し合ったからなぁ。

俺に対する思いが強くなったか。意味は少し違《ちが》うが、血は水よりも濃《こ》いか。

「かっかっかっか――これは手厳しい」

「レーヴェさん。彼女は俺の〈筆頭従者長《選ばれし眷属》〉。名はヴィーネです」

ヴィーネは俺が紹介《しょうかい》すると、「レーヴェ……？」と短く呟きながら、長い銀髪《ぎんぱつ》を首の横に流し肩《かた》に垂らしつつ丁寧《ていねい》にお辞儀《じぎ》をする。

「彼女が話をしたように闘技は知りません。ですが異名通り、槍には自信があります」

うっすらと口角を上げることを意識して語った。表情筋が利くとイイが。

レーヴェも俺の笑みに答えるように、頬を吊《つ》り上《あ》げながら口を動かす。

「……槍使いと、黒猫《くろねこ》。または、魔槍使い、紫の死神、股間潰《こかんつぶ》しの槍使い、槍使いと守護獣使い。とも聞《き》き及《およ》んでいますよ」

なんだそりゃ、初めて聞く渾名だな。

「はは、そんな噂《うわさ》の名前もあるんですね」

「……噂通りの実力か、試《ため》したいですな……」

レーヴェは三つの目を鋭くさせて、魔力を目に集中させている。

俺の魔力を観察してきた。

「ご主人様、わたしが相手をしましょうか？」

ヴィーネは弓は使わず、居合いの技《わざ》でも使うかのように、黒い鱗《うろこ》の鯉口《こいぐち》に細い指先を当てつつ一歩前に出た。黒蛇《くろへび》の刀剣《とうけん》を直《す》ぐにでも抜《ぬ》ける位置だ。

「相手だと？　神王位第三位わたしに対しての物言いが解せぬが、珍《めずら》しい種族の女、故《ゆえ》か」

レーヴェも剣呑《けんのん》な雰囲気で語る。肩口から出た柄頭《つかがしら》に左上腕の指を伸ばし、右下腕の指先は腰の剣の柄に触《ふ》れていた。左下腕だけが異常に太い。

他の腕もそれなりに太いが、左下腕の一本が太いのは何故だろう。

「待った、ヴィーネ。お前が戦う理由はない。そして、俺にも戦う理由はないんだが」

「はい、分かりました」

ヴィーネはその言葉を聞くと、素直《すなお》に腰を引いて俺の斜《なな》め後《うし》ろに戻《もど》る。

「……戦う理由か。強者なら、わたしの気持ちも分かると思っていたが」

この新王位三位と名乗る獣人《レーヴェ》さんは、戦闘狂気味《せんとうきょう》か。一度頷《うなず》いてから、俺は視線を周りに向けつつ、

「少しは分かるつもりだ。が、時間といい、この状況《じょうきょう》が見えないほど、馬鹿《ばか》ではあるまい？」

と、使用人たちが荷物を運んでいる作業のことをレーヴェさんに伝える。

「……確かに、忙《いそが》しそうだ。それにもう夜……調子に乗り失礼した。また後日、お相手をしてもらいたい」

「後日ね、都合が合えばいいよ」

「了解した。では」

レーヴェは三つの目で一瞥《いちべつ》してから、踵を返し、大門へ帰っていく。

「……あれが神王位第三位四剣レーヴェ・クゼガイルですか」

「ヴィーネは知っているのか？」

「はい、闘技大会において何回か優勝をさらっている四剣のレーヴェ。かなり有名です。武術街に住んでいると聞いていましたが、まさか本人だとは、最初は気付きませんでした」

「闘技大会とは、近くにある大きい闘技場で行われている？」

少し興味はあるな。スパルタクスのようなカッコイイ剣闘士《けんとうし》は見たいかも。

「はい。戦闘奴隷同士の闘技もあれば、奴隷《どれい》モンスターを問わない戦武会議のトーナメント戦、王国主催《しゅさい》のペルネーテ武術大会、槍《やり》と剣の神王位の三百位～上位を巡《めぐ》る個人戦、戦闘奴隷の闘技と同じく興業を兼ねた専属商会たちが率いる傭兵闘技者《ようへいとうぎ》が、その商会を代表して戦う団体戦と個人戦、魔法《まほう》学院の生徒たちが学院を代表して戦う学院闘技大会、闘技者がモンスターと戦ったりと、規模は多種多様です」

色々ある。神王位とは三百位か。見学とデートを兼ねた観客としてなら見に行きたい。が、邪神《じゃしん》シテアトップと約束をした。他にもやることがあるし後回しだ。

「……そっか、今度、暇《ひま》な時にでも、皆を連れて見学に行ってみる？」

「いいですね……しかし見学だけですか？」

ヴィーネは笑みを浮かべる。銀色のフェイスガードと銀色の横髪を長耳の裏側に回していた。長耳の少しだけ膨らんだ耳朶《じだ》が可愛《かわい》らしい。が、そんなことは告げず、

「ヴィーネは、神王位がなくてもいいとか、語っていたが、俺に出場してほしいのか？」

「……はい。神王位はどうでもいいのですが、偉大《いだい》な雄《おす》たるご主人様が圧倒的《あっとうてき》な強さで栄光を勝ち取る姿は見たいのです。きっと、精霊《せいれい》様も賛成してくださるでしょう」

彼女《かのじょ》は真剣《しんけん》な眼差《まなざ》しだ。

「正直、俺も神王位には興味がないが、美人なヴィーネにそう言われたら、少しだけ出場することを考えるかな？」

「嬉しいですっ――あっ」

微笑むヴィーネの姿を見て、愛《いと》おしくなったので、また抱《だ》き寄せて視線を合わせる。

「……」

彼女は自然と目を瞑《つぶ》った。小ぶりの紫色の唇を奪《うば》う。

ヴィーネも俺に合わせた。互いに自らの唇の感触《かんしょく》を楽しむ。

舌を絡《から》めて唾液《だえき》を交換《こうかん》。そのままヴァンパイアらしく血を交換して飲み合った。

「あぁぁぁーーなにやってんのーーーー」

後ろからレベッカの声が響《ひび》く。俺とヴィーネは微笑んでから離《はな》れた。

「ん、暗かったけど——今、キスしてたっ！」

レベッカの隣にいたエヴァも大声で話している。

「や、やぁ、おはよう」

「それはさっき言っていたでしょ！　重ねて誤魔化《ごまか》そうとしても無駄《むだ》よ！　それに今、夜だし、ボケているつもりなの？　まったく、こっちが荷物を置き終えて、大事な話があるっていうから身構えていたのにっ……ヴィーネと、口の、き、きっすをしているなんてっ！」

レベッカは綺麗《きれい》な蒼目《あおめ》だが、眉間《みけん》に皺《しわ》が寄るように険しい顔色だ。

「——ずるいっ、ん、まだ唇と唇を合わせるキスをしたことがないっ！」

エヴァも珍しく怒《おこ》った。全身から紫魔力《むらさきまりょく》を漂わせて、魔導車椅子ごと体を浮かせている。

小さい薔薇《ばら》模様のスカートが捲《まく》れて、金属の足の上にある白い太股《ふともも》が見えていた。

エヴァの怖《こわ》い顔に注目してしまう。いつもの天使の顔ではない。死神の怒り顔《がお》。

皆《みな》が怒り叱咤《しった》が飛んでくるのは当然だ。が、俺は態度を変えるつもりはない。

「悪かった、とは……言わないぞ。俺は俺だ。これからもやりたいことはやる。レベッカとエヴァとも、唇と唇を合わせた特別なキスを楽しみたいからな」

「えっ、唇と唇。特別なキスを、わたしと……」

「ん、ん……特別なキス……」

二人は嫉妬《しっと》を収めてくれた。頬を赤く染めた二人は、俺とのキスが待ち遠しいようだ。

「二人とも、母屋に戻ろう」

そう言うと、レベッカはキスを求めるように唇を細めていたが、頭部を左右に振って、

「……キス、あ、うん」

と、語ると、恥《は》ずかしそうに頭部を俯《うつむ》かせる。

「ん」

皆を連れて母屋《おもや》に向かった。リビングの左端《ひだりはし》では常闇《とこやみ》の水精霊ヘルメがまだ瞑想中だった。近くで黒猫《ロロ》も丸くなって寝《ね》ている。

「閣下、お帰りなさいです。目に戻りますか？」

「いや、そのままでいいよ」

「畏《かしこ》まりました」

ヘルメはそう言うと、また水晶を抱くように瞑想を始める。たゆたう煙《けむり》のような水煙《すいえん》を全身から放出していた。黒猫《ロロ》もムクッと顔を上げて、

「にゃおん」

と、鳴くと、『眠《ねむ》いにゃお～』と欠伸《あくび》を実行しつつ、片足を伸ばす。前足から爪《つめ》が出入りしていた。起きた相棒は背筋を伸ばしてから、俺の足下《あしもと》に走り寄ってくる。

何回も小さい頭を、俺の脛に擦《す》りつけてから、レベッカの足にも向かう。

魔導車椅子に座《すわ》るエヴァの足に、頭部を衝突《しょうとつ》させてから、エジプト座りで待機。

上目遣《うわめづか》いでエヴァを凝視《ぎょうし》。

「ん、ロロちゃん。ここに来る？」

「にゃ」

「いいよ、来て」

「ンン、にゃ～」

と、鳴いてからエヴァに向けて跳躍《ちょうやく》。エヴァの膝《ひざ》の上をゲットしている。

「あっ、エヴァの所に行っちゃった」

エヴァの膝の上の相棒は片足をエヴァの胸に当てている。

肉球でおっぱいにタッチとはやりおる。肉球とおっぱい……。

この響きに、何か哲学《てつがく》を感じる。

おっぱい委員会の大統領たる俺には、何か、こう、感じ入るものがあった。

不思議な感覚だ。肉球とおっぱい……。

「ふふっ、ロロちゃん、可愛い～」

エヴァは黒猫《ロロ》の頭部と背中に尻尾《しっぽ》までを掌《てのひら》で優《やさ》しく撫でてあげていた。

黒猫《ロロ》は瞼《まぶた》を閉じて開いてのリラックスメッセージを送る。

返事のゴロゴロ音を鳴らしていた。

「ご主人様、お食事はどうしますか？」

おっぱいと肉球について思考を巡らせていたら、近くにいたメイド長イザベルが話しかけてきた。そういえば、エヴァたちもまだ食事をしていないはず……。

「なぁ、話の前に軽く食べていくか？」

「ん、賛成」

「そうね、家に帰ったとき軽くつまんだけど、ちゃんとしたのは食べてない」

「わたしもお腹《なか》が空きました」

彼女たちも腹が減ったようだ。

「分かった、食べよう、イザベル、用意をお願い」

「はっ、畏まりました」

メイド長は使用人たちへ指示を出す。彼女たちは慌《あわ》ててキッチンルームに走った。

直ぐさま料理を盛った皿を持ち、リビングルームの机に配膳《はいぜん》を行う。うがい茶碗《ぢゃわん》から良い香《かお》りが漂った。その茶碗が載るサイドテーブルも、皆、各自の横につく。

「にゃお」

エヴァから離れて、サイドテーブルにじゃれつく黒猫《ロロ》さん。

使用人たちはそんな黒猫《ロロ》に微笑みかけながら――。

あっという間に料理をテキパキと配膳していった。前菜のスープ。野菜が豊富に入ったグラタン料理。ニシンの魚料理。煮物《にもの》と卵焼きが並ぶ。

「うふ、わたしたち、お話にでてくる貴族たちのようね」

使用人たちが、てきぱきと食事を用意していく姿にレベッカが柏手《かしわで》を打つ。

感心していた。確かに貴族の食卓《しょくたく》もこんな感じなのだろうか。

小道具的な品物も増えた。このサイドテーブルと、うがい茶碗。

机の中央には燭台《しょくだい》も飾《かざ》る。聖像《イコン》と花飾り。

リビングが華《はな》やかになっていた。このメイドたちの仕事は素晴《すば》らしい。

「……ん、昔を思い出す……」

一方でエヴァは顔に翳りを見せた。貴族の頃《ころ》を思い出しているのだろうか。

「昔?」

「ん、忘れて、ほら、もう食事」

エヴァは取《と》り繕《つくろ》って食事を勧《すす》める。

「うん、変なの」

レベッカはそんなエヴァの顔を見て少し笑うと、美味《おい》しそうな食事を見る。

「それじゃ、食べよう」

「ん」

「いただきまーす」

「はい」

エヴァ、レベッカ、ヴィーネはグラタンとパンと野菜を口に運ぶ。

黒猫《ロロ》にも特別な焼き魚が用意されていた。

しかも専用の小さい机らしき物がセッティングされる。

「にゃんお〜」

間の抜けた声だ。満足しているらしい。さて、俺もちゃんと食おう……。

まずは野菜から、オリーブオイル系の香《こう》ばしいドレッシングの味がした。しゃきしゃきと瑞々《みずみず》しい。食感も爽《さわ》やかだ。凄《すご》く新鮮《しんせん》で美味しい。

ニシン系の魚と思われる料理も、白身に下味が染《し》みこんでいる。野菜と合うから、美味しい。あっという間に食べに食べて骨だけになっていた。

「閣下、その食事はそんなに美味しいのでしょうか？」

瞑想していたヘルメが聞いてきた。

「あぁ、美味しかったよ。ヘルメもこの野菜を食べるか？」

「いえ……いいです」

彼女は少し興味を持ったが、食べなかった。

「精霊様は食べないのですね、意外です。凄く美味しかったのに、料理に満足で感謝！」

「ん、わたしも感謝。美味しかった」

「はい、美味しかったです」

「にゃおおお」

相棒が、両足を上げて肉球を見せる。そして、一回転。

そんな芸を仕込んだ覚えはないが、焼き魚は美味しかったようだ。

飲食のあとは、口をすすぐ。皆で談笑《だんしょう》しながら黒猫《ロロ》の弄《いじ》りタイム。

あとで処女刃《は》を使う予定だ。メイド長イザベルに、使用人たちが二階に上がらないように命令しておいた。洗面所で歯を磨いてから寝室に向かう。

そして、厠《かわや》に行ったり、歯《は》磨《みが》き、顔を洗ったり、忙しくしている彼女たちに、部屋に集まってもらった。レベッカはそわそわしながら部屋に入ってくる。

そんなレベッカを見上げている相棒は、首を傾《かし》げていた。

「もう！　その首を傾げた仕《し》種《ぐさ》が堪《たま》らなく可愛い！」

興奮したレベッカは、にゃんこポーズ。両膝《りょうひざ》を畳《たた》むように屈《かが》んで、相棒と視線を合わせた。

「にゃ」

「ふふ、わたしの人差し指が好き？」

「にゃぁ～」

レベッカの白魚のような細い指を舐《な》めまくる相棒。そのレベッカの衣装は、白い薄絹《うすぎぬ》の寝間着《ねまき》で、セクシーだ。レベッカの足下には小さいフリルが付いてオシャンティー。

黒猫《ロロ》もその小さいフリルが気に入ったようだ。前足を振るう――猫《ねこ》パンチを、そのレベッカの小さいフリルに衝突させた。

「ロロちゃん、ダメー。これは猫じゃらしじゃないの！」

「ンンン、にゃお～」

相棒の鳴き声は『知らんにゃ～、遊ぶにゃ～』といった気持ちがある。

一方、エヴァは薄紫色《うすむらさきいろ》のネグリジェを着て登場。

寝台《しんだい》に魔導車椅子を寄せると、体から紫魔力を発して浮《う》く。腰を寝台にそっと下ろして座るとレベッカと黒猫《ロロ》を見つめて微笑むエヴァ。

すると、レベッカが相棒の両前足を握《にぎ》りつつ「この可愛い前足は封印《ふういん》よ」と発言。

レベッカは人形を抱くように黒猫《ロロ》を抱きながらエヴァの隣に座った。

エヴァは相棒の頭部を撫《な》でる。

相棒は頭部を上向かせて『エヴァはどこ？』といったように頭部を動かした。

可愛い。レベッカは、そんな相棒の両前足を動かして遊びながら相棒の後頭部にキス。

「ンン」と喉《のど》を鳴らす相棒は両耳をピクピクと動かす。

レベッカの顔が両耳の毛に当たって擽《くすぐ》ったいんだろうな。

ネコ科の頭部の長い毛は感覚を有しているし、尚《なお》のことだ。レベッカは構わず笑顔のままなすがままの相棒の肉球を揉《も》みしだく。

まったく、俺は真面目《まじめ》に告白しようと考えているってのによ。

ま、俺も、相棒の肉球モミモミ会に参加したいから気持ちは分かる。

肉球審査《しんさ》委員長としての実力を活《い》かしたい。ヘルメとヴィーネも微笑《ほほえ》みながら相棒と皆の様子を見ていた。さて、肉球審査委員長の冗談《じょうだん》は置いといて……。

……血の件か、鏡の件か、どちらから話を打ち出すか……やはり、血だな。

「……大事な話とは、血に関することだ」

「血？」

「ん、血……」

勇気を出す。

「まずは俺の種族名から話そう。気付いていると思うが、俺は普通《ふつう》の人族ではない。光魔《こうま》ルシヴァルという新種だ。血を好む、魔族ヴァンパイア系の化け物でもある……」

「閣下は最高なる種、至高なる御方……」

「ご主人様は化け物ではございません。わたしの愛しき偉大なる雄……」

隣《となり》にいたヘルメとヴィーネが片膝《かたひざ》を床《ゆか》に突《つ》け、頭を下げていた。

「えっと……ヴァンパイア系で、人族ではないのね」

「ん、新種。凄い……」

「ンン、にゃお」

二人とも、精霊ヘルメとヴィーネの行動に少し面食らっていたが、俺の告白には、さほど驚《おどろ》いていないようだ。黒猫《ロロ》の行動については省略。

「驚かないのか？」

「ん、普通じゃないだろうと思ってた」

「うん」

「にゃあぁ」

黒猫《ロロ》が鳴きながら、レベッカの手元で子猫《こねこ》らしく器用に横回転。

レベッカの手から離れた片方の前足をレベッカの胸元《むなもと》に伸《の》ばす。

レベッカの突起《とっき》気味の乳首《ちくび》に、肉球タッチを行っていた。

「あぅ、ロロちゃん、今は駄目……」

乳首をピンポイントで、小突《こづ》いたらしい。まったく、エロ雌猫《めすねこ》め……レベッカはイヤラシイ、タッチをしてきた黒猫《ロロ》をベッドの下に降ろしてから、

「……わたしだって、ハイエルフだし」

「ん、わたしも魔族の血か分からないけど生まれた時から異常な骨の足を持つ。骨の足で育った」

彼女たちはあっけらかんとしている。くぅ、俺の苦《く》悩《のう》はいったい……。

「そっか……」

「もう、そんなことで悩《なや》んでたの？」

「ん、シュウヤ可愛いとこある」

「ははは、そうね」

「うん、ふふっ」

隣同士《となりどうし》で座るレベッカとエヴァは互《たが》いに頷《うなず》いて明るく笑っていた。

「ご主人様、だから言ったでしょう。大丈夫《だいじょうぶ》ですと」

ヴィーネに軽く諭《さと》された。

「あぁ、そうだな」

「閣下の良いところでもあります」

ヘルメも満足そうに微笑む。なら、もう一段階……踏《ふ》み込む。

「それでだな、その血に関することなんだが」

「わたしの血を飲みたいのね……」

「シュウヤならいい、血を飲んで」

レベッカとエヴァは真面目な表情だ。自らの首を差し出すように斜めに顔を逸《そ》らし、

……綺麗な鎖骨《さこつ》を見せてきた。俺は思わず、ヴィーネに視線を向けた。

ヴィーネは微笑《びしょう》を湛《たた》えた銀色の瞳《ひとみ》で俺を凝視してから頷いた。俺も頷きを返して、

「血は飲みたい。が、今、話をしているのは逆なんだ。エヴァとレベッカ、俺の血を飲まないか？」

「ええ？　血を飲む？」

「……血には興味ない」

そのタイミングで……落ち着いて〈大真祖の宗系譜《そうけいふ》者〉に関する話をした。

ヴィーネはもう既《すで》に〈筆頭従者長《選ばれし眷属》〉になっていること。

エヴァとレベッカが、俺の血を受《う》け継《つ》げば、新たな〈筆頭従者長《選ばれし眷属》〉か〈従者長〉になると。今回は〈筆頭従者長《選ばれし眷属》〉にするつもりだとも
更《さら》に、二人の種族が、光魔ルシヴァルの系譜《けいふ》を受け継ぐ新種族に変化することをも説明。

俺の説明に加えて、ヘルメとヴィーネも補足してくれた。二人に『ありがとう』と意志を込めて頷きを送る。二人は微笑みを返してくれた。

「光魔ルシヴァルの眷属《けんぞく》となれば、皆、永遠なる家族となるのです。わたしは歓迎《かんげい》しますよ。閣下を支える貴重なる、選ばれし眷属たち……」

ヘルメの目は潤《うる》んでいる。母親の気分なのだろうか。続いて胸に手を当てたヴィーネが、

「性格は変わりません。昼間も歩けます。ご主人様に対する愛が深まり、愛しく思えるこ

とが増えて、偉大なる雄を深く感じることができるようになります。更に、至高の雄のご主人様と永遠に一緒《いっしょ》に過ごすことができる……これに勝《まさ》ることが、他にありますか？」

「ん、にゃおん、にゃ～」

黒猫《ロロ》も鳴いた。意味は、『そうだにゃ～』と言った感じだろうか。

ヴィーネの足に尻尾を絡ませながら鳴いていた。

レベッカとエヴァは大きく頷いた。納得《なっとく》した様子を見せる。

「先にヴィーネが〈筆頭従者長《選ばれし眷属》〉になったことは気に食わない。でも、眷属になる。うぅん、なりたいです。ふつつかなハイエルフですが、眷属にならしてください。あと……わたしもシュウヤと一緒にいたいし……シュウヤのことが好きなの」

「ん、わたしもシュウヤが大好き。眷属になる！　光魔の血を受け継いで強くなって、シュウヤに抱きしめてほしい」

二人からの改めての告白だ。嬉《うれ》しくて、自然と――、

「――俺も二人が好きだ」

「「――シュウヤッ」」

膝を折って、寝台に座る二人を抱きしめる。

心と体が彼女たちの肉体を通して、繋《つな》がったような心地《ここち》よさを感じた。

「にゃお～ん」

黒猫《ロロ》も俺たちに体を擦りつけてくる。相棒も血の気配と雰囲気から感じ取った。彼女たちの温《ぬく》もりを感じてから離れる。

「それじゃ、二人とも俺の血を飲んでもらうとして……」

ヘルメとヴィーネを見る。

「閣下、外に出ています」

「おう」

ヘルメは部屋から離れてリビングへ向かう。

「ご主人様、わたしも外に。さぁ、ロロ様！　行きますよ――」

ヴィーネも黒猫《ロロ》を抱くと部屋の外に出た。俺はエヴァとレベッカを見据《みす》えた。

「ん、きて」

「……いいわ」

彼女たちはシビアな顔つき。準備はできている。

「……これからルシヴァルの血をレベッカとエヴァに分《わ》け与《あた》える。同時に俺の永遠の恋人《こいびと》になる。愛する家族になるんだ。永遠の眷属になるんだ、エヴァとレベッカ！」

「ん」

「うん！」

二人は頷く。暫《しば》しの間のあと〈大真祖の宗系譜者〉を発動させた。

刹那《せつな》、視界が闇に染まる。俺の体から出た闇の世界が目の前の二人を包んだ。

同時に、体内の光魔ルシヴァルの血と魔力《まりょく》が沸騰《ふっとう》する勢いで体中から噴《ふ》き出《で》た。

血の消失が二人分で大きい。魔力消費も大きい。体中が痛く、心も痛い……。

が、超音波《ちょうおんぱ》や電磁波で体中の脈が内臓が攻撃《こうげき》を受けたように体が揺《ゆ》れる。

改造した電子レンジから出たマイクロ波や放射線で攻撃を受け続けたような痛みが――。

血が脈を突き破《やぶ》っている――血の躍動《やくどう》が激しい。

……すこぶる、痛い。ぐおおおおっ――歯で歯を強く噛《か》む。

歯軋《はぎし》り音がするぐらい歯が削《けず》れる。歯をぶつけ合わせて、食いしばった。

痛いし、苦しい。動悸《どうき》が激しいどころじゃねぇ……。

ドンッ、ドンッ、ドンッ、ドンッと、心臓が銅鑼《どら》を叩《たた》くリズムで蠢《うごめ》く。

心肺が裂《さ》け、劈《つんざ》く、といった感覚を味わった瞬間《しゅんかん》――。

熱い血潮の竜巻《たつまき》が俺の全身から四方八方へ飛び出していた。

血は部屋を埋《う》め尽《つ》くす勢いで拡がるや、波頭《なみがしら》となってレベッカとエヴァに向かった。

特別なジュースの血。俺の光魔ルシヴァルの血の海は二人を飲み込んだ。

彼女たちを〈筆頭従者長《選ばれし眷属》〉にするべく意識を強める。

俺の力を分けていく《シェア》が始まった。

血の水槽《すいそう》の深く沈《しず》んだように血の中に浮かぶ二人。

俺を凝視しながら口から空気の泡《あわ》を出す。俺に助けを求めるように手を伸ばす。

「ん、シュウヤ……」

「シュウヤ……」

「大丈夫だ。そのまま」

そして、彼女たちを包む俺の血が、巨大《きょだい》なハートか子宮のような形に変化した。

彼女たちは俺を信頼《しんらい》するように一心に見てくる。

やがてハートの形が、血が滴《したた》る太い幹を擁《よう》した樹木に変化した。

ルシヴァルの紋章樹《もんしょうじゅ》の幻影《げんえい》だ。光魔ルシヴァルの証《あか》し。

ルシヴァルの紋章樹は透《す》けているから、部屋の内部が見えている。

そのルシヴァルの紋章樹の太い幹には、大きな円が十個ある。

大きな円の一つに、ヴィーネの名が古代文字が刻まれてあった。

ルシヴァルの紋章樹の屋根を形成する枝の表面にも、それぞれ二十五個の小さい円が刻まれている。そのルシヴァルの紋章樹がエヴァとレベッカが重なった瞬間――。

光の筋と輝《かがや》く血が二人の胸から迸《ほとばし》るや、その二人の胸から光の筋が全身に走る。

あの光の筋を見ると、ヴィーネの時も心配したが、二人の体がバラバラになってしまうかとヒヤヒヤした。同時に巨大な黒猫《ロロ》がルシヴァルの紋章樹の樹洞《じゆどう》から此方《こちら》を見る幻影が出現。

その幻影はぼやけて消えた。不思議だが当然か。

相棒の黒猫《ロロ》は俺の血肉と魂《たましい》を糧《かて》に、誕生した。

そう考えている間にも、二人の胸から放出された光の粒子《りゆうし》と血の粒子は、半透明《はんとうめい》のルシヴァルの紋章樹を抜けて、宙に弧《こ》を描《えが》くや陰陽《いんよう》太極図を模《かたど》る。その陰陽太極図は輝いた。

その陰陽太極図の上部が太陽《たいよう》的に輝いて、下部が月的に暗がりとなり、上部の太陽の輝きを吸収する。その陰陽太極図は渦《うず》に変化。それは銀河系を表現するかのような渦。

一瞬《いつしゆん》、本当の宇宙空間にいるような気分になった。

すると、銀河の渦を生んだ二人の輝きが強まった。

光の粒子と血の粒子を基にした銀河の渦が二人の体に吸い込まれる。

螺旋《らせん》する血の渦を二人が取り込む度に、二人の体から魔力と魔力の紐《ひも》のようなモノが幾《いく》重《え》にも迸って火花が散った。エヴァとレベッカは苦悶《くもん》の表情だ。

好きな女たちのこの顔はあまり見たくない。

〈大真祖の宗系譜者〉としての力と知っているが……目を逸らしたくなる。

が、この目でしかと見届けなければならない制約の一つ。

その二人が視線を合わせて、

「ん、先生、リリィ、ディー。ハギ、ショーンお父さん、マリナお母さん……わたし、光魔ルシヴァルに変わる」

「お父さん、お母さん……ベティさん。わたしは光魔ルシヴァルの家族に……」

そう切なく苦しげに発言。

同時に、二人の体が皓々《こうこう》と輝く。まるで双月神《そうつき》の祝福を体で表しているようにも見えた。

その輝きは光魔ルシヴァルの一族はここにいると、宇宙全体に向けてメッセージを放っているように見えた。そうして、エヴァとレベッカは、俺のすべての血を吸い終わった。

重なったままのルシヴァルの紋章樹の大きな円の一つにエヴァの名前が古代文字で刻まれた。もう一つの大きな円にレベッカの名前が古代文字で刻まれる――。

新しい選ばれし眷属たち――〈筆頭従者長〉の誕生だ。

彼女たちは闇《やみ》の空間に倒《たお》れた。その闇の空間が徐々《じょじょ》に消える。

血の受け継ぎが成功したと安心した途端《とたん》、視界が霞《かす》む――。

第百五十二章「愛しいエヴァとレベッカの進化」

ん、顔にざらついた感触に、汁《しる》？　魚の匂《にお》いも……あれ？　ここは……。

「にゃ、にゃんおおお」

黒猫《ロロ》だ。

「閣下ァァ」

「ご主人様、ご主人様っ！」

「目を開けて、シュウヤッ」

「ん、シュウヤッ、起きてっ」

……皆の声だ。目を開けるか。

「ああ、ご主人様、気付かれましたか！」

ヴィーネは泣いていた。ヘルメが全身から水飛沫《みずしぶき》を発している。

「アァ、閣下の目が開いた、起きたァァ！」

常闇の水精霊ヘルメが滅多《めった》にない動揺《どうよう》を体と言葉で示す。

見たことのない形の水飛沫を発していた。

「良かった。起きてくれた……」

「ん――シュウヤ、大丈夫《だいじょうぶ》？」

「にゃ、にゃぁぁ」

皆には悪いが、猫と美女たちから起こされる経験は中々いいものだな。普段《ふだん》、寝ていないからこんな機会は二度とないかも知れない……しかし、眷属化は一人ずつ行おう。悪いが、記念として彼女たちの表情を目に焼き付けておく。

さて、皆を見ながら、

「――大丈夫だよ。心配させたみたいだな」

「もうっ、心配かけて！　わたしたちも起きたらシュウヤが倒れてて、ヴィーネが物凄《ものすご》い剣幕《けんまく》で、こんなことは知らない！　知らぬぞ！　って大声で泣いて叫《さけ》んであたふたして、わたしたちも焦《あせ》っちゃったわよ。精霊様も驚いて、おっぱいから水を出し始めるし……」

ヴィーネ、驚かせてしまったな。ヘルメ、気が動転しておっぱいから水を……。

「……レベッカ。ご主人様が倒れて気絶するのは初めてだったのだ。取り乱してしまった。謝罪する。しかし、ご主人様がご無事で本当に、良かった……」

ヴィーネはお尻《しり》を地べたにつけて、また、泣き出してしまった。ずれていた仮面も外して、頬にある蝶《ちょう》の印の表面に涙《なみだ》が伝う。と、その銀色の蝶が涙の効果か、輝いた。

エクストラスキルを発動した訳ではないが、綺麗だ。

「ん、泣かないで、ヴィーネ。シュウヤは元気」

エヴァは天使の微笑。寝台に腰《こし》掛《か》けながらヴィーネの背中をさする。慰《なぐさ》め方《かた》が優しい。

「はい……エヴァ、姉者のような顔だ。嬉しいぞ、ありがとう」

「ん、分かってる。元気出して」

「エヴァ……」

エヴァはヴィーネの心を読んだか。ヴィーネも礼を言うように優しく微笑む。

「閣下、怖かったです……閣下の体に入っても声が聞こえなかった！　気が動転して水を漏《も》らして、しまいました」

ヘルメも珍《めずら》しく声が上擦《うわず》ったままだ。

「皆、済まない……魔力、精神、血を大量に消費したせいだ。二人同時の眷属化はさすがに負担が大きすぎた」

「そうみたいね」

「ん、次からは一人ずつ」

エヴァは紫《むらさき》の瞳をきゅっと細めて語る。

「あぁ、そうだな。それで、エヴァとレベッカ、眷属になったんだよな？」

「ん、〈筆頭従者長《選ばれし眷属》〉になった。色んなスキルも覚えて統廃合《とうはいごう》された。だけど、一日に少しだけ血が必要」

　エヴァは紫の魔力を全身から放出しながら嬉々《きき》として語る。

「血はヴィーネと同じか。レベッカは？」

「うん。わたしも光魔ルシヴァルの新種族に無事になれた。恒久《こうきゅう》スキルとして、〈筆頭従者《選ばれし眷属》長〉を獲得《かくとく》。ヴィーネとエヴァと姉妹ね。シュウヤの眷属の一人よ。スキルも〈分泌吸《フェロモンズ》の匂手《タッチ》〉を覚えた。〈血魔力〉と〈真祖の系譜〉も獲得。元々覚えていたスキルも変化した。戦闘《せんとう》職業も変化したの」

　レベッカは嬉しそうだが、少し混乱しているようでもあった。

「戦闘職業もか。どのような変化なのかな。教えてくれ」

「うん。〈炎《ほのお》の加護〉と〈蒼炎《そうえん》の瞳〉が融合《ゆうごう》して、〈蒼炎の加護〉に変化。戦闘職業が〈蒼炎絵師〉から〈蒼炎闘想武〉という聞いたことのない職に成長。蒼炎も自由にいじれるようになったの、こんな風に……」

　レベッカは右腕《みぎうで》を伸ばし拳《こぶし》を作る。小さい拳には、彼女の瞳の色に近い蒼《あお》い炎が燃えていた。蒼炎でもいいか。この蒼炎は、〈魔闘術〉や導魔術《どうまじゅつ》に近いのか？

「にゃ〜、にゃお」

黒猫《ロロ》もレベッカの腕《うで》に発生しつつ燃え続けている蒼炎を見て、驚いたようだ。

「蒼炎とは、凄いじゃないか」

「ん、レベッカ、熱くないの？」

レベッカは笑顔《えがお》を作ると、

「大丈夫」

と、蒼炎を纏《まと》う拳をエヴァに見せつつ、その拳から蒼炎を消した。

すると、ヴィーネが、

「蒼炎の能力。ご主人様の光魔ルシヴァルの系譜が、レベッカのハイエルフの身体能力に魔力と精神などの潜在《せんざい》能力の成長を促《うなが》した結果でしょう。〈魔闘術〉か〈導魔術〉も関係したモノか或《ある》いは〈秘術〉に近いスキル？　遠距離《えんきょり》も近接戦も可能な戦闘職業と、お見受けしました」

ヴィーネの解説に頷くと、水飛沫を体から発しているヘルメも、

「エヴァ、レベッカは、ヴィーネと同じく魔力操作の技術も格段に上がっていますね。この選ばれし眷属たちならば、軍勢を率いる軍団長に相当する強さです」

ヘルメも嬉々として語る。

「精霊様《せいれいさま》、ありがとう。蒼炎弾《そうえんだん》も作れるし、この拳も武器になるのね」

レベッカは素早《すばや》い身のこなしで腕を伸ばし、空パンチを放っている。

その蒼炎を纏った拳でツッコミは受けたくないな……。

ヘルメは興味深そうに蒼炎を凝視して、長い睫毛《まつげ》を微妙《びみょう》に動かしつつ、頷くと、

「素晴らしい蒼炎拳《そうえんこぶし》。ですが、わたしの皮膚《ひふ》に蒼炎は当てないでください。燃えちゃいそうです」

と、語る。俺《おれ》と黒猫《ロロ》を見ては、ピュッと水を飛ばすヘルメ。常闇とあるが、水の精霊がヘルメだ。レベッカの蒼炎は実際の炎でもあるし、怖いんだろう。

「う、うん、気を付けます」

レベッカは常闇の水精霊ヘルメが怖がる表情を見て、パンチを打つのを止めていた。

「それで、エヴァは？」

「ん、〈金属精錬《せいれん》〉を覚えて足に吸着する金属が増えたと思う。あと〈念導力〉のスキルの能力が増した。範囲《はんい》が広がって、〈紫心魔功《パープルマインド・フェイズ》〉で触《さわ》って分かる内容も強くなった！」

出来《でか》し顔のエヴァも可愛《かわい》い。心を読む力も増したんだから、納得だ。

「良かった。二人とも色々と強くなった。ということで……」

そこで、アイテムボックスから〝処女刃〟を取り出す。彼女《かのじょ》たちへ手渡《てわた》した。

「腕輪《うでわ》？」

「これを装着？」

「それは処女刃です。〈血魔力〉を発展させるための道具。吸血鬼《きゅうけつき》に必須《ひっす》な最初の訓練ですね。まずは二階に行きましょう」

ヴィーネが説明していた。俺も、

「詳《くわ》しくは二階の陶器《とうき》の桶《おけ》、バスタブがある部屋で説明する」

「ん、分かった」

「ふーん」

「閣下、わたしは一階にて瞑想《めいそう》を実行します。ロロ様、行きましょう」

「にゃお～」

相棒はヘルメの肩《かた》に跳《と》び乗《の》ると、肩から湧《わ》いた水が四肢《しし》にかかる。「ンン、にゃ」と鳴きながらヘルメの肩に肉球パンチ。その際に、鼻にも水が入ったのかクシャミを連発。

「あらら、ロロ様、今、鼻をチンと拭《ふ》きますからね」

「にゃぁ」

と、大人しく鼻をヘルメに拭かれる黒猫《ロロ》さん。

ヘルメの腕に前足を掛《か》けて戯《たわむ》れる相棒は、そのままヘルメの頬にキス。

ぺろぺろと、ヘルメの頬を舐めていく。ヘルメは笑顔で、

「ロロ様、ありがとう。あとで、特製の水をさしあげます」

「にゃ～」

微笑ましいやりとりをしながら離《はな》れていく。しかし、特製の水？

と疑問に思ったが何も言わない。俺はレベッカとエヴァを連れて渡《わた》り廊下《ろうか》に出た。

廊下の右奥《おく》の螺旋階段から上る。廊下から二階の部屋に入りアーチ型の出入り口から外に通じているバルコニーに出た。中庭を見通せる風が気持ちいい場所だ。

椅子《いす》と小さい机がある。エヴァとレベッカの手を握りながら……バルコニーと地続きの塔《とう》の中にある風呂場《ふろば》に入った。バスタブを見ながら処女刃を出して、

「これを使ってヴァンパイアとしての〈血魔力〉の第一段階を覚えてもらおうか」

「第一段階……この腕輪はスイッチがあるようだけど」

「そうだ。スイッチを押《お》すと、中から刃が飛び出す仕組み。刃が腕に刺《さ》さる。痛いが、血を流す感覚を覚えてもらう」

裸《はだか》になったほうがやりやすいかな。俺は外に出てヴィーネに見ていてもらうか。

「ええ……痛いのは、いや……」

「ん、分かった。裸になったほうがいい？」

「ちょっ、裸……えぇぇぇ、いやよぉ、恥《は》ずかしい」

レベッカは嫌《いや》がるが、エヴァは大胆《だいたん》な発言だ。

「分かってるよ。俺は外に出てる」

「ん、行っちゃダメ。わたしはシュウヤにすべてを見ていて欲《ほ》しい。この血の儀式《ぎしき》は、特別な人と一緒に分かち合いたい……」

エヴァに止められた。紫の瞳には深い愛情がある。

「了解《りょうかい》した。エヴァは、しっかりと、俺が見よう」

「あ、わ、わたしも本当はシュウヤに見て欲しい……恥ずかしいけど、光魔ルシヴァルの一族になるんだから……」

エヴァに負けじと、レベッカも決意を固めた表情だ。その思いを感じ取りながら、

「……おうよ。しっかりと見届けてやるさ」

身の引《ひ》き締《し》まる思いで、大きく頷いて答えていた。

「ん」

エヴァは瞬《また》く間《ま》に魔導車椅子《まどうくるまいす》を変形させた。両足の踝《くるぶし》の位置に小さい車輪が付く魔導《まどう》足タイプだ。車輪の形と位置は微妙に変わるから自由度が高いようだ。

その魔導足で立ったエヴァは、微笑を浮かべつつ薄紫色のネグリジェを脱《ぬ》いだ。

一糸まとわぬ裸形《らぎよう》……素晴らしい体。二つの瑞々しくて大きい乳房《ちぶさ》。

ピンク色の乳首。細い腰《こし》に白色に近い太股《ふともも》は柔《やわ》らかそう。

ムチムチマンボウだ。マンボウが分からないが、とにかく興奮してしまう。

黒猫《ロロ》が、あの太股を気に入った理由だな。

あの柔らかそうな太股で膝枕《ひざまくら》を受けたら幸せだろうなぁ。

「おっぱいが大きい……」

レベッカだ。自分の胸の乳房と、エヴァの豊満な乳房を見比べていた。

エヴァは恥ずかしそうな表情を浮かべながら、その大きい乳房を揺らしつつ、

「シュウヤ……バスタブの中に入れて欲しい」

微《かす》かな鈴《すず》の音が鳴ったようにも聞こえた。俺は頷いて、

「あぁ……」

と、言いながら、エヴァを抱《だ》きしめた。巨乳の感触《かんしょく》が気持ちいい。

エヴァは俺の胸に頭部を預けて「ん、シュウヤ……」と小声を洩《も》らす。

少し体に力が入っていると分かる。安心させるように、

「大丈夫か？」

と聞くとエヴァは頷いて顔を上向かせると、

「ん、大好き」

と、告白してくれた。エヴァの頬が斑《まだら》に朱色《しゅいろ》に染まる。

「あぁ、俺もだ」

「ちょっと！　わたしもいるんだから」

と、レベッカから注意を受けた。

「そうだな」

「ん」

「ふん！」

嫉妬《しっと》声のレベッカは可愛い。俺とエヴァは笑顔を作った。

エヴァをお姫様《ひめさま》抱《だ》っこしつつバスタブの中に入り、片膝をバスタブの底につけた俺は、エヴァの背中を支えながらバスタブに降ろしてあげた。

「ん、バスタブ、ひんやりする」

「あぁ」

裸でも落ち着いた表情のエヴァ。俺をジッと見る。

エヴァのくびれた腰に、あそこの毛と白い太股。そのすべてを見て触りたい。

しかし、今は我慢《がまん》だ。俺は立ち上がりながらバスタブから出た。

「……羨《うらや》ましい」

ヴィーネが一言ボソッとそんなことを語る。お姫様抱っこか？

何回も抱いたヴィーネだが、と、俺の視線に気付いたヴィーネは、

「今はわたしより、新しい眷属のことをお願いします」

大人びた表情で語った。俺は黙《だま》って頷く。レベッカに視線を向け、

「さぁ、次はレベッカだ」

レベッカは、バスタブで休むエヴァを凝視《ぎょうし》しつつ、

「うん。でも、エヴァのおっぱいが、あんな大きさだったなんて」

レベッカは蒼い瞳を大きく揺らしながら語る。

エヴァは隠れ巨乳の持ち主とは知らなかったのか。

「レベッカ、やめとくか？」

「……ううん、やるわよ！　こんなことするのはシュウヤだけなんだからねっ」

レベッカは細い人差し指を俺に向けて、ポーズを決める。

同時に、やる気を示すように、炎の感情を双眸《そうぼう》に宿す勢いで、俺をキッと睨《にら》む。

そうしてから、白い薄絹の寝間着を脱いだ。

悩ましい仕草で、手で胸を隠《かく》して、もう一つの手で股間《こかん》を隠す。

モデルのような仕種《しぐさ》だ。いい女だけにドキッとして、興奮を覚えた。

「もう！　スケベなシュウヤッ！　そんなにジロジロ見ないで！」

俺は真面目な顔を意識しつつ、

「すまんな。が、これはしょうがない。男はいい女を見れば興奮する。裸だし。さ、レベッカもお姫様抱っこをしようか？」

と、いじらしいレベッカに一歩近づく。

「い、いや――」

彼女は体を隠していた手を離して、蒼炎を灯《とも》した手を上げた。

「いやなら」

「……ううん」

レベッカは顔を真っ赤に染めて、その顔を左右に振《ふ》る。

そして、あきらめたように腕を下げると、俯《うつむ》きながら「……お願い」と小声で話す。

「分かった――」

裸のレベッカを抱きしめる。お姫様抱っこだ。小柄《こがら》だから軽い。

「きゃっ……シュウ……ヤ」

レベッカは顔をぽうっとさせていた。潤んだ瞳。

なんか、照れるな……バスタブまで、わずか数歩の距離《きより》だが……。

お姫様抱っこでレベッカをバスタブまで運ぶ。

「ここに降ろすぞ」

「うん……」

エヴァの隣に、レベッカの体を優《やさ》しく支えながら長方形のバスタブに降ろす。

エヴァが前方。レベッカが後方。二人の姿を見てから、バスタブを跨《また》いで離れようとした。

しかし、俺の腕をレベッカの手が掴《つか》む。そのレベッカは、

「待って、あ、降ろしてくれてありがと」

と言いながら掌《てのひら》を握《にぎ》ってくる。恋人握《こいびとにぎ》りだ。

自然と笑《え》みが出た俺は、レベッカの蒼い瞳をジッと見ながら、

「はは、大切なレベッカ。可愛くて好きな女なんだから当然だろう」

と、語りつつ、レベッカの手をぎゅっと強く握り返した。

「あん……」

レベッカは下半身をビクッと前後に揺らすと、俺の手を離す。

ハッとした表情を浮《う》かべて両手で股間を隠した。が、ちゃんと隠れていない。

濡《ぬ》れた薄《うす》い毛が、その隠す指の間から見《み》え隠れ。

「ん、レベッカ、シュウヤなら気にしない。えっちだけど、それはわたしたちも同じこと」

「うん、けど、恥ずかしいの……」

「気にするな。と、俺が言ってもアレだが、レベッカ、今夜はもっと激しいぞ？」

「うん……もっと、触っていっぱい抱いてほしいな」

「ん、わたしも」

エヴァとレベッカは手を差し出した。俺も手を出して三人で手を合わせる。

「二人とも愛している。同時に恋人で大切な家族。そして、心から礼を言おう。俺の眷属となってくれてありがとう――」

「うふふ、うん。こちらこそありがとう。シュウヤ、愛してるわ」

「ん、わたしも、とっても愛してる。でも、いちゃいちゃはレベッカとヴィーネにも負けないから」

「あぁ、二人とも感謝だ――」

と、俺は手を離す。レベッカとエヴァの二人は仲良く手を繋いだまま微笑《ほほえ》んだ。

その間に、バスタブの外に出た。素早く身を翻《ひるがえ》し、二人に向けて、

「二人とも腕輪の処女刃《は》のスイッチを押そうか。最初は痛いが、がんばれ」

「……了解。がんばる」

「ん」

二人は処女刃のスイッチを入れた。血を流し始める。血の儀式を始めて数時間が経過。

まだ彼女たちは感覚を掴めない。ヴィーネの時よりも時間が掛かった。

処女刃を使った血の儀式は夜まで続いた。すると、エヴァが恍惚《こうこつ》の表情を浮かべてつつ血を吸引――ハッと何かに気付いたような表情に変わるや、

「――覚えた。〈血道第一・開門〉！　血の操作――ん、凄《すご》い！　〈戦鋼血紫師〉に、戦闘職業が変化した」と喋《しゃべ》りつつ全身から紫色《むらさきいろ》の魔力を発してバスタブに溜《た》まった血を吸い上げていく。紫色の魔力は血が混ざったような色合いに変化した。

「あ、やった。わたしも〈血道第一・開門〉を獲得した！　戦闘職業も〈蒼炎血闘師〉に変化！」

レベッカも〈血道第一・開門〉を獲得した。略して第一関門。

レベッカとエヴァはハイタッチ。手を握り合ったまま腕を下ろし、バスタブに溜まった混じり合った血を二人は吸い上げた。バスタブに溜まった血は一瞬で吸われて消えた。笑顔の二人。しかし、凄く嬉しそうでもあったが、少し涙目となった。その二人に向けて、

「二人ともおめでとう。光魔《こうま》ルシヴァルの眷属として、第一段階完了《かんりょう》だ」

「ん、ありがとう。シュウヤと同じ一族になれたことが嬉しい。レベッカとも姉妹になれた」

「うん。シュウヤのお陰《かげ》……エヴァとシュウヤ……嬉しい家族でもあるし恋人。愛している人がたくさんできた。なんて幸せなことなんだろう」

「ん、昔、お父さんとお母さんは死んでしまったから……」

「わたしも同じ。ベティさんがいたけれど……」

「ん、でも、もう、わたしたちは光魔ルシヴァル」

「そうね、本当に良かった。永遠にシュウヤを愛することができる」

「ん」

頷《うなず》き合う二人。二人とも生《お》い立《た》ちは違《ちが》うが、ご両親は亡《な》くなっている。

レベッカとエヴァも紆余曲折《うよきょくせつ》を経て、家族となったんだから感慨深《かんがいぶか》いんだろう。

ペルネーテでは散々に言われて、イジメられていたようなもんだからな。

眷属になることで、少しは彼女たちの救いになれたと思いたい。

光魔ルシヴァルの姉妹だ。

最後まで一緒に見ていたヴィーネも笑顔だ。ヴィーネも色々と過去にあった。

さて、次は鏡の件だが……もうそんなことは些細《ささい》なことだ。

その鏡のことを語る前に、俺は服を脱いだ——すると、ヴィーネが、

「エヴァとレベッカ。新しい眷属としてご主人様と楽しむのだ。わたしは後ほど……」

そう語ると、俺を凝視。銀色の瞳《ひとみ》は強く輝いた。同時にウィンク。

と、ヴィーネは踵《きびす》を返すとバルコニーに出た。気を利《き》かせてくれた？

足跡《あしあと》には濃厚《のうこう》な血魔力が残る。その血魔力はヴィーネの女のフェロモンが血だ。

ヴィーネなりの意思だが、ヴィーネらしいか。

よし、気にせず、今はエヴァとレベッカだ。

〈筆頭従者長《選ばれし眷属》〉となった二人を見て、

「……二人とも、準備はいいいな？」

「ん」

エヴァは天使の笑顔。レベッカは目《め》一杯《いっぱい》に蒼い目を見開いて、俺の裸を凝視。

「……はい」

緊張《きんちょう》気味の声だ。レベッカは俺に視線を向けてぎこちない笑顔を向ける。

さて、彼女たちの神聖な乙女《おとめ》を穢《けが》す時がきた。

ゆっくりとバスタブの中で休む彼女たちに近付いた。

最初はエヴァだ。天使の笑顔を崩《くず》すように唇《くちびる》を奪《うば》いつつ……。

上唇《うわくちびる》を優しく労《いたわ》るような優しいキスを意識した。

エヴァも応《こた》えようと、唇をもごもごと動かしてくれた。

と、急に、俺の唇を強く吸うエヴァ。そのエヴァの鼻から熱い息が洩れた。

エヴァの想《おも》いが俺の煩悩《ぼんのう》を刺激《しげき》する。

エヴァの呼吸と唇の動きに合わせて唇を押した。俺は熱を込めてエヴァの唇を吸う。

互《たが》いの舌を絡《から》めて唾液《だえき》を交換《こうかん》。エヴァの鼻息が心地よい。

口内に生まれたエヴァの唾《つば》を吸いつつ歯茎《はぐき》を舐《な》めまくってから舌を引っ張るように吸った。同時にエヴァの唇を強く押し広《ひろ》げた。

途端に、エヴァは、ビクッと体を震《ふる》わせてから弛緩《しかん》する。

俺は、『どうした?』と、聞くように目を開けた。

息継《いきつ》ぎは必要ないが息継ぎを行うように唇を離そうとした。

が、エヴァが俺の唇を離さない。

微笑もうとしたエヴァは、俺の唇を引っ張るように、顔を引いて自身の唇を離した。

エヴァの熱い吐息《といき》が「ぷはぁ」と口から漏れた。俺とエヴァの融合した唾液が互いの唇から糸を引く。紫色の瞳は潤《うる》んでいた。

「ん……このシュウヤの唾液はわたしの……」

と発言しつつ自身の唇から伸《の》びた唾液を吸いつつ唇を細めてから微笑む。

「シュウヤの熱い心を感じた。心臓が高鳴った……シュウヤが愛《いと》しいの」

とろけるような声で気持ちを伝えてくれた。

「俺もだ」

「ん」

珍しく妖艶《ようえん》なエヴァはうっとりとしたまま、視線を下げた。

そこには、俺の勃起《ぼっき》した一物がある。

「ん、シュウヤのおっきい……」

そう発言したエヴァは、まじまじと俺の一物を凝視。

「ちゅ――」

と、亀頭《きとう》の先端《せんたん》にぎこちないが、キスされた。

俺はそのまま口に含《ふく》んでほしかったが、

「ふふ、シュウヤの大事なところにキスしちゃった」

「うう……エヴァばっかり……」

レベッカがいじけている。

「……あ、レベッカも可愛がってあげて」

エヴァは、俺の一物を触ろうとしたが頭部を振るってから止めた。

「分かった――」

と、エヴァから離れた際、一物がエヴァの乳房に触《ふ》れた。

エヴァは「あ……」と体をビクッと震わせつつ股間をモジモジとさせる。

むわっと女の香《かお》りが漂《ただよ》った。かなり敏感《びんかん》になっている。そのエヴァから離れて、レベッカに近寄ると、レベッカはドキッとしたように表情を変えた。

「シュウヤ……」

と、レベッカらしくない弱々しい声で俺の名を語る。

そのレベッカに「抱くぞ」と強く宣言。

「あう……うん。抱いてください。大好きだから」

「分かってる――」

レベッカの体を持ち上げつつレベッカの唇に唇を重ねる。

唇の襞《ひだ》を丁寧《ていねい》になぞった。レベッカも応えて唇を動かす。が、なれていない。

唇を離すと、レベッカは潤ませた瞳で、俺を見ながら、

「ふふ、優しいんだから、もっと乱暴にキスをしてもいいのに……」

「大切にしたいんだ」

俺がそう言うや、パッと明るい表情を作るレベッカは両手を拡《ひろ》げて、

「うん――」

と、俺の首に両手を回し――『離さない！』とでも言うように俺の唇を奪う。

レベッカは俺の唇を強引《ごういん》に割った。その舌が軽《かろ》やかに踊《おど》る。

更《さら》に、俺の唇と舌を吸い上げてきた。強引なキスか――嬉《うれ》しい。

逆に、そのレベッカの舌を強く吸う。更に、魔力《まりょく》をレベッカの舌に流した瞬間《しゅんかん》――。

レベッカは体が震えて弛緩。首に回した両手を離して、背筋をしならせた。

そのレベッカの背中を片手で支えつつレベッカの耳元で、

「おい、大丈夫か？　いきなり魔力は不味《まず》かったか」

と、優しく小声で伝えた瞬間――。

「あぁ……ん」と、レベッカは俺の声だけで、連続的にイッたように、ぶつ切れに喘《あえ》ぎ声を出して、体を震わせるや、急に起きて――。

俺の首に噛《か》み付《つ》いてきた。血を吸うレベッカ――。

「あまり吸うなよ」

「……うぅん。シュウヤ……血……愛しいの」

俺の血を吸った表情を見せないように、胸元《むなもと》に顔を預けてくると、

「でも、バカ！　わたしの舌を吸って舌に魔力を通すなんて……でも、凄く感じた……えっち……でも、でも、嬉しい――」

と、喋る途中《とちゅう》のレベッカの下腹部に――俺は一物を寄せた。

レベッカのお腹《なか》に、俺の一物が触れた直後「あぁん――」とレベッカは体が弓なりに伸びた。そのレベッカの背中を支えながら……。

「これも血の作用か、一物が体に触れただけで、イクとは、二人とも敏感だな。本格的なえっちはあとにするか？」と、わざとじらすように言うと、エヴァの手が俺の腕を掴む。

「ん、だめ！」

そのエヴァに遅《おく》れて、上半身を起こしたレベッカが俺の腕を掴んだ。

「そうよ！　わざとじらして、でも、興奮しているシュウヤも好き――」

そのレベッカは俺を追うように全身ごと唇を突《つ》き出《だ》してきた。つい癖《くせ》で、カウンターとか考えてしまう格闘《かくとう》脳を封印《ふういん》。大人しく唇を奪われた。体をレベッカに任せた。

レベッカに押される形で、背中にバスタブの縁《ふち》が付く。レベッカは顎《あご》を引いてキスを止めると、俺の体に跨がった。俺の一物が、レベッカの太股に触れる。

「アン――」

レベッカは一物を太股で感じて、金色の髪《かみ》を乱しながら、派手にイク。

少し膨《ふく》れた胸と乳首《ちくび》を晒《さら》すように仰《の》け反《ぞ》っていた。

桃色《ももいろ》の乳暈《にゅううん》がくっきりと分かる。突起《とっき》した乳首も目立つ。

そのレベッカの少し膨れた胸と突起した乳首を、揉《も》んで揉んで摘《つ》まむ。

膨らみが小さい張った乳房だが、俺の掌の形になるように乳房が歪《ゆが》む。

指と指の間にあるレベッカの乳首がより硬《かた》くなった。交互《こうご》に二つの乳首を指で捻《ひね》る。

「アァ――だめ、だめ、だめぇ――」

「だめじゃないだろ」

と強く乳首を引っ張った。

「アァン――」

細身のレベッカは恍惚のまま口から涎《よだれ》を垂らす。再び仰け反って動かなくなった。

レベッカの女陰《じょいん》は濡れに濡れている。半透明《はんとうめい》の液体が太股に伝い流れてびしょびしょだ。

その太股を濡らしている愛液は、俺の一物にも垂れていた。

先っぽがレベッカの愛液塗《まみ》れになって艶《あで》やかに光って見えた。俺は、レベッカの軽い体を押し返《かえ》すように腰を僅《わず》かに引いて、上半身を少し上げる。とレベッカが起きた。

「――アン、シュウヤの一物が」

「ん、シュウヤの腹筋硬そう……」

エヴァの言うとおり腹筋力を活《い》かす。勃起した一物がレベッカの尻から秘部と太股を擦《す》れながら移動。すると、レベッカは、

「うぅ、シュウヤの熱いのが……」

と、切なそうに太股と尻を動かして、俺の腰を追おうとする。そのレベッカの背中側から胸に手を回した。俺の腰の一物が、レベッカのお尻付近に当たると、レベッカは体を震わせつつ後ろにいる俺を見ようと頭部を横にずらし、

「——シュウヤ後ろから？」

「まだだ——」

レベッカの張りのあるおっぱいをギュッと強く揉む。

小さい胸だが、この小さい膨らみは張りがあって可愛い。

「アァん、何回もダメ……また来ちゃうから」

そう震えながら喋るレベッカの乳首を強く摘まんでから、一気におっぱいを下に引っ張りながら——肩甲骨《けんこうこつ》から脇腹《わきばら》にかけてキスを行った。

「アアアァ——」

レベッカの金切り声が凄かった。体も急に赤くなると連続的に震える。

そのままぐったりとバスタブの上部の縁にもたれ掛かって、動きを止めた。

火照《ほて》ったレベッカから普段のシトラスとは違う女の匂《にお》いが漂った。

女陰から洩れたであろう半透明なオシッコ的な愛液が太股から伝っていた。

「ん……シュウヤ……」

バスタブの後部に移動していたエヴァだ。

エヴァは再び俺の片腕《かたうで》を握ると、俺の手に、自らの乳房を押し当《あ》ててきた。

「──ん、シュウヤはおっぱいが好き。わたし、えっちな本も読んで勉強したから、がんばる」

と語るや、俺の二の腕を舐めるエヴァ。

そのまま俺の腕先を大きいおっぱいで挟《はさ》んできた。

白いもち肌《はだ》のおっぱいを活かすように、一対《いっつい》の乳房で俺の腕をしごいてくる。

勉強はしたんだろうが、腕をしごいてもな。しかし、大きい乳房の柔らかさと、その温《ぬく》もりは気持ちいい。その可愛いエヴァを見て、

「エヴァ、俺に任せろ」

と、言いながら片腕を返して、エヴァの乳房をギュッと揉みつつ蕾《つぼみ》的な乳首を指で刺激
──。

「アァン」

エヴァは体を弛緩させつつ果てた。百六十七手の技だ。

そのエヴァの果てた顔をよく見ようと……。

汗《あせ》で湿《しめ》っていた黒髪《くろかみ》を撫《な》でておでこを出す。愛おしいエヴァの顔。

エヴァはハッとした表情を浮かべて気を取り直す。と、俺を見て胸に身を寄せる。

巨乳を押し付けていた。焦《あせ》ったようなエヴァだ。

エヴァを落ち着かせるように、その体を抱きしめてから、エヴァの両肩《りょうかた》に手を置く。

そのエヴァは俺の手を見てから上目遣《うわめづか》い。紫色の瞳には、やや焦りを感じた。

「シュウヤ……わたし」

「大丈夫《だいじょうぶ》。エヴァの体は気持ちいい。そのエヴァの気持ちよさそうな、おっぱいを弄《いじ》らせてくれないか？」

「ん、シュウヤの好きに――」

そのエヴァが喋っている最中に片方の乳房にキスをしていた。

顔が乳房に埋没《まいぼつ》するままエヴァの勃起した乳首を舌で転がす。

その乳首を噛んでから強く吸引――。

「あぁん、気持ちいい、アン、でも、乳首が取れちゃうん……」

俺は左手で、エヴァの右の乳房を揉みしだきつつ、左の乳房を唇で吸った。

エヴァは弓なりに体を伸ばすと震えてから両手で俺の頭部をまさぐる。そのまま、俺の髪の毛《け》をもしゃもしゃと動かしながら、自らの胸に俺の頭部を押し付けてきた。

「アァ、そっちのおっぱいも……だめ、アン」

更に強く乳首を吸ってから頭部を上げて唇に含んでいた乳首を解放させた。

俺の唇から垂れた唾がエヴァの乳房を汚《よご》していたが、構わず、両の手でエヴァの乳房を揉みしだく。大きく柔らかい乳房に指が埋没する。両手で、その一対の乳房の重みを測るように、乳房を持ち上げた。ポヨンッと反動が凄い。掌が揺《ゆ》れる。

その揺れたおっぱいを掴んでグイッと引っ張る――。

「ん、おっぱいが感じちゃう。うぅ……あん、あぁ……」

エヴァの喘ぎ声を聞きながら、両手を乳房から離して、素早くエヴァのお尻《しり》に両手を回す。その白いもち肌に指を這《は》わせてから、お尻を鷲掴《わしづか》み。

「アン……シュウヤ、わたしも、もう……」

「分かってる。エヴァ、後ろに尻を俺に見せてくれ」

「……ん、分かった」

エヴァは、体をくねらせて、バスタブの後部の縁を両手で持つ。

「こう？　恥ずかしい」

お尻を俺に突き出してきた。

「それでいい」

「ん、シュウヤの一物をください。初めての男の人をください」

「おう。だが、エヴァは初めてだ。入念に行う」

「ん……」

エヴァのお尻を掴みつつ押し広げる。

「アァ、恥ずかしいよう……」

エヴァに悪いが観察を強めた。恥丘《ちきゅう》には濃《こ》い恥毛《ちもう》が多い。

薄紅《うすべに》色の大陰唇《いんしん》に近づくほど、薄《うっす》らと生えた恥毛に変わる。陰核《いんかく》と小陰唇は小さい。半分出たクリトリスと膣《ちつ》口は時々ビクッと痙攣《けいれん》していた。もう何回も気持ちよくなっているからな。そして、尻毛《しりげ》は少なく可愛い菊《きく》門がはっきりと見えた。

「十分に濡れている――」

と、顔を女陰に近づけて息をクリトリスに掛けた。

「アッ……」

エヴァはお尻を突き出したまま果ててしまう。

ぐったりとなったエヴァだったが、その尻に埋《う》め込まれた感のある俺の頭部。

両頰に当たるもち肌の感覚が気持ちいい。肛門《こうもん》からの臭《にお》いでさえ愛しい。

そのエヴァのお尻を頭部だけで持ち上げつつ女陰を舐め上げた。

激しい舐陰で膣内から溢《あふ》れ出《で》る透明《とうめい》なうるみを唇で吸い取った。

包皮とクリトリスの蕾を細めた唇で挟み含んだ直後——。

「アンッ」とエヴァは体を縮めるように震わせた。

俺は構わず膣口と赤らんで濡れた小陰唇の襞を唇と舌で吸い上げた。

剥《む》き出しになったクリトリスを吸い上げると、エヴァは「アンッ」と高い声を発して気を失う。が、俺は舌の動きを止めない。

エヴァらしく自己主張するクリトリスを優しく舌で転がした。エヴァは刺激を受ける度《たび》に、喘ぎ声を発しつつ起きては連続して淫靡《いんび》な声を出す。

「アァァン、アァァ——」

……エヴァの膣から唇を離した。大陰唇から小陰唇は充血《じゅうけつ》したように赤かった。

その魅惑的《みわくてき》な女陰と恥丘にお腹を見つつエヴァの乳房を掴んで揉んだ。

「アン」

ビクッと乳房の刺激にも反応したエヴァが背を反らす。額に張り付いた黒髪が悩《なや》ましい。

耳元の黒髪はほつれて切なく揺れた。その黒髪が首筋に付着した。

その髪を解こうとする女らしい仕種がたまらない。

俺《おれ》は再びエヴァの女陰を舐めつつ肉芽を吸う――。

「ん、ん、アァァ、あふん、ん、シュウヤが、シュウヤの舌が……」

エヴァのよがる声が色っぽい。舌の先っぽで膣内を浅く突くように舐めた。

「……アン!!」

エヴァは背筋を弓なりに伸ばして、お尻を震わせたまま弛緩。派手に果てた。

エヴァの顔が見えないが、たぶん、もう恍惚どころではないだろうな。

エヴァの女陰を無我夢中《むがむちゆう》で舐めまくる。

舌で丁寧にクリトリスを舐めては包むように吸う。

舌で女陰をまさぐり舐めると、エヴァは甲高《かんだか》い喘ぎを発した。

「アッアッ、うぅ、シュウヤの舌が早くて、ひぅ、ん、ん、んんっ! 優しくて愛しくて……わた、し、わたしは……」

お尻も太股も関係なく、舐めては、モチモチのお尻を揉みしだく。

――柔らかい。おっぱいも柔らかいが、この尻は特別な弾力《だんりよく》がある!

尻から太股に指を沿わせた。エヴァは俺の指の動きに合わせて、体をくねらせる。

そのまま俺に体を預けようと、お尻ごとを寄せてきた。

俺はエヴァの興奮を落ち着かせようと、舐めるのを止めて、

「エヴァ、大丈夫か?」

「アン……声だけでイっちゃう。でも、うん、大丈夫」

上を向こうとしたエヴァに向けて、

「声だけでもか。俺もエヴァの感じる声を聞くと股間が滾《たぎ》る」

「ふふ、あ、アンッ……」

エヴァは、俺を見た直後、また気を失う。バスタブに肩《かた》を預けてぐったりとしてしまう。

「エヴァ?」

そう語りながら、背中と腰を触《さわ》る。しかし、エヴァは起きない。

まいったな、エヴァの処女を……すると、背後のレベッカが俺に抱きついてきた。

「シュウヤ、次はわたしを責《せ》めて、この立派な一物で、わたしを……」

そう語ると、白魚のような指が、俺の一物を撫でてきた。俺はその手首を掴みながら、

「分かった――」

と、素早《すばや》く身を翻す。レベッカのほうに向いて小さい唇を奪った。

レベッカの舌と唾を吸った。レベッカは少し驚《おどろ》いたように蒼《あお》い瞳がパチパチと開いていた。そのレベッカは、目を瞑《つぶ》ると俺の唇を吸って、頭部を引く。唇を離《はな》した。

そのまま俺の胸に手を当てて、視線を上げると笑みを作る。蒼い双眸が綺麗《きれい》だ。

「ふふ、恋人《こいびと》って感じする……」

「あぁ、愛する人でもある——」

と、勃起した一物をわざと、レベッカの太股に当てる。

「ンッ、バカッ、でも、好き——」

レベッカは体勢を屈《かが》めて、俺の一物を咥《くわ》えた——舌を一物に絡めてくる。

レベッカは自らの頭部を俺の股間に付ける勢いで前に出して引く。一物を咥えたまま、

「ぐぐぅん」と鼻息で呼吸。口内と喉《のど》までが、一つの性器か……俺の一物を吸い上げる。

更に一物の大きさを確認《かくにん》するような刺激を行ってきた。

レベッカの口内が気持ち良すぎる。口を窄《すぼ》めて俺の一物を吸うレベッカの表情はエロい。

サウススターで練習した成果か。ヤヴァい。ここじゃだめだ——。

と、レベッカの頭部を引《ひ》き離す。じゅぽっと卑猥《ひわい》な音を立てて唇から離れた一物。

その一物の亀頭からレベッカの口内に伸びた唾の糸がヤラシイ。レベッカは疑問顔だ。

「——シュウヤ、気に入らなかった?」

「いや、気に入った。しかし、練習しすぎだ。気持ち良くてイキそうになった」

「ふふ。イッてくれて良かったのに。でも、シュウヤのお陰。サウススターは練習に便利」

「そのようだ。さ、バスタブから出て」

「――うん……あ、シュウヤの熱い……」

バスタブから出ようとしたレベッカの腹に俺の一物が触れると、そんな名残惜《なごりお》しい声を出していた。表情は完全に欲情している。瞳も少し充血していて、頬は真っ赤だ。

細い太股には半透明な液が垂れている。そのレベッカはバスタブの外に出た。

腰をぺたんと下ろして、俺を見た。

「それじゃ、えっちができないぞ――」

そう語りながらレベッカを抱《かか》えた。

「あう」

同時にレベッカの長耳にキス。ハイエルフの血筋の長耳。

耳の縁を舌でなぞって、首筋に魔力を伝えるように唇を這わせた。

「――あぅん、耳と首から体に魔力がッ……アン」

と喜ぶレベッカの背中に手を回してから押《お》し倒《たお》す。

レベッカは仰向《あおむ》けのまま悶《もだ》えた。自らの金髪《きんぱつ》を払《はら》うかのように頭部を揺らす。

俺は上半身を上げた。レベッカを見下ろす。

レベッカは足を広げようとしているが、ぎこちない。

「これで、いいのよね。わたし、初めてだから……」

「俺に任せろ。まずは、この綺麗な細い足を――」

片方の脹《ふく》ら脛《はぎ》にキスしつつ指で太股《ふともも》を撫でる。

「ひぃん、もう、上手なんだから、って、アンッ」

「そのまま足を左右に拡げようか」

「うん、けど、ほんと、上手……」

レベッカの動きが遅《おそ》い――俺はレベッカの両足を持って強引に左右に拡げた。

レベッカの女陰が丸見えだ。

「こ、こんな拡げるの？　ぅぅぅ……」

レベッカの恥丘には薄い金色の毛が多い。大陰唇は肌色《はだいろ》で産毛《うぶげ》が生えているのみ。

羞恥《しゅうち》か、レベッカは両手で自分の顔を隠していた。

「恥《は》ずかしい……」

「大丈夫。レベッカのあそこは可愛《かわい》い。それに、俺も、ほら、あそこを出しているんだから」

「うん……」

と、体を朱色《しゅいろ》に染めているレベッカは、俺を見て、一物を見る。

「それが入るのね」

「そうだ――」

そう言いながら、レベッカの膣口を中心に――前戯を行う。

「アァァ――」

が、あまり責めるとエヴァのようになるから止めた。

俺は発情している一物を片手で持ちつつレベッカの太股を優しくマッサージ。

「レベッカの肌もつるつるして綺麗だな……」

「アンッありがと……シュウヤの指が気持ちいい。でも、もう、来て……」

「そうだな。一物も立ったままだ」

レベッカは顔を少し上げて、

「うん、シュウヤの一物の先っぽから液が出ている……何か苦しそう……わたしが、ぜんぶ受け止めてあげる。だから、ここに入れて、シュウヤの一物を感じたい」

そう切なそうに語ると自らの両腕《りょううで》を下腹部に伸ばす。白魚のような指先が、自分の膣を指していた。「分かった。入れる――」と腰《こし》を前に動かした。

一物が膣の結膜《けつまく》を浅く突く――一物の先端に処女膜《しょじょまく》らしき膜を感じた。

更に、腰を前に動かして、その処女膜を破った。レベッカは眉《まゆ》を寄せた。

「痛ッ――」

「レベッカ、耐《た》えられるか？」

「うん」

蒼い双眸《そうぼう》は力強い。俺を信頼《しんらい》してくれている。

そのレベッカに『愛してる』という意味を込めるように腰を動かした。

レベッカの膣の奥《おく》に一物が達した。

「アァァン――」

レベッカは腰を上げながら感じてくれた。そのまま俺が腰を前後させる度にレベッカは体を悩ましく痙攣させるや「アァンアンん、アン、アァ」とむせび泣くような声を発した。

――構わず激しく腰をレベッカの腰に打ち付ける――。

レベッカは鳥肌《とりはだ》が立ったように皮膚《ひふ》の産毛が立つと、その肌から汗が激しく散った。

頭部を左右に激しく揺らして金髪が乱れた。

そのレベッカの乱れを助長させるように、両手で、小さく膨らむ乳房《ちぶさ》を揉みしだく。

突起した乳首の蕾を指先で転がすと、レベッカはがくがくと体が震えた。俺は腰の動きを止めてレベッカの表情を見ながら、その朱《しゅ》に染まっている頬に指を添《そ》えて、

「連続してイッたようだが、大丈夫か？」

と聞いた。快楽に溶《と》け始めた表情のレベッカは、俺をぼうっと見て、

「……優しいんだから――」

俺の指を咥えて舐めてくれた。俺の指を唇から離すと、微笑んでから自らの腰を揺すり立て、俺を見る。それは期待の目。頬が赤く上気した。

「……シュウヤの熱い一物をお腹に感じるの……」

「俺もだ。この欲望の塊《かたまり》をレベッカの体にぶちまけたい」

「……うん……責めて、わたしを……愛して……」

「分かった――」

そこから魔力を込めた一物でレベッカの膣の奥を責めるように腰を打ち付けた。

「あぅ――」

レベッカは直《す》ぐにイッたが、光魔ルシヴァルの〈筆頭従者長《選ばれし眷属》〉らしく直ぐに気を取り直すと、魔力を全身に纏《まと》う。気合いが入ったレベッカだったが――俺に突かれる度に、「アァア――」と悲鳴に近い喘ぎ声を発すると、また体中の肌から汗が噴《ふ》き出す。

――俺は腰を回した。一物で、レベッカの膣内の襞を押しては、勢い良く亀頭で襞を擦る。

「アァアァッ――すごい、シュウヤ、アァアン、そこ――」

荒《あら》い呼吸のレベッカは未知の快感を覚えたのか、頭部を揺らして叫《さけ》ぶ。

レベッカの下腹部が揺れると、腰と足先まで痺《しび》れが伝搬《でんぱん》したように足先がピンと伸びた。

同時に俺の名を叫ぶと、レベッカの体の至る所に蒼炎《そうえん》が出た。

が、すぐに消える。

「レベッカ、体から蒼炎が出たが──」

「アァアン、え？　わ、わかんな、アン──」

一度太股《ふともも》が緊張したように体を止めたが、体のうねりは止まらない。

レベッカは自然に能力が出てしまうようだ。

レベッカの腰を突きながら、必至に喘ぐ口を、唇で塞《ふさ》ぐ。

「……アン、だめ、キスしながら突く、の、アァン、アン、アン──」

連続して果てたレベッカは息を乱した。そんなレベッカのため一物で膣の奥を突くペースを落とし、スローペースに切《き》り替《か》えた。

「アン……ゆっくりになった……」

そう熱っぽくとろけるような声で語ると、レベッカは少し落ち着いたのか、笑《え》みを見せて……片手を下に向けた。自分の膣に突き刺《さ》さったように猛《たけ》り立つ俺の一物を見てから、その一物の根元に細い指を当てた。

「シュウヤの一物がヒクヒクしている。この大きい一物が、わたしの中に入っているのね。不思議な感覚」

「そうだ。レベッカの、やらしいあそこの襞が凄く気持ちいぃ――」

「アァン、嬉しい――」

「ハイエルフだからか？」

「――ふふ、わかんないよ……アン――」

「――レベッカの顔が火照ってエロくて、可愛いぞ――」

「アッアッ、アッアッ、うん、うん、嬉しい。アッ、わたしえっちなの……いい、シュウヤのあそこ……感じる」

「あそこ？　あそこじゃ分からない」

と、急に、突くのを止めて、脇腹を指で撫でた。

「アゥ……いじわるして……」

「可愛いレベッカだからだ。その蒼い目のレベッカに、はっきりと、言ってほしいな」

「アァン……わ、分かったから、シュウヤの一物？　その、一物で、あそこをいっぱい突いて……」

「了解《りょうかい》――」

レベッカの細い腰の両側を両手で持ちつつ俺は腰を前後させた。

膣の奥に一物が到達《とうたつ》する度に一物に快楽が集中――。

レベッカの膣は俺の一物を逃《に》がさないように締《し》め付けてきた。

俺は腰を持ち上げて対応――。

腰を上下左右に振動《しんどう》させつつレベッカの膣の中を広げつつ激しく突いた――。

「アァア、す、すごぃぃ、イク、イク、とまら、ない――。アッ、アン、アンァァ――」

甲高い喘ぎ声が激しい。レベッカの膣が別の生き物のように締め付けてくる。

――イキそうになった。腰の動きを止める。

大陰唇の色合いが真っ赤だ。それにしても気持ちいい名器だ。

レベッカも深呼吸。体を休めた。直後、俺は強く腰をレベッカの腰に打ち付けた。

レベッカは「イクッ――」と高い声を発すると体が痙攣。足先まで震えている。

また、腰の動きを止めた。レベッカの体に合わせて休憩《きゅうけい》。

レベッカの恍惚《こうこつ》とした表情を楽しむ。

虚《うつ》ろな蒼い目は充血していた。口《くち》の端《はし》には、ゆだれが垂れている。

弛緩しきった表情のレベッカ。そんな顔も美人に変わりない。そのレベッカの蒼い目に
力が宿ると、俺を見てから、

「わたしは何回もイッたのに、シュウヤの一物は勃起したまま……凄《すご》いタフで素敵《すてき》……」

「レベッカも可愛いぞ──」

魔力を込めた一物でレベッカの膣の奥を強く突いた──レベッカは、

「アンッ」と感情の篭《こ》もった声を発しつつ体を反らす。と、レベッカはオシッコを勢いよく放出した。愛液が混じった大量の尿《にょう》が俺の下腹部を濡《ぬ》らした。レベッカは、

「……ご、ごめん、漏《も》れちゃった」

と恥ずかしそうに発言すると両脚《りょうあし》を閉じようとした。が、細い太股に力は入らない。当然だ。膣の中には俺の一物が入ったままだし、連続してエクスタシーを得たからな。

「どうしよう……ハズい……」

「気にするな。好きな女のすべてを知りたいんだ。その恥ずかしい顔もいい」

そう発言しながら、レベッカの片方の足を上げて、太股を下から押し上《あ》げた。

松葉崩しの体位で、連続的に腰をレベッカの腰へと打ち付けた。

──パンパンパンパンと卑猥な音が連続で響《ひび》く。

レベッカは声を失ったように体を震わせる。が、素早く気を取《と》り戻《もど》す。

そのレベッカの体調を見てから、その彼女《かのじょ》の突起した乳首を片手で刺激──。

同時に、もう片方の片手で、レベッカのお腹と恥丘を撫でつつ──。

指先で優《やさ》しくクリトリスを刺激。更に、レベッカの膣の上を連続的に小突《こづ》く。

「アッ、乳首、ダメ、アッ、アッ、乳首、摘まんじゃ、アンッ、アンッ、アンッ、だめ、だめ、だめ、これはイクゥ」

レベッカが果てた。膣の内部に一物を入れたまま突くのをストップ。また、レベッカが回復するのを待つ。レベッカは直ぐに双眸に力が戻ると、妖艶に微笑《ほほえ》んで、

「シュウヤ……もっと責めて……」

俺は黙《だま》ったまま頷《うなず》いた。そのレベッカを抱えるように両手を背中に回した。

レベッカの体に俺の体がのし掛《か》かる形だ――。

天井《てんじょう》に向いた膣に、俺の一物が突き刺さる。

「――アン！　この体勢だと、直にあそこが響いちゃう」

「……そうだ。一物でレベッカの膣の奥を、その子宮を強めに突く。いいか？」

俺がそう聞くと、蒼い双眸から涙《なみだ》を流すレベッカ。

「……アンッ、カッコイイ顔で、えっちなこと言わないでよ。でも、嬉しい。来て……」

「分かった――」

俺の体でレベッカの体をプレス――。

レベッカの膣の深くを一物が垂直に突き下りる。

「アァン、アァッ、凄い、シュウヤ……」

「レベッカの子宮の形が分かる――」

「アァァンッ、ダメよ、こん、こんなの、シュウヤのちんこが凄い！　ガッアァァ――」

「レベッカ、まだだ。最高に気持ち良くしてやる。幸せにしてやる――」

「アァア、も、もう、わ、わたし、どうにでもなる、アァァンッ――だめ、アアァ――」

快楽が一物に集結していく。と、イクのは我慢《がまん》だ。腰をストップ。そして、

「中に出していいか？」

と、聞いた瞬間、強めにパンッと音が立つように、腰を垂直に落とす。

――一回、二回と、打ち付けた。

「アァ……ン……アンッ、アァン」

刹那《せつな》、俺はまた動きを止めた。

レベッカは興奮が止まらないと言ったように、自らの頭部を揺らす。

と、腰も、いやらしく動かして、やや横目になりながらも上目遣いを寄越《よこ》す。

妖艶《ようえん》なレベッカだ。

「シュウヤ……お願い、止めないで、中に出していいから……妊娠《にんしん》してもいい」

「妊娠か。光魔《こうま》ルシヴァルだから、その可能性は低いと思う……」

そう言いつつ、レベッカの腰の動きに合わせるように腰を落とす。

「――アン！　いい……うう」

「どうした、泣くなんて……」

と、間近のレベッカの表情を凝視《ぎょうし》。密着しているからレベッカの鼓動《こどう》が分かる。

「ううん、これだけ優しく愛してもらえるなんて、今まで考えたこともなかった……凄く幸せなの……だから、シュウヤの精液で、わたしの中を、心を、いっぱいにしてください――」

レベッカは自らの腰を上げて下げた。より深く一物がレベッカの膣に嵌《は》まる。

「アァ……このシュウヤの一物が凄いの……」

と、自ら、俺の一物を膣の奥に誘《さそ》うと、レベッカの子宮の出入り口が少し開いたと分かった。

「分かるか？　子宮の出入り口に俺の亀頭《きとう》が嵌まった」

レベッカは頭部を上下させつつ、

「――うん、分かる。おっきい」

「が、レベッカは初めてなのに、凄い感度だ」

「ふふ……シュウヤのお陰《かげ》。光魔ルシヴァルの〈筆頭従者長《選ばれし眷属》〉だからかな」

「そうだとしても名器だ。レベッカ、そろそろイキたい。一緒《いっしょ》に絶頂感を得ようか……」

「うん、出して――」

「イクぞ――」

「一緒にイク――あぁぁぁ」

ドッと音がするように子宮の出入り口を突破《とっぱ》した一物から精液が迸《ほとばし》る。

「く、出る――」

と、腰が自然と前後に動く。その度に、大量の精液が、レベッカの子宮の中に迸った。

「……」

痺れたように震《ふる》えたレベッカは連続的にイキっぱなし。

体が完全に弛緩《しかん》して、だらりとなったまま死んだように動かない。

心配して背中とお腹を撫でて触ったが動かない。しかし、温かいし脈もある。

ただ、レベッカの体内に流れる魔力《まりょく》の流れが凄《すさ》まじいことに……。

光魔ルシヴァルのオーガズムは他と違《ちが》うとか？　あ、またレベッカは震えた。

イッたと分かる。同時に、俺の汗と体液に魔力も吸い取っていく。

しかし、レベッカの頬と脇腹を触っても起きない。

俺はレベッカの膣内から一物を引き抜《ぬ》いた。

膣口は、ぱっくりと開いたままだ。俺の一物の大きさを物語る……。

ヒクヒクと呼吸するように陰部《いんぶ》が動くと、その膣口から微《かす》かな空気が抜ける音が響く。

膣口に指を当てると、レベッカは体を震わせた。

可愛い膣がヒクヒクと動くさまは卑猥だが、愛《いと》しく可愛い。

んだが、まだ起きない。膣口から、だらりと、俺の、光魔ルシヴァルの精液が垂れた。

すると、直ぐにレベッカの体内が精液を吸収して消えた。おぉ、凄い……。

「……ん、シュウヤ。こっちを見て……次は、わたしの初めてを奪《うば》ってほしい」

エヴァの切ない声だ。振《ふ》り返ると、バスタブの外の縁に背中を預けていた。

俺とレベッカのやりとりを見ていたようだな。腰をもじもじと何回も動かしている。

「分かった。タイルは少し冷たいが、大丈夫かな」

「ん、気にしない――」

と、エヴァは四《よ》つん這《ば》いになると、自らの大きい尻を俺に向けた。更《さら》に、白いもち肌の太股を左右に広げて女陰をこれでもかという勢いで見せてきた。

「これでいい？」

「十分だ。エヴァのあそこは綺麗だな。また舐《な》めたくなる」

後背位のエヴァは頭部を横にずらして、横向きのまま俺を見ようとしながら、

「ん、ダメ。気を失うから、さっきの舌のような、えっち技《わざ》は禁止」

そう語る。ミディアムな長さの髪が垂れた姿が魅惑的だ。大きい乳房が垂れた姿もたまらない「舌は禁止だな。了解！」興奮したまま両手で、もち肌のお尻をぎゅっと掴《つか》んだ――。

「あぅ」

指が、エヴァのお尻の肉に埋没する。エヴァの尻は張りもあるが、柔《やわ》らかい。

掌《てのひら》からはみ出たお尻の肉を揉みしだく。

「やっこい、お尻ちゃんだ」

そう発言しながら両手で、お尻の肉を左右に引っ張った――。

綺麗な女陰が、くっきりと分かる。クリトリスと膣口から透明な液が溢れた。

「アァッ、ん、お尻を揉《も》むのも禁止……もう、我慢できない……シュウヤのください」

「おう――」

エヴァの膣口に一物をゆっくりと挿入《そうにゅう》。亀頭の先端《せんたん》が柔らかい処女膜に当たった。

「エヴァの処女膜だ。貫《つらぬ》くぞ」

「ん、シュウヤ……わたしの処女を奪って」

「分かった――」

その直後、一物がエヴァの処女膜を突《つ》き抜けた。

「痛ッ、アンッ……アァァ」

「エヴァ、大丈夫か？」

「ん、最初は痛かった。けど、今は気持ちいい……でも、シュウヤの顔が見たい……」

「分かった」

俺は素早く一物を引き抜いた。エヴァの処女の血は俺の一物が吸収。

不思議と活力を得たような氣がした。

そのままエヴァの片腕を握《にぎ》って、エヴァの体を引っ張る。

エヴァも身を捻《ひね》って片足を上げ回して、正常位に移行した。

エヴァの恥丘は濃い毛で盛り上がっている。そして、恥ずかしいのか、顔を横に逸《そ》らしていた。

「エヴァ、俺を見たいんじゃないのか？」

「ん、急に恥ずかしくなった」

エヴァの紫色《むらさきいろ》の瞳《ひとみ》は潤《うる》んでいた。そして、俺の一物を凝視。

「シュウヤの一物、震えている？」

「あぁ、エヴァのあそこをいっぱい突きたいって」

俺がそう言った瞬間《しゅんかん》、エヴァは体を震わせて、乳房を揺らす。

膣から愛液が溢れてきた。

「あぅ……ん、分かった。シュウヤの一物で、わたしの性器を突いてください……」

「分かった」

エヴァの膣口に一物をあてがうと、エヴァは唾《つば》を飲み込んだ。

「行くぞ」

紫色の瞳は決意したような表情だ。

「――ん、来て」

そのエヴァの膣内に一物を挿入した――皆《みな》と、同じく処女膜は再生しないようだ。

「アァアン！　アァ……シュウヤ……顔をもっと見せて」

「こうか？」

「アンッ……そう」

同時に強く一物を膣の奥に入れた。「アッ……」連続的に腰をエヴァの腰に打ち付ける。

「アンッアンッ、アァ、一物、アアァ――」

喘《あえ》ぎ声と卑猥な言葉を連呼するエヴァは魅力的《みりょくてき》だ。同時に膣の襞《ひだ》がエヴァの声に呼応する。一物を囲う襞たちが、俺の一物を労《いたわ》るように絡《から》みついてきた。

同時に、エヴァの腹と膣口から紫色の魔力が湧《わ》いてくる。エヴァは気づいていない。

「アンッ、アンッ、アンッァァァ――」

エヴァの野太く感じた声が、俺の煩悩《ぼんのう》を刺激《しげき》する。

更に、女陰《じょいん》から出る紫色の魔力が増えてきた。

その紫色の魔力が、俺の下腹部に触《ふ》れた瞬間――。

『シュウヤ！　シュウヤ！』と――。

俺を連呼するエヴァの思念と、熱い感情の渦《うず》が伝わってきた。不思議だ。

エヴァの心と体が一つになったような気がした。エヴァはハッした表情を浮《う》かべて、

「ん、今、わたしもシュウヤを感じた」

と、発言。俺は頷いて、

「エヴァの性器の中にある俺の一物は、エヴァの心にも繋《つな》がっているのかも知れない！」

そう発言しながら優しくエヴァの膣内を亀頭の部分で擦《こす》る。

エヴァが「アンッ」と声を上げてから『……シュウヤの感じる声が響くの……アンッ』

と念話が聞こえてきた。更に強く魔力を込めた一物でエヴァの子宮口を突いた刹那――。

『アァ――』と、念話を伝えながらエヴァは腰を浮かせつつ体を震わせた。

エヴァの膣口から、俺のカウパーとエヴァの愛液が混じった液がじゅわじゅわと湧くよ

うに垂れて太股を伝う。俺の腹と太股に二人の液がこびり付くが構わない。

膣の奥を突いて、ぷっくりと膨《ふく》れたクリトリスも指で刺激するや「アァァァ」とエヴァは激しくイッた。更に、片手で乳房を揉みながら連続的に腰を前後させた。

一物がエヴァの膣内から出入りする度に、濡れた一物は光を帯びていた。

「アン、アン、アン、アンッ、アア、ダ、ダメ、またイク――」

「おう。イッていいぞ――」

一物に魔力を込めつつエヴァの子宮を押し潰《つぶ》す勢いで激しく突いた。

「アァァァ――」

と、エヴァはぐったりとした。恍惚とした表情のままだ。一物で突いても反応が薄《うす》い。

俺は一物を引き抜いて、エヴァの体を触りつつ顔を見ながら、エヴァの横に寝《ね》た。

目を瞑って休むエヴァ。呼吸が荒くなっているが、大丈夫《だいじょうぶ》か？

と、エヴァはパッと目を開けて、起きた。

「あ、シュウヤ、わたし……また気を失った……」

「少し激しすぎたな……ごめん」

「ううん。謝《あやま》らないで、気持ち良くしてくれてありがとう――」

と、エヴァは顔を寄せて、俺のおでこに唇《くちびる》を当ててくれた。

そのまま、俺の眉間《みけん》と鼻に唇を当てながら……眉毛《まゆげ》と目も頬も舐めてくる。

「ははは、エヴァ、俺の顔はお菓子《かし》ではない」

「ふふ、シュウヤの顔はお菓子よりも好き……平たいの大好き……」

エヴァは舌で顎《あご》を舐めてから唇を奪ってきた。俺の唇を引っ張るエヴァ。

鼻息が荒いエヴァが可愛い。エヴァは唇を離して微笑んでくれた。

唇から唾の糸が引いている。そのエヴァを見ながら、

「エヴァは、俺の舌も好きか？」

「ん、好き」

「俺もエヴァの舌も唇も好きだ。唾も好きだ」

すると、エヴァが、

「ん、シュウヤ、あーんして」

「こうか？」

口を広げる。

「ん――」

妖艶なエヴァは頷くと、唇を開いて、唾を含《ふく》んだ舌から唾を垂らす――。

エヴァの生温かい唾が、俺の舌に流れてきた。その唾を飲み込んでから、

「エヴァ、ありがと、唾は美味《おい》しかった」

「ん」

微笑むエヴァは、ふと、視線を下げる。猛り立《た》った一物を凝視してから、上目遣いで、

「シュウヤの一物が怒《おこ》ったように勃起《ぼっき》したまま。可哀想《かわいそう》。できれば、わたしの中で気持ち良くなって、イッてほしい……」

と、お願いされた。

「了解、なら、寝ながら、また足を広げてくれ」

「ん――」

エヴァは、両足を目一杯《めいっぱい》に広げて床《ゆか》に寝た。

金属と骨が合体した骨の足だ。鋼鉄部分は重そうだが、エヴァは気にしていない。

女陰は斑《まだら》に赤く染まっている。膣《ちつ》の左右に指を沿わせたエヴァは、

「……シュウヤ、来て、わたし、がんばるから」

そう発言すると、自らの両手の指で、膣口を広げた。

襞の肉が俺を呼ぶようにヒクヒクと動いては愛液を零《こぼ》す。

クリトリスも自然に膨れる。瞬《また》く間《たま》に女陰が愛液塗《まみ》れになった。

「アンッ……」

エヴァは軽くイッたようだ。
一物の亀頭を膣口に当て、腰を突き出《だ》した。
「よし――」
「アンッ」
浅い部分を突いて速《すみ》やかに腰を引くや腰を前に突き出す。
今度は膣の深い部分を一物で突きながら、エヴァの太股の裏に片手を回した。
そのままエヴァの片足を上げた。俺の肩にエヴァの片方の脹ら脛を乗せた。
肩に感じる金属の魔導《まどう》足は冷たい。このまま松葉崩《くず》しで突いていく。
「アン、アッ、アッ、角度が、変わっただけで……」
構わずエヴァの膣内を責めたところで、エヴァの背中に反対の手を回した。
エヴァの体を抱えるように、エヴァの下半身を裏返す勢いで胴体《どうたい》にのし掛かった。
フィニッシュホールドって感じの正常位だ。
俺《おれ》はエヴァの肉感を得るように密着しながら、腰を垂直に落とした。
一物で、エヴァの天井に向いた膣内を、エヴァの大事な奥の子宮を直に突いた。
連続的に激しく打ち付ける。エヴァは頭部を左右に激しく揺《ゆ》らして、
「アァアン、アン、アン、アンッ、スゴ、イ――しゅう、シュウヤ、の、一物、当たる

――」

興奮しきった喘ぎ声を連発だ。胸も崩れてしまうんではないかと不安になるぐらいに揺れに揺れると、膣内の締まりが強まった。油断すると先に果ててしまうから――。

エヴァの唇を奪う――。

「んっ――」

と、スローペースに突いた。「んんっ、ぷはぁ」と唇を離してエヴァの首を舐めつつエヴァのおっぱいを片手で弄《いじ》り優しく恥丘《ちきゅう》にタッチするや、あそこの上部を浅く擦り上げた。

「アァアッ――」

エヴァはまたイッた。素早く腰の動きを止めて、エヴァの荒《あ》れた呼吸を整うを待つ。

「ん、アン、シュウヤ……巧《うま》い。でも、そんなに優しくされると、わたし胸が苦しい」

「大丈夫か？」

水魔法《すいまほう》の《水癒《ウオーターキュア》》を発動。エヴァの体を癒《い》やしてあげた。

「ふふ、魔法《まほう》まで、大丈夫……アンッ」

「エヴァ、エヴァのいやらしいあそこを、もっと連続的に突きたい。いいか？」

「アン、いい、シュウヤの声と、一物の先っぽが、当たって、どうしようもないの」

「分かった、いくぞ」

「アッ――」

エヴァの膣内を猛る一物が垂直方向に激しく行《い》き交《か》う。

同時に、愛しいエヴァと俺は体がより密着。肉体と精神が重なり合う。

自然と動いた腰の動きと心臓の鼓動も重なった。

子宮にぶち当たる亀頭から強い快感を得た。エヴァは強く震えながら、

「――アァァァァン！　すごいすごい、シュウヤの一物がぁ、わたしもう……アン」

と、一瞬《いっしゅん》、また気を失ったエヴァ。

「連続でやる――」

「――ん、わたしのすべてをシュウヤにあげるから、腰の動きを止めないでいいから、シュウヤの好きに……気持ち良くなって」

「おう、行くぞ――」

エヴァの両足を持ち上げるように、のし掛かった。そのまま連続的に突いた。

エヴァの呼吸がオカシクなったが、構わず――一物を包む膣の襞を亀頭で擦りつつ、その奥の子宮の出入り口を突いて、突いた。

一物が深くささる膣口から溢《あふ》れた半透明《はんとうめい》な液が飛び散った。

すると、ずにゅっと音が聞こえるように、エヴァの子宮の出入り口に、俺の一物の先っ

ぽが嵌まった。その刹那――エヴァは涙を流しつつイッた。

エヴァは体が震えて弛緩……。

「……エヴァ、大丈夫か？　無理なら……」

「……アンッ、大丈夫……」

エヴァは両手を俺の首に回すと腰を少し下げた。眉をひそめて感じた表情のまま、

「……シュウヤの一物の形が分かるの。あ、液が出た。アン、今もぁぁぁぁ――」

と、エヴァが話す間に、ぐわりと腰を回して連続的にエヴァの子宮の出入り口を突いてから――子宮の内部に一物が入ったところで、

「出る――」

「ん、イク――」

ドッと強い快感を得た。

エヴァは紫色の魔力を体から放出させつつ、体をだらりとさせて弛緩。

俺の腰が前後する度に震えた一物から精液が迸る。エヴァの子宮に注がれる精液。

その度にエヴァは紫色の魔力を収縮させて体が震えていた。

エヴァは気を失ったように沈黙《ちんもく》。俺は一物を引《ひ》き抜いた。

エヴァはぐったりとしたままだ。エヴァのぱっくりと開いた膣から精液が溢れる。

が、エヴァの膣口と女陰が、精液を吸い取った。

エヴァは起きる気配がない。レベッカもそれは同じ。俺は休憩。すると、

「にゃおおおお〜」

と、相棒の鳴き声が聞こえた。何かをアピールしているような鳴き方だ。

暫《しば》し、二人が自然と起きるのを待ったが……起きないな。

すると、ヴィーネの気配が……。

「ご主人様、もう我慢できない！」

裸《はだか》のヴィーネが乱入。俺の背中に抱《だ》きついてきた。背中に感じるヴィーネのおっぱい。

乳首《ちくび》の形はよく分かる。そのヴィーネの手を握り正面に運ぶ。

ヴィーネの表情は獰猛《どうもう》な雌《めす》の虎《とら》を思わせる。欲情した表情だ。が、少し怖《こわ》さもあった。

「ヴィーネも気持ち良くしてやる」

「ご主人様……」

一瞬でヴィーネの瞳が潤む。ヴィーネの女陰に手を回すと、もう濡れていた。

膣口に指を当てているだけで、熱い吐息《といき》を漏らすヴィーネ。

「一人で感じていたのだ……」

と、素《す》の感情のまま呟《つぶや》く。膣口から自然と半透明の液体が溢れ出《で》た。

「うぅ、切ないのだ。ご主人様……」

ヴィーネは自ら腰を前に動かして、愛撫《あいぶ》を求める。

その腰の動きに合わせて、ヴィーネの膣内に指を入れた——温かい。

膣内の襞を、指でなぞる。濡れた粘膜《ねんまく》が擦れる音がヴィーネの律動と合う。

俺はヴィーネの膣の上をグイッと強く押《お》し込んだ。

「アァァン」とヴィーネは体を反らしてイッた。我慢していたようだな、感度が高い。

「ヴィーネ、四つん這いになれ」

「はい——」

ヴィーネは、四つん這いとなって青白い皮膚の尻《しり》を突き出す。

自らの尻を青白い両手で掴むと、尻の肉を左右に広げてくる。

ヴィーネの、あそこが丸見えだ。

膣口から流れた半透明な液が自然と下に垂れていた。細い指先に半透明な液が付着。

その膣口に一物の先っぽをあてがう。まだ突かない。じらした。

「あ……え……どうしたのだ、ご主人様の強い雄《おす》をわたしに！」

「ヴィーネ、突いて欲《ほ》しかったら、はっきりと言え」

強い口調で話すと、ヴィーネは体が震えた。

「アン！　強いご主人様だ。わたしの濡れた性器に、ご主人様の一物をぶちこんでくださ
い」

――望み通り！　一気に腰を前に突き出した。

「アァァァァ――」

ヴィーネの腰を両手で持ちながら凄まじい勢いで突いた。

ヴィーネの腰と尻に、丸太を打ち付けるが如く。

連続的に、腰が取れてしまう勢いで突いた。

――パンパンパンパン、卑猥《ひわい》な音が響きまくる。

途中《とちゆう》、一物に魔力を込めて気合いを入れた突きを繰《く》り出すとヴィーネは「アゥ!?」と、
背中を震わせて果てた。その震えを止めるようにヴィーネの尻の肉を両手で揉みしだく。

同時に一物で子宮を責《せ》めると、

「アァッ、アアッ――イグ、イグゥゥ――」

ヴィーネは連続的にオーガズムに達した。

悶《もだ》えるような喘ぎ声を発してから震えて失神。一物を引き抜くと、ヴィーネは「アァァ
ッ」と、喘いで起きたが、またぐったりとした。

ふぅ……エヴァとレベッカはまだ寝ている。ヴィーネの横たわる裸体《らたい》を鑑賞《かんしょう》。

銀色の髪《かみ》は、背中の肌《はだ》を銀色に染めるように、いやらしく付着していた。

汗《あせ》で濡れた銀色の髪を梳《す》きながら背中と、青白いお尻と、太股《ふともも》と、膝裏《ひざうら》と、脹《ふく》ら脛《はぎ》を……掌で優しく撫《な》でていった。ヴィーネの裸体は女神《めがみ》だ。

美しい……そして、今は無理せず眠《ねむ》れ——毛布をかけてあげた。

エヴァとレベッカにも毛布をかけた。

俺は、ベランダが見える出入り口の壁《かべ》に背を付けて休んで皆を待つ。

三人とも起きないから、ベッドに運んだ。皆を寝かせてから深夜を過ぎた頃《ころ》……。

エヴァとレベッカが起きた。ヴィーネも起きると……。

四人でエッチを繰り返《かえ》す。気付いたら朝だった。

エヴァ、レベッカ、ヴィーネの三人は寝室《しんしつ》で憐《あわ》れな姿で寝ている。

最終的に三人とは個別にやった。エヴァとレベッカも満足した表情だった。

ヴィーネは、レベッカとエヴァに俺を奪われまいと、必死に俺を求めてきた。

愛を感じて嬉《うれ》しかったが、銀色の虹彩《こうさい》に血色が滲《にじ》んでいた。

獰猛さも顕著《けんちょ》に出た表情を浮かべていたから少し怖かったが……。

欲望に限りのないまま快楽を求める姿はダークエルフの種族の血脈が色濃《いろこ》く残っている証拠《しょうこ》かも知れない。俺の精液を直に飲みたいとお願いする可愛《かわい》さは、俺の心をトクンと響かせた。さて、賢者《けんじゃ》タイム――二階のベランダに向かうとするか。

階段を上がって廊下《ろうか》から二階の暖炉《だんろ》の板の間に入る。

その二階のアーチを潜《くぐ》りベランダに出た――中庭から吹《ふ》く風が気持ちいい。

この間と同じく椅子《いす》に座《すわ》った。座り心地《ごこち》はいい椅子だ。その椅子に座りつつモーニングコーヒーもといい、モーニング黒い甘露《かんろ》水を飲みつつ朝の一時を楽しむ。

日の光と風を受けていると、遠いゴルディーバの里を想起した。

……アキレス師匠《ししょう》。俺は眷属を得ました。それも最高の女性たちの眷属を……。

……嬉しいですが、彼女たちを守る責任を強く感じています。俺は武術も極《きわ》めたいですが、同時に、皆の幸せを目指したい。ですから、アキレス師匠、見守っていてください。

師匠とゴルディーバの里にラ・ケラーダ！

――その思いのまま中庭を見た。

中庭には常闇《とこやみ》の水精霊《せいれい》ヘルメがいる。前と同じく大きな樹木に水を撒《ま》いていた。

植物を愛《め》でることが好きなヘルメはニコッと笑みを見せるや水飛沫《みずしぶき》を体から発生させつつ跳躍《ちょうやく》――水飛沫の翼《つばさ》で飛翔《ひしょう》するように二階のベランダに飛来。華麗《かれい》に着地した。

ヘルメはポージングを決めてから、

「――閣下、おはようございます」

「おはよう、ヘルメ。樹木の育ち具合とか分かるのかな」

「ある程度《ていど》分かります。小さいデボンチッチに、木の精霊ちゃんたちが、わたしのお水を浴びて元気モリモリと喜ぶのです。そして、お日様の力と大地の神ガイア様と植物の女神サデュラ様の眷属《けんぞく》たちにも魔力を注いでいます」

デボンチッチの子精霊的なものは見えないが、彼女には見えているらしい。

「偉《えら》いなヘルメは。植物を愛でるのは良いことだ。で、ヘルメもこれを飲む？」

黒い甘露水が入った水差しを勧《すす》めてみる。

「はい」

黒い甘露水を手渡《てわた》すと、ヘルメは喉越《のどご》しのいい音を立てて飲む。

群青色《ぐんじょういろ》の衣装の一部が葉の形に戻る。

その葉の先が反《そ》っては煌《きら》びやかに光を発しながらウェーブを繰り返す。

蒼《あお》色系のイルミネーション的な皮膚《ひふ》の変化だ。

純粋《じゅんすい》に美しい。ヘルメは飲み終わると、水差しを掲《かか》げた。

乾杯《かんぱい》のポーズだ。ヘルメは、ふふっと笑って俺を見る。そして、

「――美味しい。甘《あま》いですが、爽《さわ》やかな気分にさせてくれます」

「おう。美味しいのは分かるが、美人さんのヘルメが飲むと更に美味しそうに見えた」

「当然です～。わたしは、閣下専属の美人精霊ちゃんですから！」

調子に乗った常闇の水精霊ヘルメは面白《おもしろ》い。

おっぱいをプルルンッと揺らしてヘルメ立ちを繰り出す。見事なプロポーションだ。

そして、千年植木の青い実といい甘いモノが大好きか。

喜んで黒い甘露水を飲み干した。そのヘルメも、夜から朝にかけての、エヴァとレベッカとヴィーネとの激しいエッチは知っているはずだが……ヘルメは何も求めず落ち着いている。そのヘルメの腰《こし》に腕《うで》を伸《の》ばす。ヘルメは甘露水が入った水差しを置きつつ……。

「ふふ、閣下……」

俺にキスをせがむように唇を向けてきた。そのヘルメの唇を奪う——。

刹那、ヘルメの全身から出た水飛沫が俺を包む。キスしつつの体の浄化《じょうか》か——。

ヘルメは同時にストックしてある血を俺に寄越した。温かい愛を感じる。

あぁ、エヴァとレベッカの〈筆頭従者長《選ばれし眷属》〉化で、気を失ったことを気にしてくれているのか……優しいヘルメだな。嬉しくなった——『ありがとう、感謝している』という気持ちを込めて、お返しにヘルメに魔力を返すと——。

「あぁぁぁ」

と、常闇の水精霊ヘルメは体を弛緩させた。

感じすぎたか、水溜《みずた》まりとなった液体ヘルメ。

中央が盛り上がる煌びやか液体だった。不思議な青蜜胃無《スライム》にも見えた。

その水溜まりは、ちゃぽんと音を立てながら盛り上がると、瞬く間に女体化《にょたい》。

素敵な人族女性風のヘルメは、やや興奮したような表情で、

「閣下！　ありがとうございます。濃厚《のうこう》な魔力は甘露水よりも美味しい――」

と、大きい乳房《ちぶさ》に顔が挟《はさ》まれた。素晴《すば》らしい柔らかさのダブル乳房攻撃《こうげき》――。

天然のウォーターマシュマロに包まれた気分で、素晴らしい。すると、

「おーい総長！　ここに住んでいるんだろう！」

「シュウヤァア、新しい総長ぉぉ～愛しい総長ぉぉ～」

おっ？　中庭から見知った女性の声が響く。

「ヘルメ、挨拶《あいさつ》してくる」

「はい」

立ち上がってベランダから中庭に向けて跳躍。

足場に〈導想魔手《どうそうましゅ》〉を使う――二段、三段と、宙を駆《か》けて、爽快《そうかい》に中庭に降り立った。

「――えっ、飛んで現れた」

「新しい総長♪」

ベネットとヴェロニカだ。【月《つき》の残骸《ざんがい》】のメンバー。

「よう。二人とも」

ヴェロニカはゴシックドレスの両端《りょうはじ》を両手の指で摘《つ》まむように持ちつつお辞儀《じぎ》すると、鼻先を俺に向けて、小さい鼻がくんくんと動いて匂《にお》いを嗅《か》いでいた。

「総長……前より雄のピュアな匂いが濃厚になった。魔力も増えていない？」

「そうか？　そんなことより、幹部会は黙ったままだったが、傷の具合は大丈夫《だいじょうぶ》そうだな」

「あの時はあの時よ。それに、光系の攻撃《こうげき》はわたしの弱点だからね」

「光の技を受けて蒸発しないだけマシか」

「うん♪　でも、これからは、強い総長のシュウヤがいるから大丈夫！」

「ま、総長だろうが、構わず俺なりに行動する。で、総長となったからには、俺の指示に従ってもらうぞ」

「いやん、カッコイイ！　今の言葉だけで、きゅんっと芯《しん》が疼《うず》いてきちゃった――」

ヴェロニカは楽しそうな雰囲気《ふんいき》で近寄ってきたが、俺は華麗にスルー。

伊達《だて》に爪先《つまさき》半回転は磨《みが》いていない。

「もぅ、総長のばか、可憐《かれん》な乙女《おとめ》が抱きつこうとしてるんだから、そこは胸を広げて抱きしめるべきでしょう？　ふん」

「ヴェロニカ、調子に乗ると血を浴びせるぞ」

「ひぃん、その目つき、また、感じちゃった……」

だめだこりゃ。俺の闇《やみ》属性が増した効果もあるとは思うが、ヴェロニカは俺に対してメロメロになった。隣《となり》のベネットも呆《あき》れた顔。目を細めながらヴェロニカの変顔と奇怪《きかい》な行動を見て、

「ヴェロっ子、総長を困らせちゃいけないよ。だが、この子が、ここまで嵌まるとはねぇ」

「だって、シュウヤがわたしたちの仲間になってくれたんだよ？　前にも、何回も話していたよね？　シュウヤが仲間になるのなら、傀儡《かいらい》兵の改良をがんばるって」

「それならあたいもちゃんと聞いているさ。メルが約束してたんだろ」

「うん、メルは約束を守ってくれた」

そんな約束をしていたのか、メルめ。となると俺を引き込むために。

わざと助けてくださいと言った可能性があるな。メルは頭を下げていたが心では、嗤《わら》っていたか。皮肉屋でくえねぇ女だ。しかし、何度も思うが面白い。

メルは、元闇ギルドの総長なだけはある。裏のある女だが、俺を操作する機知に富んだ女。相当使える……望めばだが、〈筆頭従者長《選ばれし眷属》〉や〈従者長〉の話をしてもいいかも知れない。

「……総長？　顔がニヤついて、ヴェロニカの病気が移ってしまったかい？」

「気にするな。それよりベネット。ここに来たということは、情報は集めたんだよな？」

ベネットは四角い顎をクイッと強調するように頷《うなず》く。

「そうさ、パクス・ラグレドアの情報は直《す》ぐに集まった」

ベネットは密偵《みってい》能力が優《すぐ》れている。彼女《かのじょ》が望めば眷属化はありか。

「……聞かせてくれ」

「あいよ。あたいも驚《おどろ》いた。六大トップクランに迫《せま》るぐらいに勢いのある【死のゆりかご《デッド・クレイドル》】を率いている団長の名だったのさ」

「デッド・クレイドルか」

蟲をゆりかごで育てる意味もある？

「……で、黒雷《こくらい》のパクスという二つ名。主力武器は魔槍《まそう》と魔剣《まけん》。黒髑髏《どくろ》の装具をかぶる素《す》顔《がお》は誰《だれ》も見たことがないらしい。不気味な大柄《おおがら》の男。迷宮《めいきゅう》に長いこと籠《こ》もり、毎回の如く奴隷《どれい》を盾《たて》にして使い潰していると聞いたさ。正式な団員数は奴隷が増減するから不明。背後では【黒の手袋《てぶくろ》】と【大鳥の鼻】という闇ギルドと関係を持つと噂《うわさ》もあった。迷宮は第六層を踏破《とうは》したらしい」

黒髑髏の装具に槍《やり》と剣《けん》と同じ槍使い。闇ギルドと関係を持ち第六層を踏破か。

かなり強い冒険者《ぼうけんしゃ》だ。対人戦も慣れた存在か。

さすがは邪神《じゃしん》に選ばれるだけのことはあるようだ。

「……迷宮に長いこと籠もるとなると、そいつの家とかは分からなかったのか？」

「ふふん、わたしの能力を舐めてもらっては困る。標的の屋敷《やしき》はペルネーテ東、第二の円《えん》卓《たく》通りの右下、倉庫街の端《はし》だよ。結構大きい茶色屋根の家だ。隣に赤屋根の娼婦《しょうふ》の館がある」

凄《すご》い。そこまで情報を得ていたのか。ベネットは偵察《ていさつ》神か！　家が分かるなら楽だ。

マジな顔で、リスペクトを送りつつ、

「さすがだ。ベネット」

「あたいは仕事をしたまで。メルがくれると約束した弓の件があるから、がんばったのさ」

「ふふ、因《ちな》みに、ベネ姉が鼻を膨らまして顔を逸らしたのは、照れて嬉しがっている証拠だからね、総長」

ヴェロニカが教えてくれた。

「ヴェロっ子っ、余計なことを」

「ふふーん」

「ありがと、ヴェロニカ。ベネットはツンが多いからそういう情報は助かる」

「ほーら、ベネ姉！　総長は笑顔《えがお》で応えてくれたよ」

「あ、う、うん。総長──あたいの顔をそんなにじっと見ないでくれよ……」

ベネットの顔の鷲鼻《わしばな》を注視したら、彼女は照れたのか、顔を逸らしていた。

ヴェロニカの言葉通り……鷲鼻の穴が少し膨れている。

美人とは言えないかもだが、それでもいい、可愛いじゃないか！

「……可愛い鼻だな」

「ちょっ、あたいのことを言っているのかい⁉」

「あぁ～わたしよりも先にベネ姉が褒《ほ》められてる……」

ベネットは顔を真っ赤に染めて、目を見開く。

ヴェロニカはぷんすかと、頬を膨らませて怒っていた。

「そうだぞ。ベネット、そんな驚くなよ」

「……あたい、あたいのことを褒めてくれるなんて……」

ベネットはいじいじと両手の指先を合わせて、チラッと俺を見ては、視線を斜《なな》めに逸らす。

「ヴェロニカも、すねるな。お前だって小顔で綺麗《きれい》だぞ」

「んんっ、もっともっと、総長、褒めて褒めてーーー、総長ぉぉ～」

ヴェロニカは……跳躍するように俺の腕に抱きついてきた。

躱《かわ》すとうるさそうだから、抱きしめさせてやる。

「あれ、あそこにいるのは？」

ヴェロニカがヘルメの姿を背中越《ご》しに見たらしい。

「おはようございます。常闇の水精霊ヘルメです。閣下の永遠なる僕《しもべ》、閣下の水、閣下の闇、閣下のお尻愛、閣下――」

「――ヘルメ、自己紹介《しょうかい》はその辺でいい」

長くなりそうだから俺が遮《さえぎ》った。ヘルメの自己紹介の長文効果か？

エルフのベネットは膝《ひざ》を地面に突けて頭を下げていた。

ヴァンパイアのヴェロニカは驚いたまま一歩、二歩、後ろに下がる。

「閣下の偉大《いだい》さを……」

「いいから」

「はい……」

「……総長、その女性は本当に精霊様なのですか？」

顔を上げたベネットは聞いてきた。

「仕方ないですね！」

ヘルメは一瞬で、液体状に変化しつつ飛翔。スパイラル機動で、石畳《いしだたみ》に着水。

水溜まりとなるが、青蜜冑無状《スライム》に、にゅるにゅると中庭の石畳を這《は》って、移動を繰り返すや否《いな》や、瞬く間に女性に変身。速くて判断できかねるが、凄い液体操作技術だ。そのヘルメは、俺の右肩《みぎかた》に体重を預けるように半身を寄せて、右手をバシッと皆に向ける。

切れ長の睫毛《まつげ》から水飛沫が飛んで、俺の頬に当たった。

冷たいが、ヘルメの仕種《しぐさ》が精霊ってよりアイドルに見えてドキッとした。

常闇の水精霊ヘルメとして力を示すように、体の衣装を替《か》えるヘルメ。

群青色のタイツ衣装から、水衣を備えたバージョンに、スカートの裾のひらひらが派手なドレス風のレア衣装を見せるや、俺に投げキッス。俺は衝撃《しょうげき》を受けて、ドキッとした。

ヘルメの胸もドキッとしたように半透明の水晶《すいしょう》の塊《かたまり》のような心臓部が一瞬、露見《ろけん》。

ヘルメは自らの胸を隠《かく》すような仕種で、ベネットとヴェロニカに頭部を向けた。

「凄い。本当に精霊様だ――お許しを精霊様！」

「……精霊様」

ベネットは土下座に変わる。ヴェロニカも片膝《かたひざ》を地面に突《つ》けていた。

「分かればいいのです」

微笑《ほほえ》むヘルメは水飛沫をあげつつ身を翻《ひるがえ》す。肩《かた》から手を離《はな》すと、知恵《ちえ》の輪《わ》の水の環《わ》を周囲に作って母屋《おもや》のほうに走った。「ロロ様～水をあげます～」と叫《さけ》んでいた。

「……総長、あたい、精霊様を生まれて初めて見ました……総長とは、いったい……」

ベネットは表情が完全に強張《こわば》っている。

「わたしもびっくり。使い魔《ま》の類《たぐい》ではない。魔道具もなしに、精霊を使役《しえき》するなんて、それも完全な意識を持つ精霊。永らく生きてきたけど知らない。魔《ま》神具《しんぐ》もなしに、素で、どんな契約呪文《けいやくじゅもん》を組んだら使役が可能なのかしら……紋章魔法《もんしょうまほう》と古代魔法を合わせた秘術？　狭間《ヴェイル》を越《こ》えた魂《たましい》の絆《きずな》……でも、理を超《こ》えている。そして、精神力、魔力《まりょく》は、膨大《ぼうだい》な量が必要なはずよ。分からないわ。神の域を超えた未知の世界。精霊様から微《かす》かにシュウヤと同じ匂いを感じられるし、どんなやり方で使役を……本契約《ほんけいやく》を果たしたのかしら……」

ヴェロニカは三百年近く生きたヴァンパイア。魔法の知見は高いが、それでもヘルメと俺の絆でもある本契約の詳細《しょうさい》は分からないようだ。

「お前たちは、俺が普通《ふつう》じゃないことは知っているだろう？　血を好む、闇側の生き物でもあるが、光も好きな光魔ルシヴァル」

俺がそう語ると、ベネットが、

「光魔ルシヴァル。あたいには難しいことは分からないよ。総長が強い。と、だけ考えて、忠誠を誓《ちか》います……」

「わたしも、シュウヤに忠誠を誓うわ。守ってほしい。ヴァルマスクだって、シュウヤなら……」

陽気なおどける態度だったヴェロニカも顔を上げてから、また、頭を下げてきた。

ヴァルマスク家か。俺がルシヴァルとして勢力図を広げたことはいずれ分かるかな？

吸血神ルグナド様とやらも、気付くか。メルとも話をしていたが、まぁ、相手も馬鹿《ばか》じゃないだろうし、喧嘩《けんか》を売ってくる可能性は低いかもな。

「二人とも忠誠は嬉しいが、楽にしてくれ。そして、俺の仲間に護衛はいらなくなった。レベッカとエヴァは俺の屋敷で暮らすと、メルに伝えてくれ。それとメルたちと、連絡《れんらく》を取りたい時があるかも知れない。だから、この屋敷に連絡員を常駐《じょうちゅう》させる話を頼《たの》む」

「あたいに任せな、メルに話しておくよ」

ベネットは元気よく頷いてくれた。すると、ヴェロニカが、

「シュウヤの傍《そば》にいたいから、わたしが常駐員？」

「ヴェロっ子、それはメルが反対する。だめだ。ヴェロっ子には、まだやることがあっただろう」

「ううう、角付き傀儡兵ならもう三体作ったよ……」

「そんなことはあたいは知らない、メルに言うんだね」

「ふんっ、メルにちゃんとお話をして、許可を貰《もら》うもん……」

ヴェロニカは独りぶつぶつ言い出す。

「それじゃ、あたいは戻《もど》るよ」

「おう」

「あっ、まって、シュウヤッ――」

ヴェロニカは両腕《りょううで》を広げて、また俺に抱きついてきた。足を抱きしめさせてやる。

「ふふっ、ありがとっ――」

彼女はヴァンパイアらしく、高く跳躍して、俺の頬にキスしてきた。

ヴェロニカは横回転しつつ華麗に着地。

両足をクロスさせてダンスするような仕種から――照れたのか、頬を紅《あか》く染めつつ踵《きびす》を返した。ベネットの背中を追いかけるように走った。

その途中で振《ふ》り向《む》いたヴェロニカは笑顔を見せる。美しい天使系の微笑み。

少女のヴェロニカを見ているとヴァンパイアだということを忘れてしまう。

数百年は生きた少女。精神年齢《ねんれい》は転生、転移した俺の精神年齢を超えている。

お婆《ばあ》さんだ。さぁて、そろそろ、皆《みな》が起きる頃合《ころあ》いかな。

第百五十二章「紅茶の誓い」

リビングで紅茶を飲む。くつろぎながら美女たちに千年植物と邪神の話を説明。

ベネットとヴェロニカがターゲットの情報と冒険者の件を伝えてくれた。

パレデスの鏡と二十四面体《トラペゾヘドロン》のことも告げる。

ゲート魔法か転移のアイテムが、二十四面体《トラペゾヘドロン》だと。

二十四のパレデスの鏡についても長々と説明。

黒猫《ロロ》は話し合いに飽《あ》きたようだ。足の甲《こう》の上で腹をぐでーんと晒《さら》して寝《ね》ている。だらしない腹だ。両前足がバンザイ状態で寝てやがる。

んだが、可愛い腹すぎる！　ピンクの乳首ちゃんがムカつくほど可愛い。

相棒の乳首を触《さわ》っていじりたくなったが、我慢《がまん》だ。皆に、視線を戻した。

「ペルネーテで過ごしてきたけど、神々の戦いには実感があまり湧《わ》かないわ」

「ん、邪神同士？」

「うん。その邪神の争いに手を貸すシュウヤの勇気と強さに呆れるけど、同時にシュウヤが凄い男だと分かる」

「ん、あと鏡のゲート魔法。二十四面体《トラペゾヘドロン》が凄い！」

「パレデスの鏡ね。その秘宝的な……秘密の部屋にありそうなお宝を持っているなんて、知らなかった！」

レベッカはお宝が好きだからな。そのレベッカだが、話の途中で、俺の足の上で器用に腹を晒して寝る黒猫《ロロ》さんをチラチラと見やる。

「ん、わたしも知らなかった。光《ひか》り輝《かがや》くゲートも使えるなんて、シュウヤは大魔術師《まじゅつし》っぽい」

エヴァは位置的に黒猫《ロロ》に気付いていない。

「わたしは知っています」

「閣下とは付き合いが長いわたしが、一番良く知っているでしょう」

常闇の水精霊ヘルメは偉そうに語る。ま、当たり前。

ヘルメとの出会いはゴルディーバの里。長い尻合《しりあ》いだからな。

「……精霊様はシュウヤと何処《どこ》で知り合ったのですか？」

恐縮《きょうしゅく》したレベッカがヘルメに聞いていた。

「とある小さい湖ですよ。そこで、愛を育《はぐく》み、閣下に救われたのです」

「愛を育み……付き合いの長さでは精霊様にかないませんね……」

「ん、シュウヤ、精霊様を助けた。偉い！」

「助けたというか、まぁ偶然《ぐうぜん》だよ」

当時、尻に住み着いていた事は知らなかった……。

「でも、鏡を用いたゲートの事はもっと早く知りたかったな……」

「ん、確かに、でも、わたしならもっと早く気付けた」

エヴァは含《ふく》みを持たせて語る。エヴァはまだちゃんと〈紫心魔功《パープルマインド・フェイズ》〉のことを話していないようだ。少しは話しているのかも知れないが。

ま、エヴァもレベッカもヴィーネも同じ一族光魔ルシヴァルの血脈だ。

「わたしは知っていましたが」

「ヴィーネに少し嫉妬《しっと》」

「ん、わたしも」

「先に知っていようが、知っていまいが、そんなことはどうでもいい。今のお前たちは、俺の恋人《こいびと》であり妻。そして、家族であり、〈筆頭従者長《選ばれし眷属》〉なんだからな。下らんことで喧嘩はするなよ」

「うん、家族か……何か、嬉しい言葉ね。両親を亡《な》くしてベティさんだけだったから……

エヴァとは血の姉妹。だから、ヴィーネとも姉妹でもあるということ?」

レベッカは微笑みながら、皆に向けて話していた。

「はい。わたしたちはエヴァも併《あわ》せて永遠の姉妹の眷属。ご主人様を共にお慕《した》いしている仲間」

ヴィーネもレベッカの言葉に大きく頷いて話す。

「ん、新しい家族! 嬉しい! 姉妹! シュウヤの恋人。皆で彼《かれ》を支える。わたし、がんばる、しゅしゅしゅーも上手《うま》くなる!」

エヴァはまた、腕を動かして、槍か〈鎖《くさり》〉の動きを再現しようとしている。

「ン、にゃ、にゃ、にゃ~」

と、起きた黒猫《ロロ》が、エヴァの真似《まね》をしようと首から先端が黒豆のような触手《しょくしゅ》を出していた。

「しゅしゅーが解《わか》らないけど、がんばりましょうね。ロロちゃんもがんばるって」

「はいっ、がんばりましょう!」

ヴィーネが二人の間に片腕《かたうで》を伸ばす。

エヴァも魔導車椅子《まどうくるまいす》を変化させるやヴィーネの傍に寄った。

「んっ」

と小声を発しながら青白いヴィーネの腕に自身の腕を重ねる。

やや遅《おく》れてレベッカも細い腕を伸ばす。三人の手が合わさった。

ヘルメは水飛沫を飛ばして祝福――相棒は不思議そうに見上げている。

三人寄れば文殊《もんじゅ》の知恵。

〈筆頭従者長《選ばれし眷属》〉たちが、これから様々に知恵と力を貸してくれるはず。あの合わさった三人の手からは、何も光は発生はしていないが、光が見えた気がした。文殊の知恵だけでなく、『三国志』、桃園《とうえん》の誓い、劉備《りゅうび》、関羽《かんう》、張飛《ちょうひ》のことを想起する。

後の世で『紅茶の誓い』と、伝えられているかも知れない。なんちゃって。

「……まとまったな」

「さすがは閣下。説明の途中で眷属たちの絆を増やし、やる気を引き出すとは、その手腕《しゅわん》に感服致《いた》します」

「ヘルメ、あまり持ち上げるな」

「はいっ」

常闇の水精霊ヘルメは背筋を伸ばす。

「それじゃ、ゲート魔法《まほう》的なアイテム。二十四面体《トラペゾヘドロン》を実際に試《ため》す。今から見せるから」

「うん」

「はい」

「にゃ～」

早速《さっそく》アイテムボックスから二十四面体《トラペゾヘドロン》を取り出した。

一の記号をなぞる。二十四面体《トラペゾヘドロン》が急回転しつつ面という面が折り重なると、あっという間に光り輝くゲートが目の前に出現した。

「……わぁ、凄い凄い。本当にゲートなんだ。見えているのはシュウヤの寝室にある鏡。向こうからはこっちは見えないの？」

「見えないよ。ただ光っているだけ」

「へぇ……」

レベッカは席を立ち、光るゲートの端から端まで見て手で触《ふ》れてゆく。

「丁度いい。皆、レベッカのとこへ集まってくれ、実験をしよう。触れずとも、俺《おれ》の近くにいれば一緒《いっしょ》にゲートには潜れると思うが、一応最初は触れてもらう」

「はい」

「畏《かしこ》まりました」

「ん」

レベッカ、ヴィーネ、エヴァ、ヘルメが集合。相棒は見ているだけ。

「黒猫《ロロ》はここで待機か？」

「ン、にゃお」

と、片足を上げて返事。待つようだ。

「それじゃ、皆、俺の体を触ってくれ。どこでもいいから触りながらこのゲートを一緒に潜る」

ところが彼女たちは俺の手の奪《うば》い合《あ》いに発展。

「精霊様は手を握《にぎ》る必要はないはずですが？」

「閣下の手は、わたしが握るのが一番です」

ヴィーネとヘルメが右手を奪い合い。

「ちょっと、エヴァ、離してよ、わたしが握るの！」

「ん、早い者勝ち」

左手は魔導車椅子に乗ったエヴァが握ってレベッカがその手を叩《たた》いている。

……微笑ましい光景だが、ちゃんと言うか。

「あのさ、今は手を握るのはなし——どこでもいいから触れ」

そう話しながら両手を振り、彼女たちの手を振りほどいた。

「ん、分かった」

――ハゥアッ。エヴァはにっこりと天使の笑顔を浮《う》かべながら、股間《こかん》をタッチしてきた。

皆、これには驚く。常闇の水精霊ヘルメも俺の股間とエヴァの手を見つめていた。

「ちょっ、わたしだって」

「では、ご主人様の……」

「閣下の一物はわたしが守ります」

こいつら絶対、遊んでやがる……四人で一物を触ったら勃起《ぼっき》しちゃうだろうが……。

ヴィーネは擦《こす》ろうとしているし。

「こらっ、ふざけないで、違《ちが》うとこを触れ」

「ん、ふざけてないけど……腕に触る」

「分かったわ、素直《すなお》に腕ね」

「閣下の腕に触ります」

「ふふ、わたしも、ご主人様の腕に変えますね」

ヴィーネめ、笑っているから、やはりふざけていたな。

が、可愛いので許す。そして、皆、腕や肩に手が触れているのを確認《かくにん》。

「よし、そのまま触れながら、一緒にゲートへ潜るぞ」

「「「「――はい」」」」

「んっ」

「成功するかしら――」

無事に全員でゲートを抜《ぬ》ける。エヴァの魔導車椅子も大丈夫だった。

パレデスの鏡から出て寝室に出る。

そのパレデスの鏡の上部に嵌《は》まった状態の二十四面体《トラペゾヘドロン》が外れた。

二十四面体《トラペゾヘドロン》はキュインキュインとドローン的に横回転しながら俺の頭部付近に近付くと、ぐるぐると頭の周りを回り出した。

「やった。寝室に移動した。転移は大成功！　わたし、大魔術師！　うはは――」

レベッカはくるりと体を回転してから寝台《しんだい》にドスンと腰掛《こしか》けた。

テンション高いが、レベッカの快活な性格はこっちまで明るくさせてくれる。

レベッカはそのまま両手を拡《ひろ》げて、背伸《せの》びでもするように、ぐぐっと背筋を伸ばしつつ寝台に背中をつけて大の字に寝そべった。レベッカの魅力的《みりょくてき》な腋《わき》が見えていた。

俺は二十四面体《トラペゾヘドロン》を取りながら、

「成功だ。これで二十四面体《トラペゾヘドロン》を使えば、この鏡に戻って来られる」

すると、エヴァが、俺の手にある二十四面体《トラペゾヘドロン》を凝視《ぎょうし》。

「ん、そのシュウヤが持つ多面体の球体がキー？」

「そうだ。当初から話していたように、これでこの世界に散らばる二十四の鏡へと移動できる」

そこから、世界各地に存在するであろうパレデスの鏡の情報を、皆と共有した。

一面：【迷宮都市ペルネーテ】にある俺の屋敷の部屋に設置してある鏡。
二面：何処《どこ》かの浅い海底にある鏡。
三面：【宗教国家ヘスリファート】の【ベルトザム】村の教会地下にある鏡。
四面：遠き北西、荒野《こうや》が広がる【サーディア荒野】の魔女《まじょ》の住《す》み処《か》。
五面：土色、真っ黒の視界、埋《う》まった鏡。
六面：土色、真っ黒の視界、埋まった鏡。
七面：土色、真っ黒の視界、埋まった鏡。
八面：土色、真っ黒の視界、埋まった鏡。
九面：土色、真っ黒の視界、埋まった鏡。
十面：土色、真っ黒の視界、埋まった鏡。
十一面：ヴィーネの故郷、【地下都市ダウメザラン】の倉庫にある鏡。
十二面：空島《そらじま》にある鏡。

十三面：何処かの大貴族か、大商人か、商人の家に設置された鏡。
十四面：雪が降る何処かの鏡。
十五面：大きな瀑布《ばくふ》的な滝《たき》がある崖《がけ》上か岩山にある鏡。
十六面：浅い海。船の残骸が近くにある鏡。
十七面：不気味な心臓、内臓が収められた黒い額縁《がくぶち》がある、時が止まっているような部屋にある鏡。
十八面：暗い倉庫、宝物庫にある鏡。
十九面：土色、真っ黒の視界、埋まった鏡。
二十面：土色、真っ黒の視界、埋まった鏡。
二十一面：土色、真っ黒の視界、埋まった鏡。
二十二面：土色、真っ黒の視界、埋まった鏡。
二十三面：土色、真っ黒の視界、埋まった鏡。
二十四面：鏡が無いのか、あるいは条件があるのか、ゲート魔法が起動せず。

パレデスの鏡の説明を終えると、
「わたし、ヴィーネの故郷が気になる。ダークエルフの都市、地下都市を見てみたいかも」

「お勧《すす》めはしません……ダークエルフ社会は、蓋《ふた》上の世界を毛嫌《けぎら》いしていますから、特に人族をマグルと呼び、揶揄《やゆ》していますので……ドワーフ、ノームなら大丈夫ですが、エルフも人族同様に地下にはいません。見つかったら吊《つる》し上《あ》げか殺し合いに発展しそうです」

ヴィーネの冷然とした口調からくる地下社会の話にレベッカは顔色を悪くした。

「そう、なんだ。やっぱり空島か海のほうがいいよね？　あはは……」

乾《かわ》いた笑い声を発しては、自ら話した言葉はなかったように違う鏡のことを喋《しゃべ》る。

「ん、わたしは滝が気になる」

エヴァは大瀑布《だいばくふ》がありそうな崖の鏡に一票を投じる。

「閣下にお任せします」

ヘルメはぷかぷか浮きながら、俺に一任した。

「わたしはご主人様が前におっしゃっていた、貝殻《かいがら》の水着を着たいので海が良いです」

ヴィーネはさすがだ。最初に〈筆頭従者長《選ばれし眷属》〉になっただけはある。

俺の好みを理解している。

「あっ、そんなこと言っていたわね」

「ん、なら、海に行く」

「いいねぇ。貝殻の水着を渡《わた》しておくけど、着てくれるんだよな」

「うん、着てあげる。シュウヤがスケベなのは身をもって味わったからね、ふふ」

レベッカはキラリと蒼《あお》い目を光らせて小さい唇《くちびる》の端をあげていた。

「ん、向こうに行ったら着替《きが》えるから早く頂戴《ちょうだい》」

「閣下、わたしにも渡してくださいね」

「ご主人様、わたしもです」

アイテムボックスから素早《すばや》く貝殻の水着を取り出しては彼女たちに配った。

「よし、それじゃ、二面と十六面、どっちも海だと思うけど、どっちに行く？」

「二面は少し泳がないと分からないんでしょ？　だったら、十六面の鏡、船の残骸が近くにあるほうがいい」

「ん、賛成。でも二面の海の中でも、わたしの〈念動力〉で、皆を囲えば最初は濡《ぬ》れないと思う」

「おぉ、便利だ」

「ん、まだやったことがないから、自信はない。こんな風に……」

エヴァはそう言うと紫色《むらさきいろ》の瞳《ひとみ》を輝かせた。体から紫魔力《むらさきまりょく》を発して、隣にいたレベッカ、ヴィーネ、ヘルメ、俺の体を覆《おお》った。少し体が浮く。

「魔力消費は大丈夫《だいじょうぶ》か？」

「わたしも成長したけど、四人となると、消費が高いっ」

「エヴァ、無理はするな」

「ん」

エヴァは渋面《じゆうめん》となると紫魔力を止めた。

レベッカは小さい尻《しり》を寝台につけて、ヴィーネとヘルメは床《ゆか》に着地。

「……閣下、わたしが全員を水で覆えば楽にいけると思いますが……」

常闇《とこやみ》の水精霊《せいれい》ヘルメが言いにくそうに語る。

「あ、そりゃそうか。常闇の水精霊だからな」

「はい、閣下の全身をお掃除《そうじ》する際の要領で、彼女たちを水で包めば数分は息継《いきつ》ぎなしで水の抵抗《ていこう》をあまり感じることなくスムーズに泳げると思います」

「素晴《すば》らしい能力だ」

「うん、凄いよ！　水の精霊様の御業《みわざ》を見られるのね」

「そのようなことが……」

「ん、水に包まれるの気持ち良さそう」

レベッカ、ヴィーネ、エヴァはヘルメの話す顔を見て感心している。

ヘルメは衣装を少し変更《へんこう》。水の羽衣《はごろも》風の古風な印象の衣装にチェンジ。

表面が風に揺《ゆ》られて漣《さざなみ》が立つように、水衣の表面が小さい葉の形に変化すると、その葉がウェーブする。その水の動きを見て、水なら圧力にも耐《た》えられるか？

と、前にも一度と考えたことを想起しつつ、

「ヘルメ、俺を水で囲った場合、土の圧力には耐えられるか？」

「分かりません。あまりに深いと耐えられず水が弾《はじ》かれるかも知れないです」

そうなると……土の鏡に直接向かうのはリスクが大きいな。

どっかに土を掘《ほ》り、ヘルメを身に纏《まと》いながら穴に入り土に埋めてもらい、這い上がれるか実験するか？　いや、待てよ……〈鎖〉、血鎖を操作すれば……。

全身を血鎖で囲みながらゲートに潜《もぐ》り、周囲の土を削《けず》りながら一斉《いっせい》に血鎖を操作して大量の土を上方に運べば……いけるかも知れない。

血を操作――〈血道第一・開門〉を意識。両腕から血を出して〈血鎖の饗宴《きょうえん》〉を発動。血鎖を数十本両腕から放出する。

「閣下？」

「――きゃっ」

「――ん、シュウヤ、紅い鎖……」

エヴァは興奮したのか真似をしようとしている。

「ご主人様、敵がどこかに?」

いきなり血鎖を発動させたから彼女たちが驚いてしまった。

「いや、敵じゃない、自分なりの研究だ。驚かせてすまん――」

フーの頭部に取《と》り憑《つ》いた蟲対策にやろうとしていたことを、更《さら》に改良して自分に試す。

――〈血道第一・開門〉をより強く意識。血鎖の縮小を促《うなが》す。

両腕から出した血鎖のすべてを縮小させた。おぉぉ……成功だ。

自ら操作しておいて驚くという不思議現象。

そこで、全身から血を出し〈血鎖の饗宴〉を発動――。

〈血道第一・開門〉を意識しながら全身から生き物のように放出する血鎖の群れを――縮小させつつアイテムボックスと胸のネックレスを壊《こわ》さないように意識した。

インナーの服と鎧《よろい》など様々なコスチュームを想起しつつ体に薄《うす》い血鎖を纏う。

そのまま一念岩をも通す思いでイメージを強めて血鎖を操作した――。

絹製の上着とスマート系のズボンが破れ散ったが、血鎖が全身にフィット。

血鎖の鎧の完成だ。アイテムボックスの腕輪《うでわ》を囲う細かな血鎖が籠手《こて》を形成。

流線の形をした血鎖が前腕《ぜんわん》を覆っていた。

「あわわ……シュウヤが鬼《おに》のような姿に……変身しちゃった」

「ご、ご主人様ですよね……」

「不思議、紅の血鎖服？　鎧？」

「閣下、素晴らしい発想です。ですが、閣下の顔が……」

お？　顔を触ると表面がざらざらしている。

目の部分は血鎖が覆っていないから見えているが、仮面をかぶった状態だ。

血鎖のコスチュームを確認しながら鏡に近付く。

改めて、全身血鎖甲冑《ぐさりかっちゅう》と化した俺を凝視——驚《おどろ》いた。カッコイイとは思うが、これは悪の化身《けしん》か。血色の甲冑《かっちゅう》を纏う沸騎士《ふっきし》っぽい。狂《きょう》戦士風と呼べるかも知れない。

鉄面的な兜《かぶと》は全体的に渋《しぶ》いが、額には角とまでは呼べないが尖《とが》りがあった。

鬼的、いや、どこか近未来のガスマスクを兼《か》ねたかぶり物を想起した。

肩の血鎖の防具は〈鎖〉のティアドロップの形で尖っている。

上半身は尖りが多い打《う》ち掛《か》け鎧っぽい。挂甲《けいこう》かな。腕《うで》は、まんま鎖籠手《くさりこて》。

この辺りは血鎖の操作次第《しだい》か。血鎖を意識すると尖りが減ってシンプルな鎧風に変わる。

下半身は〈鎖〉的な尖りが四方に出た形で両足の爪先《つまさき》まで覆う鋼の具足に見える。

アキレス師匠《ししょう》から頂いたネックレスの鍵《かぎ》は、血鎖鎧《ちぐさりよろい》の中心部だ。神具台の鍵が独特のマークに見える。そして、この血鎖鎧なら全身を活《い》かせる特攻《とっこう》武器として使えそう。土をえぐりつつモグラのように潜っては、惑星《わくせい》セラの地底を探《さぐ》る旅に出る！

ま、それは冗談《じょうだん》半分だが……この血鎖鎧は、鏡の回収用に使えるかも知れない。

が、あくまでも仮の話。暇《ひま》だったら、この血鎖を用いて地面の中に突入《とつにゅう》してみよう。

「さて……」

血の操作をストップ。〈血鎖の饗宴〉を消してから裸《はだか》に戻った。

「それじゃ、ゲートを試すとして、最初は十六面、次に二面、の海に小旅行と行こうか」

「ぷっ、裸で言うとなんかおかしい、あそこが可愛《かわい》いけど」

レベッカが笑う。

「ん、一物は立派！」

「閣下の偉大さが物語る一物さんです！」

水飛沫《みずしぶき》を股間に直撃《ちょくげき》させるや、その刺激《しげき》が絶妙《ぜつみょう》だ。

「――と、腰振《こしふ》りダンスはしない。ヘルメ、止めてくれ」

「あはは、面白《おもしろ》い二人！　それじゃ少し準備してくる――」

「ん、楽しみ、わたしも準備――」

「閣下、わたしはいつでもいけます」

「わたしもです」

レベッカとエヴァは素早く寝室《しんしつ》から退出。自分たちの部屋に戻った。

ヴィーネとヘルメは残った。裸の俺に体を寄せてきた。

「……ご主人様、船の残骸《ざんがい》があるとのことですが、もしかすると無人島か、他からは隔離《かくり》された入《い》り江《え》かもしれませんね」

「たぶんだ。鏡の見た目は豪華《ごうか》ではないから探索《たんさく》にきた海賊《かいぞく》たちも重い鏡だし、運んで甲《かん》板《ぱん》が崩《くず》れたら大変だからな。または、外は海賊の拠点《きょてん》も想定できる。一応、装備を準備だ」

「はっ、畏まりました」

ヴィーネは頭を下げると、胸ベルトのアイテム類をチェック。

翡翠《ひすい》の蛇弓《バジュラ》を背に回して、腰《こし》の黒蛇の刀剣《とうけん》を黒い鱗《うろこ》の鞘《さや》から抜いた。

眼前に掲《かか》げた緑に輝く剣《けん》を確認していた。

「閣下に敵対行動を取る相手がいたならば、問答無用で水に埋めてやります」

常闇らしいヘルメの言葉だ。

「それは、時と場合による」

ヘルメは長い睫毛を揺らして、

「はい……最初は尻に氷を突き刺《さ》すだけにします」

群青色《ぐんじょういろ》を基調とした衣装の色合いをグラデーションさせつつ語る。冗談半分とは思うが、

「まぁ、ほどほどに」

ヴィーネは俺とヘルメのいつものやり取り《冗談》を見て微笑んでいた。

廊下《ろうか》から相棒の魔素《まそ》を感知。

「にゃおーん、にゃおー」

黒猫《ロロ》の寂《さび》し気《げ》な声だ。その相棒が部屋に走り込んでくる。

「――にゃ」

黒猫《ロロ》の口髭《くちひげ》がピンと張って、何か必死な印象を抱《いだ》く。

触手を俺の頬に伸《の》ばし気持ちを伝えてきた。

『きえた』『いた』『ふあん』『きえた』『いた』『あそぶ』『すき』『すき』『あそぶ』『かがみ』

『ひかった』

「ロロ、リビングに戻ってくると思っていたか」

「ンン、にゃあ」

黒猫《ロロ》は肩に来ると、俺の頬を一生懸命《いっしょうけんめい》に舐《な》めてくる。

「ははっ、くすぐったい。お前を置いてはいかないよ」

「ロロ様は寂しがりやなのですね」

「にゃお――」

黒猫《ロロ》は俺の肩から離れて寝台に降り立つと、今度はヴィーネの頬に触手を伸ばし気持ちを伝えていた。

「まぁ……ありがとうございます」

ヴィーネは頬を少し紅く染めている。

「ロロはどんなことを伝えた？」

「は、はい、おっぱい、おけけ、におい、いいにおい、えぅぁ、すき……と」

「へぇー、ロロもヴィーネのおっぱいと銀髪《ぎんぱつ》に匂《にお》いがお好みか。俺と同じだな」

たぶん、ヴァニラ系の匂いかな。

「ご主人様、わたしには……匂いが？」

「ある。皆、特有の匂いがあるな。自分では分かりづらいが、お前もルシヴァルの力で嗅《きゅう》覚《かく》が増しているはずだ。〈分泌吸の匂手《フェロモンズタッチ》〉で、ある程度《ていど》は嗅《か》ぎ取れるはず」

「確かに……ご主人様の匂いは大好きです……えっちの時の濃厚《のうこう》な汗《あせ》も好きです……」

ヴィーネが珍《めずら》しく鼻を動かすと、恥《は》ずかしそうにそう言ってくれた。

「何、裸のままで、見つめ合っていちゃついて、いるのかなぁ？」

「ん、ヴィーネは油断できない」

いつもの二人が部屋の入り口に現れた。

「おっ、やけに軽快な服装だな」

レベッカはフィレットの帽子《ぼうし》をかぶりデコルテを晒す姿。

両肩《りょうかた》を晒して肌着《はだぎ》一枚にスラッシュ入りの薄絹の緩い脚衣《ブラゲッセ》。

完全に夏のお散歩ルックだ。

腰にアイテムボックスを備えグーフォンの魔杖《まじょう》を差している。

手には手提げの藁《わら》バッグを持っていた。

エヴァは革帽子《かわぼうし》に迷宮《めいきゅう》で手に入れた銀糸のワンピース。

丈《たけ》が短いショートスカート。腕には金属武具の黒トンファーを巻き付けるように装着。

腰の細い白ベルトにはアイテムボックスの銀製筒《つつ》容器が付く。

足下には緑色に輝く鋼鉄の足が見えていた。

「へへへ～。この間買った服なの。シュウヤどう？」

「うん、両手を広げてみようか？」

「両手？　こう？」

おぉ……つるつるの腋が素晴らしい……。

「いい。デコルテと腋のラインが素晴らしい。得点はかなり高い。似合っているし、可愛らしい」

「あっ、ありがとう」

レベッカは褒《ほ》められて嬉《うれ》しいのか、金色の眉《まゆ》の筋に幸せ感を描《えが》きながらお礼を言ってきた。

「……ん、シュウヤ、わたしは？」

エヴァの紫の瞳は少し揺れていた。俺の言葉に期待しているらしい。

「革帽子の小さい紫の花が可愛いな。紫の瞳を持つエヴァにとても似合っている。銀糸のワンピースが胸の強調を抑《おさ》えて、丈の短いスカートが清楚《せいそ》なイメージを思わせる。素晴らしい。全体的に評価点は高くなる。今回のシュウヤファッション委員会の審査《しんさ》は君が勝つかも知れない」

どこかの審査員《しんさいん》になった気分で語る。

「ふふふ、ありがとう。でも、裸で審査をしているの？」

「裸の審査員のせいで、負けた！」

レベッカはそう発言しつつ笑っている。

「ん、一物！」

エヴァの言葉に爆笑《ばくしょう》する皆。彼女《かのじょ》たちを褒めたら本当にいい笑顔《えがお》を浮かべるなぁ。

俺も自然と笑顔になった。

「おう。一物裸族評議会の議長はパオーンと、忙《いそが》しいのじゃ！　ということで、裸はアレだし――俺も着替えてくる」

廊下に出た――金玉を揺らしつつリビングに向かう。ポーズはローラーヒーローだ。

使用人とメイドたちが一物を見て「きゃぁ」と声を響《ひび》かせるが構わない。

マネキンが羽織る紫の鎧セットを素早く着込む。外套《がいとう》の匂いもチェック。

――大丈夫。胸ベルトを装着。そうして、外套を左右に開く。

紫の鎧を晒したところでポージング。よーし、皆が集まっている寝室に戻《もど》った。

黒猫《ロロ》を肩《かた》に乗せる。

「……それじゃ十六番目のゲートを起動しよう」

「にゃぁ」

黒猫《ロロ》も『出発するニャ』と意志を示すように肉球を皆に見せた。

その片足をふり下げて、俺の肩をぽんぽんと叩く。

「ん」

「うん」

「はい、ご主人様っ」

「閣下、準備は完了《かんりょう》しています」

二十四面体《トラペゾヘドロン》の十六面の記号の溝《みぞ》をなぞる。

二十四面体《トラペゾヘドロン》は急回転。面という面が重なり光を放つと、ゲートが起動した。光のゲートの先には、船の残骸から見える景色が見えていた。

「わぁ、船に浅瀬《あさせ》が少し見える」

「レベッカ、向かうぞ」

「あ、うん」

金色の髪《かみ》が綺麗《きれい》なレベッカ。

笑顔を見せつつ抱きついてきた。そのまま皆《みな》でゲートを潜る。

第百五十四章「四面楚歌のユイ」

わたしは父が暮らすサーマリア王国に戻った。今日も、日盛りのむっとした暑さ。

サーマリア王国の夏の午後は、毎年暑い。

王都ハルフォニアは人族が多いから顕著《けんちょ》だと、学者が前に語っていたけど、わたしには理解できない。でも、シュウヤからもらった古代金貨を売るため各地の知り合いの店を回る。幸い情報屋は多い。このハルフォニアには大小様々な盗賊《とうぞく》ギルドが暗躍《あんやく》している。

内戦が激しいレフテン王国の盗賊ギルド【サイザーク】からの離脱者《りだつしゃ》も多かった。

わたしは、その【サイザーク】から逃《のが》れてサーマリア王国で一旗揚《ひとはたあ》げようと、がんばる情報屋を利用。古代金貨専門のアンティークショップを見つけてシュウヤからもらった古代金貨を売ることができた。古代金貨の一枚は、白金貨一枚と金貨五枚！

ふふ、やった。ゾルが持つお金を合わせたら大金。本当にありがとうシュウヤ。

そのお金を利用して……数日かけて優秀《ゆうしゅう》な薬医師を見つけることができた。

しかし、父の治療代《ちりょうだい》で、すべてのお金が消える。けど、後悔《こうかい》はしない。

優秀な鱗人《カラムニアン》の薬医師だったからだ。

薬医師は、人魚の肉、聖鳥クンクルドの羽、ローデリア海にあるアムロスの孤島《ことう》でしか取れないピグミンの巣とアムロス真珠《しんじゅ》を使って、精製された貴重な薬と語る。

本当にそうなのだろう。父の酷《ひど》かった呪《のろ》い傷が徐々《じょじょ》に引いている。

「……ユイ、この薬の量は……」

「うん、仕事をがんばった。だから安心して、この薬を傷に直接かけて、服用していれば、いずれ父さんは回復する。もうすぐ立てるようになるって」

「仕事か、わたしの後を継《つ》いだと聞いたが……」

「気にしないで、フローグマン家はまだ続いている」

「……あぁ、すまない。ユイ、ありがとうな」

父さんは痩《や》せこけた顔だ。虚《うつ》ろな目でわたしを見て話すと、その目を瞑《つぶ》り眠《ねむ》りだした。

暫《しばら》く日が経《た》ち、まだ寝《ね》たきりだけど、父さんの体から呪い傷が完全に消えた。

その確実に快方に向かう父さんに、疑問に思ったことを聞く。

「父さん、どうしてこんな傷を受けたの？」

「ヒュアトス様の政敵と戦った結果。身代わりになって、受けた傷だ」

「なんですって？」

「聞いてなかったか」

「うん。それじゃ、父さんは、ヒュアトス様を守ったのに、病気で苦しんでいる父さんには、ヒュアトスは、ろくな援助《えんじょ》をしてくれなかったという事？」

「それは仕方がない。ある種の見せしめなのだ……わたしは駒《こま》に過ぎないのだから」

父さんは悲愴《ひそう》なる思いで語っているのか、視線を少し落とす。

「でも……」

「――だが、お前を雇《やと》ったのだろう？　それは助けたことになるのではないか？」

「あ、そうね……」

「うむ。お前の暗殺者としての腕は一流だ。さぞは色々と貢献《こうけん》していたのであろうな……ごほごほっ、ごほっ」

急に咳《せ》き込んでしまう。

「大丈夫っ？」

「あぁ……少し眠る」

父さんは寝てしまった。実は、父には何も言わなかったが、ヒュアトス様にはまだ報告を行っていない。もう既《すで》に、ここに戻って一ヶ月《かげつ》以上は経っている。

わたしがここの屋敷《やしき》に戻って活動していることは知っているはずだ。

早く報告に行かないと。でも、報告するのは怖《こわ》い。

指令の依頼《いらい》の失敗なんて、今まで一度もなかった。

ごめんなさい。父さん。わたしのせいで……父さん、フローグマン家を潰《つぶ》しちゃうかも知れない。憂鬱《ゆううつ》な気分でヒュアトスの大屋敷《おおやしき》に向かう。

ヒュアトス、様、とつけなきゃだめね、父さんのことで、つい……今は、我慢《がまん》。

その思いは顔に出さないように……事の顛末《てんまつ》の報告を行った。

「……そうか、君が失敗するとはね」

彼《かれ》はヒュアトス、様。そう、わたしは、侯爵《こうしやく》家特有のシダーウッドの香《かお》りが漂《ただよ》う政務室にて、侯爵に頭を下げていた。

「申し訳ありません」

「それと、ここに来るのが随分《ずいぶん》と遅《おそ》かったね、君が父上のことで色々と動いていたのは、耳に入ってはいたんだよ?」

「はい」

「わたしがどうして、そんな君たちの屋敷に手を出さなかったのか分かるかい?」

「父が優秀な武人であり暗殺者だったからですか?」

わたしは思わず眉間《みけん》に力を入れて、侯爵を見ていた。

「そうだ。君と父君はわたしに貢献した元部下だったからだ。だが、君は遅《おく》れてここにやってきた……【暗部の右手】としての指令は絶対だと知っていて、戻ってきたんだな？」

ヒュアトス様は狐目《きつねめ》を鋭《するど》くさせて、わたしを睨《にら》む。

「はい」

「即答《そくとう》か……君、ユイは、槍《やり》使いを追ってから、少し雰囲気《ふんいき》が変わったか？」

するどい、この男。初めて愛した男ができたことを見抜《みぬ》いてきた？

「い、いえ、ただ、わたしの剣が通じぬ相手もいるのだと、身をもって味わいましたので」

「なるほど。サーマリアで君の暗殺から逃れられる相手は、そうはいないのは知っている。

……やはり、君が追っていた槍使いは特別だったのだな」

「はい」

「卑見《ひけん》を申し述べますが、閣下、お許しになるのですか？」

ヒュアトスの側で頭を下げながら進言しているのは、アゼカイという金魚のような大きさの色彩《しきさい》が濁《にご》った灰色眼を持つ、痩躯《そうく》の男。群島国家出身で死骸《しがい》魔師という特異な戦闘《せんとう》職を持つ【暗部の右手】の大幹部といえる存在だ。

「勿論《もちろん》、簡単に許すわけにはいかない」

ヒュアトスは羊皮紙を投げてくる。

その羊皮紙を拾い見ると、別の暗殺指令が書かれてあった。

「その指令をこなしたら特別に許そう。君はネビュロスの三傑《さんけつ》のただ一人の生き残り。暗殺者としても、ボディーガードにもなる二刀の腕を失うのは惜《お》しい」

「はっ、ありがとうございます」

「……それに、ネレイスカリの件は順調に事が進んだからな」

わたしがいなくても仕事は遂行《すいこう》されていたようだ。アゼカイとレイクのいつものメンバー以外に見知らぬ手練と思われる男と女が立っている。新しく組織に雇い入れた影《かげ》の者たちだろう。わたしもネビュロスの三傑と言われているが、所詮《しょせん》は一つの駒に過ぎないのだから。

「……あの槍使いのことは路傍《ろぼう》の石にぶつかったと思うことにする」

ヒュアトス様は姫《ひめ》の誘拐《ゆうかい》が上手《うま》くいったせいか、機嫌《きげん》がよい。

レフテン王国の首脳とサーマリア王国とオセベリア王国の侯爵が関《かか》わっているとは、レフテン王国の国民は少しも考えていないだろう。

「そのほうがいいでしょう。そんなことより、レフテンの貴族たちを手玉に取る工作は見事な策でございました」

ヒュアトスを持ち上げているのはレイクという禿《はげ》た頭を持つ大柄《おおがら》の男。

「レイク、君の配下も中々の働きをしていたな」

「はい。レフテンの【機密局】が誇《ほこ》る【黄昏《たそがれ》の騎士】たちには、配下の手練《てだ》れの者たちも殺されてしまいましたが……なんとか成功しました。これも、閣下の読みと采配《さいはい》が的中した結果でございます。さすがはサーマリアに知恵者《ちえしゃ》あり。サーマリアに比肩《ひけん》するものなしと言われた侯爵様でございます」

レイクは微笑《びしょう》を目尻《めじり》の襞《ひだ》に畳《たた》みながら美辞麗句《びじれいく》を並べる。

「ははは……まぁ、ロルジュ派、ラスニュ派、旧世代の遺物たちよりかは、時局を動かしている自信はある」

「はいッ」

「問題はそんな国内の有象無象《うぞうむぞう》の貴族より、国外の女狐、シャルドネが厄介《やっかい》だ……」

「……オセベリア王国ですか。確か【塔《とう》烈中立都市セナアプア】での工作に闇《やみ》ギルドを利用したのは、あの女侯爵の配下の者だったとか」

「そうだ。【ロゼンの戒《かい》】と【幽魔《ゆうま》の門】からの確かな情報だからな」

……オセベリアの女侯爵か。ヒュアトスと渡《わた》り合うなら相当な女なのだろう。

「お？　ユイ、まだ、いたのか？　もう次の仕事に向かいたまえ」

侯爵は眦《まなじり》を決するように、睨んでくる。

「はっ、失礼します」

要項《ようこう》に標的が記された羊皮紙を握《にぎ》り締《し》めたわたしは身を翻《ひるがえ》す。

部屋から退出。ヒュアトス様の大屋敷から大通りに出た。

指令書には、商人と護衛の冒険者《ぼうけんしゃ》たちの名前が書かれてあった。

群島から来た行商の一行らしい。とにかく父が全快するまではこの任務をこなさないと。

任務の地に向かい港の吊《つ》り鐘《がね》にある盗賊ギルド連絡《れんらく》用魔《ま》道具のスイッチを押《お》した。

魔道具といっても、魔法《まほう》の火を空に灯《とも》すだけなのだけど。

通りの軒下《のきした》にあるテラスバーで休みつつ……盗賊ギルド員の使い魔からの連絡を待った
――きた。鴉《ウーガルン》の使い魔が、机の上に降り立った。

「何ダ。ユイ、モドッテ、イタノカ、イツモノ仲間、ゼエフとアポーは、ドウシタ？」

シュウヤが連れた黒猫《ロロ》ちゃんは喋れなかったけど、この鴉《ウーガルン》は主人の言葉を伝えられるのだ。でも、あくまで伝えるだけで、この鴉には意識はない。

「二人は死んだわ、それより、ひさしぶりね、エビ、また仕事を頼《たの》まれてくれる？」

そう話しながら、ターゲットの羊皮紙を鴉《ウーガルン》の使い魔へ見せる。

「……オマエガ居て、ニンムを失敗スルトハナ」

「いいから、昔のように見てくれると嬉しいのだけど」

「……分かった。……コイツラハ、サイキン、ハバをキカセて、イル、ショウカイだナ。イバショは、ハールヒロバ、ニンギョウ通り、ノ、ムカイニアル、新シイ店ダ。護衛ノ、名は、タガエル兄弟。彼ラは、ライカンスロープ。テゴワイゾ」

「エビは、さすがに速いわね。手強《てごわ》くても大丈夫。一人でも、いつものように素早く処理するわ」

「……ソウ、デハッ――」

鴉の使い魔《ウーガルン》は空へ羽ばたいていった。ライカンスロープ、魔族の一族か。変身が厄介だけれど、一度でもこの〈ベイカラの瞳〉で見れば、楽に倒《たお》せるはず……。

でも、今回は独り。気配察知が得意なゼエフはいないので、注意しないと。

シュウヤのような相手でなければいいけど……。

でも、彼のような、槍、いや、魔槍《まそう》使いが、そう何人もいるわけない。

考えすぎ。よし、まずはタガエル兄弟を始末しよう。

商会のツチカドはその後だ。わたしは走っていく。

――人形通りに到着《とうちゃく》、目当ての店はすぐに分かった。〈隠身《ハイド》〉はもう発動。

店の周りをくまなくチェックする……忍《しの》び込む路地。

階段の有無《うむ》、窓の有無、護衛の数、逃走《とうそう》ルート。タガエル兄弟はすぐに分かった。

大柄な人姿で鋲《スタ》つき革鎧《デッドレザー》を身に着けているが、ライカンスロープ特有の手甲《てっこう》から異常な毛が生えている。額にも月のマークを確認《かくにん》できた。

変身するから豹人《セバーカ》の変異体とよく間違《まちが》えられるが、ライカンスロープは別個の存在だ。

〈ベイカラの瞳〉でターゲットを確認。今日の深夜決行だ。

月の明かりが皓々と人形街を照らしている。

わたしは〈魔闘術〉を全身に纏い跳躍《ちょうやく》。赤茶色の屋根に乗った。標的は隣《となり》の建物――。

その屋根を走り端《はし》から飛び降りて溝に着地。ツチカドの商会屋敷の屋根に到着。

ライカンスロープの護衛二人は扉《とびら》の両端《りょうたん》に立ち、通りを見張っている。

わたしは屋根の端から標的の護衛を真下に見た――殺る。

アゼロス&ヴァサージの刃先《はさき》を下に向けて、一直線に降りた。

護衛の一人ライカンの背骨を折るように二剣は突《つ》き刺さる。仕留めた。

が、もう片方の護衛の反応は素早い。

兄弟の片割れが殺されても、冷静に武器を抜《ぬ》いて距離《きょり》を取っていた。

「お前は誰《だれ》だ」

「……」

念のため、もう一度〈ベイカラの目〉を発動させる。そして、魔脚《まきゃく》で――。

「――その目っ、しって――」

ライカンスロープと間合いを詰《つ》めたわたしは、ヴァサージの刃《は》で、ライカンスロープの胸元《むなもと》を突いてから、返す刀で、そのライカンスロープの顔の半分を斬《き》っていた。

戦いの最中に喋るとこうなる。

変身すれば多少は時間を稼《かせ》げたでしょうに馬鹿《ばか》なライカン。

さ、あとは、ツチカドをやれば終わり。父が完治するまでは、ヒュアトス様の機嫌を損《そこ》ねちゃだめだ。完治したら……シュウヤのことを追いたい。

会いたい、会いたい……胸が切なく心が圧縮されたような気持ちになってしまう。

そんなことを考えながら商会の横にある出入り口から侵入《しんにゅう》。

まだ、あちこちに商品の箱が置かれてある。

ちっ、使用人らしき女たちがまだ起きていた……急ぎ、隠《かく》れてやり過ごす。

廊下の先に他とは違《ちが》う寝台《しんだい》部屋を発見した。ツチカドはそこだろう。

部屋に入ると、四人寝台で寝ていた……子供が二人寝ている。

奥《おく》さんと見られる人も。依頼には商会のツチカドだけ書かれていた。

ツチカドの男だけで、家族は……殺さないでいいはずだ。

わたし……躊躇《ちゅうちょ》していい、いる？　指令書にあった人相を確認。

この男がツチカド。髭《ひげ》を生やした人族男の胸にアゼロスの刃を突き入れた。

「……パパ」

「!?」

子供の一人が起きてしまった。わたしと目が合う。

「だあれ？」

人相の男に似ている子だ。誤魔化《ごまか》さないと。

「……闇の歯妖精《ようせい》」

「歯のようせいさん、どうしてここにいるの？」

「……ちゃんと寝ているか見に来たのよ、お目めを瞑らないと、歯を抜いて、寝られなくなってしまうから」

「分かった、目をつむるー」

子供は目を瞑る……父が死んでいるのには気付いてはいない。

目撃者《もくげきしゃ》は全員殺さないといけないルールだ。

が、今のわたしには無理だ。昔なら問答無用で、女、子供も殺していたのに。

どうやら、もう昔のわたしではないらしい。

シュウヤを愛して、人のぬくもりを知ってしまった。わたしはその場から急いで逃《に》げ出した。逃走ルートは使わずに、素人《しろうと》が走って逃げるように……気付いたら泣いていた。

――わたし、わたし……もう暗殺者は無理なのかも知れない。

涙《なみだ》を拭《ぬぐ》いながらヒュアトスの屋敷に駆《か》け込んでいた。

大広間から執務室《しつむしつ》の扉を開いて中に入る。

「……おかえり、任務はちゃんとやったのかな」

「はい、護衛のタガエル兄弟と、ツチカド商会の標的にあった商人を仕留めました」

「……ふうん。エリシャ、彼女はどうだった?」

何? ヒュアトスはわたしの後ろへ視線を向ける。わたしも振《ふ》り向《む》く。

影からゆらぁっと仮面をかぶった黒装束の女が現れた。

「はい、護衛のライカンを変身させずに、あっという間に始末していました。さすがはサーマリアで名うての暗殺者……ツチカド商会長も無難に仕留めました。が……その家族に姿を見られても、殺さずに放置していました。由々《ゆゆ》しきことかと。わたしがちゃんとフォローしましたが」

何、あの子供たちを殺したというの! わたしはエリシャという黒装束女を睨む。

「あらっ、何よ、その目、わたしがフォローしてあげたのに……」

「そうか……腕は鈍《にぶ》っているわけではないと。ユイ、どうして見逃《みのが》した?」

ヒュアトスへと振り向く。彼は厳しく目を細めて見つめてくる。

もっと用心すべきだった……彼が監視《かんし》を緩めるわけがないに。

……やはり、わたしは殺し屋失格だ。もう、正直に言ってしまうか。

「……殺したくなかったからです」

わたしがそう言うと、ヒュアトスは狐目を大きくして驚いていた。

「君からそんな言葉が聞けるとは……」

「ヒュアトス様、どうしますか？」

エリシャが殺気を帯びた言葉で聞いていた。

「家族を見逃したが、殺しの仕事はこなしたのだろう？」

「はい」

彼女は頷《うなず》き答えている。

「なら、今回は不問にしよう」

「……はっ」

彼女は不満気に声を発して、わたしを見る。仮面で目はよく見えないけど、わたしを、睨んでいるんだろう。ヒュアトスは許してくれるらしい。でも、安心はできない。彼の目は冷徹《れいてつ》だ。弱みを握り、他に非があれば権力でわたしたちを苦しめてくるかも知れない。

早く、父のところへ戻ろう。

「……それでは、失礼します」

「ああ、また指令を出すので後日来るように……」

「はっ」

わたしはすぐに退出。ヒュアトスの屋敷を出て、家に帰還《きかん》した。

「父さん、ただいま」

「おかえり、ユイ」

父さんだ。立って出迎《でむか》えてくれた。

痩せこけているのは変わらないけど、父さんだ。

「――父さんっ」

「はは、こらこら……父さんの胸が折れてしまうぞ」

「あ、ごめんなさい」

わたしはすぐに離《はな》れた。

「もう立ち上がれるんだね」

「あぁ、この通り筋肉が落ちているので、立つことが精一杯《せいいっぱい》だがな」

「でもよかった、命が助かっただけでも」

「そうだな。それより大事なことを話す」

父さんは悲しげな顔を浮《う》かべていた。

「何？　でも、病《や》み上《あ》がりなのに、まだ休んでいていいのよ」

「いや、もう娘《むすめ》に負担はかけさせない。……昨日から考えていたのだが、わたしは貴族としての名を捨てるつもりだ。そして、命を懸《か》けて、ヒュアトス様に娘から手を引いてもらうよう話してみるつもりだ」

「えっ、そんなことだめよ。あいつが納得《なっとく》するはずがないわ……今日だって鋭い狐目で……」

わたしが言葉を濁すと、父さんは昔には程遠《ほどとお》いが、厳しい顔色を浮かべる。

「何かされたのか⁉」

「ううん、そうじゃないけど……暗殺の指令でミスをして、挽回《ばんかい》の仕事を任されて、無事にこなしてきたけど、まだ信用を取《と》り戻していないようで、厳しい顔つきだったの」

「……ユイ、今すぐに荷物を纏《まと》めなさい……」

父さんは青白い顔色だが、更《さら》に、皮膚《ひふ》を青くさせたように沈鬱《ちんうつ》な表情を変化させながら、掠《かす》れた声で話していた。

「えっ、なんで？」

「どんなに優秀な人材だろうと、ミスをした人物をヒュアトス様が許すわけがない……」

「でも、今日の任務報告時にはヒュアトスは不問に処す。はっきりと喋《しゃべ》っていたわ」

「それはお前を油断させるためだ、それにわたしが回復したと分かれば殺しに来るだろう」

父さんを……どうしたらいいの……シュウヤ……どうしよう。

「……そんな、でも、何処《どこ》に逃げるの、ここはあいつの庭みたいなところよ、それに父さんだって、その体じゃ動けないでしょう」

「……もう少し時が稼げると考えていた、わたしが馬鹿だった……わたしがここに残る、お前は裏にある馬車を使い、この王都から離れてフォーレンの入り江に向かいなさい。船の残骸が多い入り江には雑木林がある。そこに隠れ家《が》があっただろう」

「やだ、何を言ってるのよ、せっかく、父さんを治したのにっ！」

「ユイ。いいんだ。血に塗《まみ》れたフローグマン家はもう御仕舞《おしまい》でいい。お前は暗殺者だが、母のサキに似て美貌《びぼう》の持ち主だ。お前を凌駕《りょうが》する男は中々いないだろうが、もし見つけたら……逃がしてはならんぞ」

逼迫《ひっぱく》した状況《じょうきょう》を打開しようと、父さんは部屋を出ていこうとする。

腕《うで》を掴んで、止める。体が嘘《うそ》みたいに軽い……少し足がふらついている。

父さんはまだ無理をしている……。

「……勝手なことはさせない。昔、わたしを叱《しか》ってくれた人は、そんな弱気なことを言う人じゃなかったはず。フォーレンの入り江には一緒《いっしょ》に向かう。いいわね？」

「だが……」

「ぐちぐち煩《うるさ》い！　まだ残っている薬を持って一緒に馬車に乗るのよ」

「……ははは」

突然《とつぜん》に、父さんは目を見開いて笑う。

「何よっ」

「いや、そのぐちぐち煩いは、サキにそっくりだったかな……やはり親子なんだと」

「当たり前でしょう、さぁ、準備するから手伝って」

「……仕方がないな」

父さんは少し考えつつも了承《りょうしょう》した。二つの背嚢《はいのう》の中に父さんの病用に買っておいた回復ポーションを沢山《たくさん》入れる。隠れ家にも食料はあるけど、念のため食料を馬車に詰め込んだ。父さんも乗ってもらった。馬の調子は良さそう。これならかなり走れる。

「――父さん、準備はいい？」

わたしは馭者台《ぎょしゃ》に乗ってから背後に顔を向ける。

「あぁ、家の周りに気配は感じない。月が雲に隠れた時に出発だ。タイミングは任せる」

「うん」

そして、月が大きな雲に隠れた瞬間《しゅんかん》――馬車を動かした。

一気に屋敷《やしき》の裏《うら》から飛び出して通りに出る。東の街道《かいどう》に出て、東門を目指す。

深夜過ぎた辺りで、人通りは少ない東門を越《こ》えることができた。

「父さん、無事に東門を通《とお》り抜けられた！」

「よし、背後にも追ってくる気配はない、このまま馬を潰す勢いで走《はし》り抜けろ」

「分かってる――」

それから一昼夜、休憩《きゅうけい》を挟《はさ》みながら東へ東へ海岸線を左手に見ながら馬車を動かしていく。暫くして、船の墓場と言われるフォーレンの入《い》り江《え》にある隠れ家に到着した。

幸いにして、追っ手はないようだ。

一日、二日、五日と雑木林の中にある隠れ家に近付く者はいない。

父さんも薬を飲み、薬草を使った食事を取り、筋肉トレーニングを行い、徐々に元気な体に戻った。久しぶりに武器を握って素振《すぶ》りを行えるまでに回復。

父さんは、わたしにはない気配察知のスキルもある。そのスキルの鋭さが増していた。

だから索敵《さくてき》は父さんに任せた。わたしは近隣《きんりん》に湧《わ》くモンスター退治を実行。

船の墓場から時々、砂浜《すなはま》にやってくるモンスターがいる。

今も砂浜で、モンスターと対峙《たいじ》していた。

四つの赤黒い眼球を持つ、魚と人が合体したようなライウナーという怪物《かいぶつ》だ。

五本の指に生えた鋭い長爪《ながづめ》が主力武器。

伸縮《しんしゅく》自在の爪を器用に扱《あつか》う厄介な相手。

五本の指のうち、二本の指から爪剣《つめけん》を伸《の》ばして、また飛《と》び掛《か》かってきた。

――が、アゼロス&ヴァサージの〈暗刃〉で爪剣を弾《はじ》く――。

そして、〈二連暗曇〉で伸びた爪を斬って捨《す》てた。

更に、爪が伸びる前に、〈魔闘術〉を強める。体幹から両足の太股《ふともも》の血管が弾けるぐらいに力を込めて砂浜を蹴《け》った。爆発的《ばくはつてき》に加速したわたしは横回転。

〈舞斬《ぶざん》〉のスキルを繰《く》り出《だ》した。ライウナーの胴体《どうたい》をアゼロスの刃が捉《とら》え、一気に切断。

一文字に切《き》り伏《ふ》せてやった――これで十体目。

さすがに、もう他のライウナーたちはこっちには来ない。

浅瀬に背を向けて走って逃げた。その先は彼らの住《す》み処《か》。船の残骸《ざんがい》だ。

そんなモンスターを倒すことが日課になっていた。

父とこの辺りの逃走経路にも続けて罠《わな》も仕《し》掛けた。

樹木の切り株から心細げに伸びた枝に哀愁《あいしゅう》を感じながら七日ほど……。

平穏《へいおん》が続いた……明くる日。

お昼の時間帯に、突如《とつじょ》、訓練を行っていた父さんが慌《あわ》てた様子で、小屋に入ってきた。

「追っ手が多数来た。ヒュアトス様に、ここの場所がバレたらしい……」

「えっ、つけられていた気配はなかったはずなのに」

「わたしの気配察知を超える〈隠身《ハイド》〉を身に付けている奴《やつ》はごまんといるだろうからな、手練につけられていたのだろう」

「逃げないと、外に――」

わたしが外に向かおうとした時――黒装束の女が、陶器《とうき》の瓶《びん》を落として罅割《ひびわ》れた音を立てながら部屋に侵入してきた。抜き身《み》の刀剣《とうけん》を持つ。間に合わなかった……。

「いたいた、逃げた元暗殺者、その父であり、みせしめに生き永らえていた男」

白い仮面を被《かぶ》る女。名はエリシャとヒュアトスに呼ばれていた。

「お前たちの好きにはさせないわっ」

「ふん、貴女《あなた》、暗殺の腕はそこそこだけど、この人数差を感知できないの？　それなのに、どうしてヒュアトス様のお気に入りだったのかしら。ま、娼婦《しょうふ》と同じく貧相な体を捧《ささ》げていたのでしょうけどね、これからは、わたしが実力でヒュアトス様のお気に入りになるから、貴女なんて、所詮は刀剣が使えるだけの、馬鹿女、という事っ――」

卑語《ひご》を口にした女は、黒い光を滲《にじ》ませた刀剣を風にそよぐ葉のように扱う。

――キィィンッと独特な音を立たせる突剣《とつけん》を、わたしの胸に伸ばしてくる。

急ぎ、ヴァサージの刀身で、突剣を受け流した。そのまま横移動。

「チッ、喰《く》らいなさいよ」

女は舌打ち、側面を取らせないように狭《せま》い小屋の背後に移動。

「エリシャ、ヒュアトス様がおっしゃっていた言葉を忘れたか？」

「サイゾー……分かっているわ」

後ろにいた仲間とそんな会話をするエリシャ。

仮面の下にある碧眼《へきがん》でわたしを一瞥《いちべつ》すると、小屋の外に退いた。

「父さん、完全に包囲されているみたい」

「あぁ、やるしかないな。……まだ完全ではないが、わたしとて、数々の戦場を渡《わた》りぬいてきた技《わざ》がある――ユイ、二人で血路を開くぞっ」

父さんは力強く手に持った長剣《ちょうけん》を振る。あの頃《ころ》とまではいかないが十分、剣筋は鋭い。

稽古《けいこ》をしてもらった日々を思い出す。

「うん、この間確認した逃走ルートでいいよね？」

「あぁ、砂浜を通り、南のルジャ村経由で船旅だ」

「了解《りょうかい》」

裏手の隠し戸から、父さんと隠れ家を脱出《だっしゅつ》。粉塵《ふんじん》を飛散させながら雑木林に突入《とつにゅう》した。

が、木々の間から次々と黒装束を身に纏う奴らが現れる。逃げられない。

「くっ――」

アゼロスの袈裟《けさ》斬《ぎ》りで一人を仕留め、

「あきらめんっ」

反対側からわたしに斬りかかってきた奴の頭部に父の〈投擲《とうてき》〉した短剣が刺《さ》さる。

その〈投擲〉を行った父を、逆の位置から突き刺そうと近寄った槍持ちに――。

地を這《は》うような魔脚で間合いを詰めた。

シュウヤの槍突をイメージさせるヴァサージの突剣を伸ばす。

槍持ちの心の臓を突き、絶命させた。

「いい動きだ」

「父さんこそ」

最初は順調だったが、次々と囲うように集まってくる黒装束の奴ら。

それに、あの女、エリシャが来ないのはおかしい。何かある。

「あららぁ、兵士たちが……逃げたとしても剣の腕はやはり一流か。そして、【暗部の右手】

で影鬼《かげおに》のカルードと呼ばれた男かしら、実力は確かね……でも、娘のほうも、剣筋は鈍ってきている、疲労《ひろう》は隠し切れないわよ」

この声はエリシャ……来てしまったか。

「煩いっ！　口だけか？　お前はかかってこないのか？」

わたしはエリシャの言葉に怒《おこ》った口調で返した。

「待ってなさい……その生意気な口から、懇願《こんがん》させるように、たっぷりと辱《はずかし》めてから殺してあげるから」

「エリシャ、戯言《たわごと》より、仕事だ」

「はいはいっ」

エリシャと共に現れた仮面をかぶる集団。手練れか。

仮面の男は槍使い……シュウヤ……。会いたいよぉ……。

「ユイっ、ぼけっとするな」

父の厳しい声を耳に感じながら体が自然と動く。父は右に——左に私は移動。

父は全盛期のようにしなやかな歩法で、エリシャの剣をさっと躱《かわ》すと、槍使いが繰り出した〈刺突〉系の突きを魔刀の峰《みね》で叩《たた》いて横に往《い》なした。

「白眼《はくがん》の死神の最期《さいご》は、俺《おれ》がもらう！」

仮面の二剣持ちは叫《さけ》びながら〈舞斬〉風のスキルでわたしの胴《どう》を狙《ねら》う。

〈舞斬〉はわたしの得意技《とくいわざ》──刃の軌道《きどう》は読める。

素早《すばや》くアゼロスとヴァサージの切っ先を回転する相手に向けてタイミングを変えつつ突き出した。アゼロスとヴァサージの魔刀の刃が相手の〈舞斬〉の回転斬《ぎ》りの刃と刃の間を正確に捉えて突いて弾いた──仮面の二剣持ちの〈舞斬〉を防ぐことに成功──。

わたしも直《す》ぐに同じスキル〈舞斬〉を繰り出す。

体が駒のように回りながらアゼロスとヴァサージの回転斬りの〈舞斬〉が、仮面の二剣持ちの胴体に向かう──仮面の二剣持ちは左右の剣を交互《こうご》に突き出して、わたしの〈舞斬〉に合わせてきた──わたしと同じように軌道で〈舞斬〉の魔刀の刃を見事に防ぐ。

しかし、刀剣の差が出た。

剣の片方が、アゼロスとヴァサージの魔刀の刃を受けるや弾けるように刃こぼれを起こす。更に、剣の身が折れた一弾指《だん》──握力《あくりょく》を強めて前傾姿勢《ぜんけい》のまま前進──。

わたしは〈抜刀暗刃《ばっとう》〉を繰り出した。仮面の二剣持ちの喉《のど》をアゼロスの魔刀が切り裂《さ》く──手練の一人を倒した。しかし、父さんが！　足に傷を負った。追撃《ついげき》を受ける。

「──父さん！」

わたしはすぐに父さんの側に駆け寄《よ》った。

エリシャの剣突《けんとつ》をヴァサージの峰で受けた。

直ぐに、そのヴァサージを回転させつつエリシャの接地を狂《くる》わせる。

〈狂読《きょうどく》〉を実行しつつアゼロスの柄《つか》で〈微震《びしん》暗刀〉を繰り出した。

エリシャはわたしの〈狂読〉を〈酔乱〉で呼応。

横回転しつつ防御《ぼうぎょ》刀術でアゼロスの打撃《だげき》振動《しんどう》斬《ぎ》りを弾きつつ——。

逆袈裟《けさ》軌道《きどう》の刃を父さんの胸に浴びせようとした。巧《たく》み——。

わたしは俄《にわか》に追撃。ヴァサージの〈刺突〉を繰り出す——エリシャの逆袈裟軌道の刃に、ヴァサージの切っ先を衝突《しょうとつ》させてエリシャの刀を弾いた。

父さんに向けた致命傷《ちめいしょう》になりえる攻撃《こうげき》を防ぐことに成功。

「チッ、またか」

エリシャは舌打ちをしながら剣を構えた。

自慢《じまん》の剣術《けんじゅつ》をわたしが防いだことが気に食わなかったらしい。

その僅《わず》かな間にも、仮面をかぶる人物が増えてきた。

増援《ぞうえん》たちは幹部？　わたしと父さんは背中合わせになりながら……。

増援と対峙。相手はじりじりと囲いの範囲《はんい》を狭《せば》めてきた。

「ユイ、わたしは嬉《うれ》しいぞ、こうして背中合わせて一緒に戦えるのだからな」

父さんは切迫《せっぱく》した状況の中、背中越《ご》しからわたしを安心させようとしている。

「父さん……」

と、言ったわたしだけど……『シュウヤ助けて、どこにいるの！』

と、空《むな》しい想《おも》いをシュウヤに向けて心で叫んでいた。

「それがヒュアトス様が仰《おつしや》った能力ね。本当に死神のような目だし、厄介だわ。動きが鋭くなった」

エリシャがわたしの〈ベイカラの瞳《ひとみ》〉を見て語る。その直後――。

微視的《びしてき》、いや、見知った忘れられない赤い縁《ふちど》取り線が、森の中に出現した。

えっ⁉

第百五十五章「ユイと再会」

船の残骸に着いた瞬間、足下《あしもと》が軋《きし》む。

「この板、船底が腐《くさ》っている。慎重《しんちょう》に」

「うん」

「はい。でも不思議な香りですね」

ヴィーネがそう発言。地下社会で過ごした元ダークエルフのヴィーネだ。

当然、海は初めてか。

「これは潮かも知れない。海の香りと思えばいい」

この惑星《わくせい》の海の塩分濃度《のうど》は地球と似ている。パレデスの鏡を回収した。

すると、エヴァが、

「ん、あれが海、腐った甲板《かんぱん》は右のほうが多い」

左には海の景色があった。破れた甲板の間から覗《のぞ》く浅い海。

ゴツゴツとした岩も多そう。右の甲板には腐った板の階段がある。

「甲板は危険そうだが、濡《ぬ》れてもいいから左の浅い海に出よう」

「ん、分かった――」

紫魔力《むらさきまりょく》を纏ったエヴァは魔導車椅子《まどうくるまいす》ごと体を浮かせると、一足先に左に向かう。

俺も腐った板を慎重に踏《ふ》みながら船の残骸から出た。浅い海に足を浸《つ》ける。

「冷たい……」

「こ、これが海の冷たさ。底も硬《かた》い。地底湖も冷たい水と聞いたが……」

岩の硬さが、余計に海の水が冷たいと感じた。

大きい岩場に衝突を繰り返《かえ》す波頭《なみがしら》が泡立《あわだ》っては消えていた。

すると、宙に漂《ただよ》うエヴァが、

「左は船の墓場のよう。目が四つあるモンスターも見えた。船の残骸の右に砂浜がある」

と、偵察《ていさつ》の報告を寄越《よこ》す。

「左は船の墓場にモンスターか。砂浜の右奥へ行こう」

「ん」

中空のエヴァが先に向かうと「にゃお」と黒猫《ロロ》が鳴く。浮いたエヴァが気になるらしい。

その相棒の気持ちは『危ないから先にいくにゃ』かな。その相棒は、俺から離れて浅い海に着水するや跳《は》ねるように姿を大きくさせた。四肢《しし》が海に浸かって濡れたことを楽しむような変身具合。黒馬系の未知の神獣《しんじゅう》動物に変身を遂《と》げる。

両足の先が僅かに浅瀬《あさせ》に浸かるだけとなった。相棒の頭部はネコ科風っぽいが……。

胴体は黒馬のサラブレッド系だ。あくまでも系。馬よりも明らかに姿は大きい。

鬣《たてがみ》も生えて黒毛がふさふさだが、足回りの筋肉が分かる毛並みだ。

足先は細長いかな。その黒馬系の神獣ロロディーヌは胴体から触手《しょくしゅ》を出した。

俺と皆《みな》の体に触手を絡《から》ませると素早く背中に乗せた。

「ロロちゃん、ありがと！　フィット感が抜群《ばつぐん》ね！」

相棒の後部に乗るレベッカは嬉しそう。

「あまり速度は……」

駅弁スタイルで俺に抱《だ》きついているヴィーネさんの声は小声。

視線を斜《なな》め下《した》に向けて不安そうだ。が、その不安気な顔色も素敵《すてき》だ。

「ロロ様のお毛毛は気持ちがいいです」

レベッカの背後に座《すわ》るヘルメの言葉だ。

相棒のビロードのような毛並みを撫《な》でているようだ。

その間に空を漂うエヴァは進むと「ンン、にゃお――」と鳴いた相棒が走った。足下から弾ける水飛沫《みずしぶき》――エヴァの背中を追いかける相棒は速い。船の残骸のルートを迂回《うかい》しつつ砂浜を目指した。残骸を回った先に砂浜が見える――おぉぉ、綺麗《きれい》な海岸線の砂浜だ。

「ひゃっほー。砂浜だ」

テンションを高くしながらロロディーヌから跳躍、砂浜に着地。一気に砂を蹴って走った。広い砂浜――空気もいい！　水天一碧《すいてんいっぺき》を確認するように振り返る。

砂浜に残った相棒の足跡《あしあと》が波を受けると消えていた。

それにしても綺麗な場所だ。海と青空――走るぅ走るぅ――と、踊《おど》って走る。

「あはは、シュウヤ、子供みたい――」笑ったレベッカもロロディーヌから跳躍。

笑顔《えがお》で走り出していた。美女だけに絵になる。

「――きゃっ」

と、レベッカは見事に砂浜に足を取られて転倒《てんとう》。俺を笑うからだ。

「どうしたレベッカ君、君は何もない砂浜で見事なパンチラを披露《ひろう》してくれたな！」

レベッカは、俺の言葉を聞いても視線を寄越さない。

細い手で、体に付着した砂をさっと払《はら》う――と、いきなり頭部を上げた。

キッと俺を睨《にら》む。その蒼《あお》い視線は可愛《かわい》いが、睨み顔を見て、俺は『なんでや』と逆水平チョップを繰り出すノリで、心でツッコんだ。レベッカは「ふん……」と呟《つぶや》いて、頬を朱《しゅ》色《いろ》に染めつつ何事もなかったかのように藁《わら》のバッグを砂浜に置くと、サッとした動作で、片腕《かたうで》を俺に向ける。人差し指は俺を指していた。

「――パンツを見たすけべさん！　今から、すけべパンティ委員会は禁止よ！　よって、すけべしゅうやマンを逮捕《たいほ》します！」

楽し気だが、怒ったレベッカさんだ。俺を追いかけるように笑いながら海沿いを走ってきた。

「すけべさんはそう簡単に捕《つか》まらない」

俺はそう言いながらエヴァを見た。エヴァは「ふふ」と笑い砂浜に降り立つ。

魔導車椅子の座と背もたれの金属が溶《と》けつつエヴァの足と骨に付着。

車輪は小型化しつつ金属音を立てて踝《くるぶし》に移行した。

エヴァの両足の踝に付いた小さい車輪が回転しては、すぅーっと滑《すべ》る。

車輪の跡《あと》を砂浜に作りながら移動していった。速い。

「ご主人様、お待ちをッ」

ヴィーネも跳躍。砂浜に降り立つと、レベッカに負けじと一緒に走った。

常闇《とこやみ》の水精霊《せいれい》ヘルメは砂浜から陸地になる場所で、皆を見ている。

「ンンン、にゃおん、にゃにゃ――」

ロロディーヌもテンションが上がったのか不明だが、黒猫と黒豹《くろひょう》に変身を繰り返す。

黒豹の姿で落ち着くと、砂浜に押《お》し寄せる波に豹パンチを当てた。

引く波を追いかける。しかし、押し寄せる波にびびって逃げた。

そして、引く波を追って、連続的に豹パンチを繰り出す。

波の動きに併《あわ》せて体を前後させていた。神獣のロロさんではあるが、海の水にびびると
ころが面白《おもしろ》く可愛い。砂浜に無数の四肢の足跡が付く。肉球マークと爪痕《つめあと》だ。

「ロロ、波は触《ふ》れても大丈夫《だいじょうぶ》だぞー」

「にゃお～」

返事をするが、波の動きにどうしても反応しちゃうらしい。

「さて、ここらでキャンプの設営だ」

「はいっ、準備します」

ヴィーネがアイテムボックスから布を取り出した。テントの幕を張る準備を行う。

「あ、ヴィーネ、今回はいい。アイテムを出す――」

アイテムボックスを意識しながら速《すみ》やかに魔《ま》造家を取り出した。

毛布を出せば事足りるだろう――。

俺は、やや傾斜《けいしゃ》している砂浜を上がって見晴らしのいい平らな場所に移動した。

魔造家を持ちつつクリスタルを触《さわ》った。

「展開」

と言った瞬間、ボンッと豪華《ごうか》な幕付きテントが出現した。

「おぉ」

「ん、急にテントが現れた」

「わぁ、これは何？」

「閣下、久しぶりに見ました」

俺は頷いて、

「これは魔造家《まぞういえ》、とある姫様《ひめさま》に頂いたものだ。見ての通り、小さい家のようなテントだ。ここで休憩しながら、砂浜でまったり遊ぼうか」

「ん、賛成っ」

「シュウヤ、こんな物を持っていたのねっ」

レベッカは魔造家の表面を指で撫で触る。その仕草が少しエロかった。

俺の視線に気づいたレベッカは、ふふっと笑ってから、魔造家の表面に俺の一物の絵を描《えが》くように指を動かすと、振り向いて、口を開けるや、舌を出す。

俺にチュッと唇《くちびる》を細めながら突き出してきた。

まったく、レベッカめ。素晴《すば》らしいエロさだ。

「はい。では、火の元を集めてきます」

「わたしも手伝いましょう」

ヴィーネとヘルメは砂浜から陸地にかけて転がっている乾燥《かんそう》した流木を拾い始めた。

レベッカとエヴァはテントの中に入った。物色中のようだ。その二人に向けて、

「二人とも流木を集めてくる」

「あ、待って、わたしたちも食材は持ってきたけれど、シュウヤも食材を置いていって、複数ある食材で、簡単な下ごしらえをしておくから。あと、今日は夜もここで過ごすんでしょ?」

レベッカの最後の言葉には、えっちな雰囲気《ふんいき》が出ていた。

絞《しぼ》り芙蓉《ふよう》で乳首《ちくび》とクリの刺激《しげき》を強めて感じさせてあげようか。そのことは言わずに
「……そうだな、今出す」

「ん、わたしも手伝う。アイテムボックスに入れた机と椅子《いす》も砂浜に設置しておく」

エヴァは色々と用意してきてくれたらしい。頷きながら、アイテムボックスを操作。

食材が大量に入った袋《ふくろ》を置く。

「それじゃ枯れ木《かき》を集めてくる」

「ん」

「いってらっしゃい」

「おう」

エヴァとレベッカを砂浜のキャンプ地に残して流木を集めに向かった。

ヘルメとヴィーネが向かった先とは真逆だ。陸地の雑木林に向けて走る。

足下の雑草を出現させた魔槍杖《まそうづえ》バルドークで薙《な》ぎ払う。

すると、背後から「──んん、にゃ」と黒豹《ロロ》が鳴きながら寄ってきた。

俺が足を止めると、相棒がすり寄ってきた。盲導犬《もうどうけん》のように大人しくして、俺を見上げてくる黒豹《ロロ》が可愛い。

「ロロ、枯れ木を集めてくれ」

「にゃおん」

黒豹《ロロ》は『分かったにゃ』的に鳴くと雑木林の中に消えた。

俺も黒豹《ロロ》を追うように雑木林の中に入った。

相棒は遠くに進んだのか、獣道《けものみち》のほうから音が聞こえるだけで、掌握察《しょうあく》の範囲外《はんいがい》。

やはり神獣ロロディーヌだ。速い。さて、できるだけ乾燥した木材を集めるとしようか。

萎《しな》びて乾燥している枯れ草《くさ》を発見。他にも枯れ木を拾い集めた。

すると、複数人の魔素《まそ》の気配を感じた。

――こんなとこに人だと？　枯れ木を手に持ちながら〈導想魔手《どうそうましゅ》〉を発動――『なんだろう』と思い反応の下に素早く駆けた。跳躍《ちょうやく》しては〈導想魔手〉を中空で蹴った。

反応があった場所を目指した――森の中には死体が散らばっていた。

剣撃音も響《ひび》く。集団と少数の戦いのようだ。

奥《おく》の樹木目掛《めが》けて片腕の〈鎖の因子《くさり》〉から〈鎖〉を射出――。

〈鎖〉が刺さった樹木の強度を確認《かくにん》せず〈鎖の因子〉に〈鎖〉を収斂《しゅうれん》させた。

引き込む反動を利用――一気に宙を飛翔《ひしょう》するように森を駆けた。

枯れ木が落ちてもいいや――と空中を裂くように開けた森の空き地に突入！

――〈鎖〉を消失させつつ着地した。そこには、え、えええっ!?

あの白く輝《かがや》く綺麗な瞳。〈ベイカラの瞳〉。

「まさか、ユイか？」

自然と漏《も》れ出《で》た言葉。ユイの表情を見ながら……。

無造作に片手で抱《かか》えていた枯れ木を捨てていた。

そのユイたちに剣を向けている黒装束たちがいる。

――こいつらがユイに恐怖《きょうふ》を味わわせているんだな。

瞬時《しゅんじ》に両手にある〈鎖の因子〉マークから〈鎖〉を射出。

「しゅ、しゅうやぁぁぁ！　たすけてっ！」

ユイがそう叫ぶ前から――〈鎖〉は地を這っている。

不意を突《つ》いた形だったこともあると思うが、〈鎖〉は黒装束たちの足を次々に穿《うが》つ。

――黒装束たちの足を片《かた》っ端《ぱし》から貫《つらぬ》いた。そのまま〈鎖〉を操作――。

〈鎖〉が体に絡む黒装束たち。その大半は野郎《やろう》共だった。

が。女の痛みの声が聞こえた。気になったが無視だ。

魔《ま》槍杖《そうづえ》バルドークを召喚《しょうかん》。

前傾姿勢で前進――足が貫かれて地面に倒《たお》れそうな黒装束の胴体を――。

紅斧刃《べにおのば》でぶった切る。

黒装束は悲鳴を上げられず体が両断、輪切りのまま二つに分かれた肉体は倒れた――。

ユイと一緒にいる中年男の近くに駆《か》け寄った。

「本当、本当に、シュウヤ……なの？」

ユイの〈ベイカラの瞳〉が自然と元の黒い瞳に戻《もど》る。ユイだ。

いつぞやの可愛い鳩《はと》の豆鉄砲《まめでっぽう》顔を浮かべている。

「そうだぞ」

「ああああぁぁ、シュウヤ、しゅうや、しゅうやぁぁあ、しゅうやぁぁぁぁあああ」

ユイは錯乱《さくらん》したように抱きついてきた。

昔の感触《かんしょく》を思い出しながら抱きしめ返してやった。

「……元気にしてたか？」

「ユイ、この方はいったい……」

ユイと共に戦っていた渋《しぶ》い中年さんは、足と腹から血を流している。

「……このひとは、わたしが愛したひと……」

「な、なにぃぃ」

ユイはうっとりと俺を見ていた。

「えっと……」

「恋《こい》に師匠《ししょう》なしと聞くが、聞いてないぞ、ユイ。お前に男がいたとは……」

「——何、余裕《よゆう》かましてんの！　この鎖が痛すぎるんだけど、さっさと外しなさい！」

〈鎖〉に絡まって、逆さづりの仮面を被る女の言葉だ。

他の仮面を被っている野郎共は皆、ダンマリを決めているようで無言。

「なぁ、こいつらは昔、ユイが被っていた仮面を装着しているが、同じ組織の奴《やつ》らだよな」

「そう、ヒュアトスの部下、【暗部の右手】の追っ手よ。わたしと父さんを追ってきた奴ら」

「ユイの追っ手か」

ユイの隣《となり》にいる紳士《しんし》なる方は、お父上だったのか。

道理で渋い表情を持つ、イケメン中年さんでいらっしゃる。

病気の治療《ちりよう》に成功したようだな。しかし、ユイとの関係上、どんなことを言われるやら。

ヤヴァイ、どうしよ。緊張《きんちよう》してきた。

「君から伸びている鎖は……」

ユイのお父さんは、俺の〈鎖〉に注目していた。

「これは、一種の秘術系ですよ……ははっ」

笑いながら伸びた〈鎖〉を動かして、宙吊《ちゆうづ》り状態の【暗部の右手】たちの体を〈鎖〉で刺し殺《ころ》していく。ユイのお父さんを傷つけた奴らは、許せんからな。女以外は皆殺《みなごろ》しだ。

「……ひぃぃぃぃぃ、あぶぁぁっ」

宙吊りになっている女の悲鳴が甲高《かんだか》い。

皆が串刺《くしざ》しになる光景に肝《きも》を冷やしたようだ。更に、股間《こかん》を濡らした。

自らのおしっこを頭部に浴びていた。自ら水責めを喰らう。

そんなおしっこ塗れの頭部を激しく左右に揺《ゆ》らして、仮面がズレた。

すると、ユイのお父さんは唾《つば》を飲み込みつつ、

「これが、神秘たる秘術系の魔法《まほう》か……凄《すさ》まじい。先天性のスキルなのだろうか……」

と、驚《おどろ》いた表情で語る。んだが、ユイたちを苦しめていた敵を倒した。

喜んでいるに違《ちが》いない。あ、お父さんの体には傷がある。急ぎ、

「回復薬ポーションを出します」

アイテムボックスから回復薬ポーションを取り出して、お父さんに数個分けてあげた。

「おお、済まない。気が利《き》くな……」

お父さんはごくごくとポーションを飲んで傷を癒《い》やした。

「シュウヤ、凄《すご》い……前にも一度、あの鎖を見せてくれたけど、変幻自在《へんげんじざい》に動かせるのね……」

ユイはまた、俺を抱きしめてくる。

「おう。成長した」

「この鎧《よろい》、紫《むらさき》で綺麗。外套《がいとう》も灰色だけど、紫の粒《つぶ》が鏤《ちりば》められて素敵。シュウヤは紫の騎士《きし》様になったの？」

「騎士ではない。冒険者《ぼうけんしゃ》だ。あと、相棒との約束を果たして、闇《やみ》ギルドのトップになった」

「ええ？　や、闇ギルドのトップ？」

ユイは驚く。ぽかーんと、さっきと同じく鳩が豆鉄砲を食らったような表情を浮《う》かべる。

「闇ギルドのトップ!?　ユイ……ユイ、正式に、この殿方《とのがた》の紹介《しょうかい》をしてくれると、ありが

たいのだが……」

　ユイのお父さんは、急に姿勢を正して緊張した顔を見せていた。

「あ、うん。父さん、この人はシュウヤ・カガリ。任務で殺す予定だったのだけど、失敗した相手。そして、凄腕《すごうで》の槍《やり》使いで黒猫《くろねこ》を使役《しえき》している、わたしが初めて愛した男の人」

「任務で失敗した相手を愛したのか？」

「ええ、それは、その、そうなの……」

　ユイはそこで俺と少し距離《きより》を取る。妙《みよう》な間が空いたので、

「……それで、そこのぶら下がってる、宙吊り女はどうする？」

「……た、たしゅけて……くだしゃ……い」

　女はもごもごした口調で命乞《いのちご》いをしている。そんなことは無視して〈鎖〉を操作——。

　更《さら》に、女の全身に〈鎖〉を巻き付けて雁字搦《がんじがら》めにしてから、ユイの目の前に運ぶ。

「エリシャ、ヒュアトスはわたしたち親子の抹殺《まっさつ》を命じたのよね」

　尋問《じんもん》を開始したので、地面に下ろして口周りだけ〈鎖〉を緩《ゆる》くした。

「そ、そうです」

　まな板の上の鯉《こい》となったエリシャと呼ばれた女は、すべてを諦《あきら》めたような絶望の表情だ。唇を震《ふる》わせている。

「いったい、幹部候補を何人連れてきていたの？」

「サイゾーを含《ふく》め、九名……」

「かなりの戦力。これはヒュアトスにとって大打撃《だいだげき》だわ」

「そうでしょうか……ヒュアトス様の下には、沢山《たくさん》の部下がいると思います」

「こんなに倒したのに？　わたしがいた時より人員を増やしたのね」

「はい。ネレイスカリの一件以来……質、量、共に武芸者の兵士も増やしました」

「でしょうね。それじゃ、もう貴女《エリシャ》には用はないわ」

「えっ――」

ユイは冷たく言い放つと、居合い抜《ぬ》きの技を見せる。魔刀の一閃《いっせん》居合いにより、エリシャの首は刎《は》ねられていた。ヒュアトスの部下か。

「ユイ、今のは、暗刀七天技が一つ、〈抜刀暗刃〉か。見事な腕《うで》だ」

ユイの父、お父さんはユイが放った技を褒《ほ》めていた。

「父さんが全盛期だった頃には、遠く及《およ》ばないわ」

「謙遜《けんそん》するな。ユイ、お前は立派になった……」

「父さん……」

「――んんん、にゃおにゃ」

そこに、神獣ロロディーヌが触手に大量に枯れ木を持ち登場。

咥《くわ》えていた枯れ木を、くしゃみをするように俺の側に棄《す》てていた。

「わっ」

「な、なんだ……新手の敵の魔獣《まじゅう》か？　黒獅子、いや、馬の獣《けもの》！」

ユイとお父さんはロロディーヌの姿に、口《くち》の端《は》を引《ひ》き攣《つ》らせて驚いている。

「ロロ、ご苦労さん。いっぱい集まったなぁ。ユイとお父さんが驚いているから小さくなってくれ」

「にゃお」

相棒は一鳴きすると、すべての枯れ木を地面に落としつつ黒猫《ロロ》の姿に変身。

「――わぁ、ロロちゃん。変身した。触手も増えたの？　あ、もしかしてシュウヤがわたしと別れる前に語ってくれた……アーティファクトを見つけたの？」

「そうだ。黒猫《ロロ》は巨大化《きょだいか》も可能。そして、今のように馬とか、黒豹に近い獅子の姿からグリフォンの大きささえも超《こ》えることもできる。真の姿を取《と》り戻したんだ」

「凄い！　その大冒険《だいぼうけん》のお話を聞かせてくれるわよね？」

ユイは上機嫌《じょうきげん》だが……真実を話そう。

「勿論《もちろん》。あとは仲間たちと、俺の女たちを紹介しよう」

刹那《せつな》、ガラスの割れた音が響いたように、ユイの表情が強張《こわば》った。

「え、仲間は分かる。けど、その俺の女という言葉は聞き捨てならないのだけど……」

ユイは眉《まゆ》を寄せて、睨みつけてきた。

思わず、ユイのお父さんに助けを求めるように視線を向かわせるが……。

ユイのお父さんは、小さくなった黒猫《ロロ》の姿を凝視《ぎょうし》していた。

片笑窪ができている。

「なんと、小さい猫《ねこ》なのだ……」

「にゃお」

黒猫《ロロ》はユイに挨拶《あいさつ》。そのままユイの足に頭部を擦《こす》りつけて胴体《どうたい》もあてがう。

くねっと曲がった尻尾《しっぽ》もユイの足に絡まった。

ユイは笑《え》みを浮かべて黒猫《ロロ》を見る。が、直ぐに俺を睨む。

相棒は寒気を感じたように毛が逆立つと、そのユイの足から離《はな》れた。

ユイのお父さんの足に頭部を突けた。

「かわいい……猫だ、可愛すぎる！　ウォォォォ――」

「にゃご」

黒猫《ロロ》は腕を伸《の》ばして、抱きしめようとしているユイのお父さんを避《さ》けた。

「父さんのあんな顔、わたし、初めて見たのだけど」

「……ロロの魅力《みりょく》はハンパないから」

「うん。可愛いロロちゃんは変わらない……でも、シュウヤは……で、その女たちとは、どういう関係なのよ！」

ユイらしい、鋭《するど》い剣突たる言葉。ま、正直に言うさ。

「恋人《こいびと》で、愛している女たちだ」

「恋人、愛してる、女たち……ずるい、ずるい、ずるい、ずるい、ずるい‼　わたし、ずっとシュウヤのことを想っていたのに！」

ユイは涙《なみだ》を流して走り出す。もう森の奥まで行ってしまった。即座《そくざ》に身体能力を活《い》かした魔脚《まきやく》で追いかけて――ユイの手を握《にぎ》る。捕まえた。

「待てよ！　どこにいくんだ」

「――どっかよっ、ほっといてよ！　ばかシュウヤ！」

「いやだ――」

ユイの手を引っ張り、強引《ごういん》に抱きしめる。

「はな、して……よ……わた、し……ばかみたい……一人で浮かれて……助けてと心で祈《いの》ったら、本当にシュウヤが表れてくれて、嬉しくて、嬉しくて……わたし有頂天《うちょうてん》だった」

「すまん」

ユイは切ない表情だ。

「わたしのこと、嫌《きら》い？　忘れちゃったの？　――あの夜のことはなかったことにしたいの？」

そのまま、俺の胸を一回、二回と叩いてくる。

「嫌いになるわけがない。光陰《こういん》に関守《せきもり》なしだが、あの夜のことを忘れるわけがないじゃないか。ずっと心の中に残っていた……俺はお前に振《ふ》られたとばっかり。あの時、黒猫《ロロ》と一緒《いっしょ》に旅をしないかと言った言葉は、ユイと一緒にいたかったからだ……あの時、ユイは拒《きょ》否《ひ》したじゃないか」

「……うん、だって……でも、そうよね……ごめんなさい。独りよがりだった」

「いや、いいんだ、ユイが俺を想っていてくれただけでも、嬉しい」

「うん……」

彼女《かのじょ》は声を震わせて小さく返事をする。

そのまま、涙が流れている充血《じゅうけつ》した双眸《そうぼう》を向ける。

「ユイ、俺のとこに来い」

「いいの？　女たち、愛している人たちがいるんでしょ？」

「あぁ、いる」
彼女は、その言葉を聞くと、また哀《かな》しげな顔となる。涙を流す。
そんな顔をさせたくない――自然とユイの唇を奪《うば》っていた。
唇の感触の刺激で、激しく抱いた記憶《きおく》を想起した。
会えなかった時間、俺を想っていたことに対する感謝の気持ち……。
もう泣かせたくない気持ち、愛しているという気持ちを込めていた。
ユイの唇を労《いたわ》りつつ、その唇から自身の唇を離す。と、卑猥《ひわい》な音が響く。
長いキスを終えた。唾が糸を引いて、ユイの唇から、いやらしい音が響いた。
「シュウヤ……愛してる」
「俺もだ」
そこから互《たが》いの唇をむさぼり食らうように情熱的なキスの嵐《あらし》が吹《ふ》き荒《あ》れた。
ユイは背を伸ばしつつ懸命《けんめい》に俺の唇と歯茎《はぐき》を舌で舐《な》めてくれる。
俺もお返しにユイの唇を優《やさ》しく労る。
舌で歯や歯茎だろうと、ユイのすべてを愛するように――。
キスを終えて、目を合わせるとユイは笑顔を見せる。
その時、一夜を共にした時と同じ女の匂《にお》いを感じた。

ユイの恥部《ちぶ》に視線を向けると、彼女は誤魔化《ごまか》すように、

「……だけど、他の女も愛してる?」

「あぁ、皆、血を分け合うぐらいに愛している」

「血を分け合う……でも、その中にわたしが入れる隙間《すきま》はあるの?」

「ユイ次第《しだい》だ……」

無意識にユイに選択《せんたく》をゆだねていた。俺の言葉を聞いたユイは瞬《まばた》きをする。

「ふふっ、昔と同じ言葉……あの時はどうしようもなく混迷《こんめい》していたけど、今は迷いなんてない。恋の闇に堕《お》ちようとも、わたしは貴方《あなた》と共に生きたいです。シュウヤのところへ飛び込むわ。だから、他の愛している女性たちに、ちゃんとわたしのことを紹介してくれる?」

自然と出た言葉だが、前にも同じことを言っていたようだ。

「あぁ、勿論だ。が、他に愛している女がいるのはいやじゃないのか?」

「いやだけど、シュウヤとはもう離れたくないの。それに一夫多妻なんて、どこの国でもある習慣よ。特にサーマリアは魔族の血を引く者が多いから、力を持つ男に多数の女が集まる傾向《けいこう》がある。父さんは違ったみたいだけど……」

「分かった。とりあえず、お父さんのところに戻ろうか、ロロと遊んでいるようだが」

「うん」

恋人の手を握るようにユイの手を握る。お父さんがいた場所に戻った。

「ははははっ、ついに捕まえたぞ！」

「ンン、にゃぁおん」

黒猫《ロロ》がお父さんに捕まっていた。

「もう、父さんってば、なんでそんなに興奮してるのよっ」

「おっ、ユイ、お前もちゃんと見るのだ。この素晴らしい毛並みを。撫でてやると、ちゃんと、ゴロゴロと癒やしの喉音《こうおん》の返事をする！　なんて可愛らしい猫なのだ」

「……」

ユイは泣きそうな表情を浮かべている。

「お父さん、ユイが悲しんでいますし、ロロも髭《ひげ》を下げてゲンナリしています。解放してあげてください」

「おとうさん？　貴方の父になった覚えはないが――分かった、離そう。ところで、ユイ、その顔色はどうした。わたしが猫と遊んではいけないのか？」

黒猫《ロロ》は解放されると、すぐに俺《おれ》の足下に走り寄ってくる。

「ううん、そんなことはないけど、赫々《かっかく》たる威武《いぶ》を持つ父さんと、病で苦しんでいた頃《ころ》の父さんの顔しか知らないから……」

「そうか？　昔、お前が小さい頃、猫《ねこ》を飼っていたのを覚えていると思ったのだが……忘れてしまったか」

「猫を飼っていたの？　知らなかったわ。覚えていない」

「それに、人形、猫の人形をお前はよく持っていたではないか」

「……そういえば、一つ、そんな形の人形を……」

「思い出したか？　昔から猫好きだったのだ」

「うん」

そこからは親子の会話が続く。

俺は足に頭を擦りつけている黒猫《ロロ》に視線を向けた。

「ロロ、置いた枯れ木を持って」

「にゃ」

黒猫《ロロ》は神獣ロロディーヌに変身。

六本の触手で沢山の枯れ木を纏《まと》めては、大量に咥えた。

「それじゃ、仲間たちのところへ戻ります。ユイとお父さん、行きましょう」

「うん、待って。父さん、この人と一緒に行こう？」

「お前が愛した男なのだから大丈夫だと思うが、わたしたちは追われる身だぞ？」

「……お父さん、その辺りは後々、キャンプ地で休憩《きゅうけい》しながら話し合いましょう」

俺の言葉を聞いたお父さんはユイと俺を見てから、少し逡巡《しゅんじゅん》。

「……また、お父さんと。ユイとの結婚《けっこん》を認めたわけではないのだからな？」

「父さん！　おかしなことを言わないで。さっきの槍斧《そうふ》と鎖を見たでしょう？　この人が助けてくれたのだから、そして、父さんの病気を治す薬代もこの人のお金だったのだから、感謝すべきよ。それに、彼《かれ》は闇ギルドのトップ。このことを忘れてない？」

ユイの言葉にお父さんは目を見張る。

「――なんと……そうであった。無礼な言葉をお詫《わ》び致《いた》します。シュウヤ殿《どの》。いや、様というべきか。シュウヤ様、わたしの名はカルード・フローグマン。一度ならず二度も助けて頂き、感謝する。そして、もとより逃《に》げ場《ば》のない立場です。シュウヤ様についていきましょう」

「カルードさん。俺も勝手にお父さんと呼んでしまい申し訳ない。砂浜《すなはま》にキャンプがありますので行きましょう」

俺は丁寧《ていねい》にカルードさんに頭を下げた。

「承知しました」

そこからカルードさんはどことなく緊張したそぶりを見せる。会話も少なくなって一緒に砂浜を歩いた。俺たちが砂浜に戻ると、焚《た》き火《び》が幾《いく》つか用意されてあった。

幾つもの細い肉が薄《うす》い網《あみ》の上でじゅうじゅうと音を立てて焼かれていた。

小さい机にはエヴァとレベッカが並んで調理の最中。

「ご主人様、おかえりなさいませ」

「あぁ、ただいま」

「あー、シュウヤ、もう枯れ木が集まったから火をつけちゃったわよ」

「ん、もう肉と野菜を焼いてる」

確かにいい匂いだ。食欲を掻《か》きたてられる。

「ご主人様、そのお二人は……」

ヴィーネが俺の隣をキープするユイと緊張しているカルードさんを指摘《してき》。

「あぁ、彼女は俺の恋人で、ユイ。もう一人はユイの父君でカルードさん」

「ご主人様？　他に女がいたのですか？」

ヴィーネは冷然とした態度でユイの表情を確認。

「昔、知り合った女だ。偶然《ぐうぜん》、今しがた再会した」

「昔の女……チッ、分かりました。ユイさん。わたしはご主人様の選ばれし眷属《けんぞく》、〈筆頭従者長〉の一人、名をヴィーネといいます。お見知りおきを」

「はい。ユイです。よろしくお願いします」

テントはもう一幕張った方がよさそうだ。

「ヴィーネ、もう一幕寝《ね》る場所を作ってくれるか？」

「はい、分かりました」

銀髪《ぎんぱつ》を揺らしながら急ぎ荷物を取りに行くヴィーネ。

「ちょっと、その子は何？」

「ん、わたしも気になる」

レベッカとエヴァが野菜を切りながら質問してくる。

「あとでな、食事の時に」

「ふーん、分かった」

「……そう。もうすぐ料理が出来上がる。茸《きのこ》を焼いておしまい」

「閣下、その方々は……」

常闇の水精霊ヘルメも黝色の葉っぱ皮膚《ひふ》を靡《なび》かせながら近寄ってきた。

「あぁ、昔の知り合いだよ。あとでちゃんと紹介する」

「そうですか。では、海の中で瞑想《めいそう》をしてきます」

海か。不思議に思ったが特に何も言わなかった。

「……分かった」

ユイとカルードさんはその海の中という言葉より、ヘルメの不思議な体に注目していた。

「それじゃ、ユイとカルードさん、この魔道具でもある、テントの中で休んでいてよ。食事の時に、ちゃんと皆《みな》へ紹介するから」

「うん、シュウヤは？」

「料理がどんな感じか見てくる」

彼女にはそう言ったが、レベッカとエヴァに軽く説明するためでもある。

レベッカがユイの件を聞いたら、またぐちぐちと煩《うるさ》くなる可能性が大だからだ。

「……そう、分かった。ここで待っている」

「おう。カルードさんも宜《よろ》しいですか？」

「はい。休ませてもらいます。ユイ、入るぞ」

「うん」

ユイは笑顔のままテントの中に入った。そして、気になっていた野菜を切っていたエヴァたちに振り向《む》くと、二人は、こちらの様子を凝視。動きを止めていた。

茸は煙《けむり》をあげて焦《こ》げている。その二人の下に近寄って、

「茸が焦げている」

「ん――ごめん」

エヴァは急いで茸を持ち上げるが、食えそうもない。

そこに、ゴンッ！　と、まな板さえも切る勢いで野菜を切るレベッカの顔が見えた……。

引きつったような表情を浮かべている……蒼炎《そうえん》を纏った腕に包丁を持っているから、確実にヤヴァイ。こりゃ、完全に怒《おこ》っている雰囲気だ。

「はは、どうしたんだ……野菜はもう切らなくてもいいんじゃないか？」

切られた野菜はすごい量になっていく。

「ふーん、ふーん、ふーん、ふーん、ふーん、あとで食事の時にな。かー。ふーん、ふーん、ふーん、ふーん……」

包丁を持つ蒼炎を纏った腕が、物凄《ものすご》い速さで動いていた。

野菜は次々と微塵《みじんぎ》切りにされている。

「レベッカ、そう怒るな。もう野菜は切らないでいいぞ」

「エヴァ、何か言った？」

横柄《おうへい》な態度でレベッカは、ぷいっとエヴァと顔を向ける。

「ううん、誰《だれ》かのせいで、茸が焦げてしまった」

「そう……その誰かさんは、新しい女を連れてきてしまって、にこにこ顔を浮かべていたスケベな人?」

「ん、レベッカ鋭い。誰かさんの鼻の下が伸びていた」

「スケベで悪かったな。が、新しい女ではない。昔の愛し合った女だ。当時は理由があって別れたが、今日、偶然その森の中で追われているところを助けて、連れてきたんだ」

「何よっ。なんで、楽しいバカンスのはずが、ライバルが増える展開になるの!」

「愛し合った女……ショック」

レベッカは当然の反応を示し、エヴァは呆然《ぼうぜん》として紫の瞳《ひとみ》が揺れていた。

完全に……貝殻《かいがら》の水着を着て貰《もら》う雰囲気ではなくなってしまった。

俺はショックを受ける彼女たちに対して真面目《まじめ》にゆっくりと説明を開始。

当然の如く、料理のできあがり時間が遅《おそ》くなるのは必定であった。

諧謔《かいぎゃく》的なことはしない……。

真面目にユイのことを説明して分かってくれた時には……夕方になっていた。

急ぎ料理を終わらせる。そうして、食事の準備は完了《かんりょう》した。

海岸線に沈《しず》む夕日をチラッと見てから、ユイとカルードさんをキャンプファイヤーの席に招待。飲んで食べての宴会《えんかい》だ。

「シュウヤのね、変な顔が面白《おもしろ》いの！」

「ん！」

と、楽しい会話をしながら、「そうか？」とか言いながら、レベッカに変顔を繰《く》り出《だ》す。

レベッカは間近で俺の変顔を見て、口に含んでいた酒を噴《ふ》いた。

そんなこんなで飲食を楽しむ。黒猫《ロロ》も焼いた肉や野菜を食べてくれた。

固い野菜を奥歯《おくば》で噛《か》みきる仕草を見て、手伝いたくなった。

そして、「ンン」と鳴いてから、お腹《なか》をぽっこり膨《ふく》らませつつ横座《よこずわ》り。

焚き火の近くで、まったり座《ずわ》りだ。可愛《かわい》い。

俺はそんな相棒の横に移動して、一緒に横になった。

相棒は、俺の顔に尻尾を当ててくる。その尻尾を触《さわ》ると「ンン、にゃ〜」と鳴いて尻尾を引いては、俺の掌《てのひら》に尻尾を乗せてきた。その尻尾をぎゅっと握る。

と、相棒は尻尾を引いた。そのまま湾曲《わんきょく》させた尻尾で傘《かさ》の尾《お》を作るようにぴんっと立たせると、その尻尾でまた俺の顔を叩《たた》いてくる。その鞭《むち》のような尻尾を掴《つか》んでやった。

直《す》ぐに尻尾を解放。相棒はまた尻尾を引いて、『尻尾を掴むにゃ、相棒の顔はわたしのものにゃ〜』と考えているか不明だが、尻尾を振り回《まわ》して、俺に悪戯《いたずら》を繰り返《かえ》す。

そうして、宴《えん》もたけなわになった。俺は立ち上がり、

「正式に皆に紹介する。ユイとカルードさんだ」

皆が注目する中、ユイとカルードさんを紹介した。

「どうも、ユイです」

「ユイの父のカルードと申します」

そう頭を下げながら喋《しゃべ》るユイとカルードさんに対して……俺たちが、何故《なぜ》ここに来たのか。鏡の件と邪神《じゃしん》に纏《まつ》わる迷宮《めいきゅう》などの経緯《けいい》を説明。

鏡の件と邪神の話に二人とも驚いていた。

俺が説明を終えると、ユイとカルードさんの話の出番となった。

枯れ木が轟々《ごうごう》と燃えるキャンプファイヤーの音をＢＧＭに……ユイとカルードさんの二人は頷《うなず》き合う。俺はユイを注視。

第百五十六章「ユイとカルードの語り」

皆が見ている。わたしが喋ろうとしたけど、父さんが先に、

「わたしはサーマリア王国に古くから仕える貴族の出。武門のフローグマン家として育った。幼い頃から魔《ま》人の血が濃《こ》い師父に、剣術《けんじゅつ》と格闘《かくとう》術の基礎《きそ》を学ぶ。フローグマン家の血脈の力がないと思われていた当時のわたしは厳しく育てられた」

父さんはわたしを見る。フローグマン家の父の顔だ。

「その甲斐《かい》もあって剣士《けんし》、長物使い、刀技《とうぎ》師、一刀一剣《けん》師、など剣師系の戦闘職業を獲得《かくとく》していった。そして、戦争中に機密を盗《ぬす》んだ盗賊《とうぞく》ギルドの【ロゼンの戒《かい》】の集団と【黄昏《たそがれ》の騎士】たちの争いに巻き込まれていた女性を救ったのだ。名はサキ。ユイの母であり、わたしの妻だった」

恥《は》ずかしそうに語る父さん。ひさしぶりに見たかも。

「ふふ。そうなの、それがきっかけで父さんと母さんは結婚して、わたしが生まれた。母さんから、デート話を何回も聞かされたっけ。勿論、最初はわたしが興味を持って聞いた

ことがきっかけだけど。その話はよく覚えているんだから！」

「興味ある！」

「ん、聞きたい」

「うん、勿論。【王都ハルフォニア】には、中天の陽《ひ》が遺物に当たると、星屑《ほしくず》のような光が宙に迸《ほとばし》る綺麗《きれい》な遺跡《いせき》があるの。そこで、母さんは父さんにプロポーズされたらしい」

「……」

父さんは沈黙《ちんもく》。片方の眉をピクピクと動かしている。構わず話を続けた。

「キーレンス商店街ってお洒落《しゃれ》な洋服ばかり売っている通りでは、手を繋《つな》いで長く沈黙しながら仲良く歩き続けたそうよ。そのまま王都の外に出てハイム川の岸辺に出たこともあったとか。その通りでは、自然と目が合って心臓がときめいたって……まったく、むかつく。で、その通りは別名ロマンス街道《かいどう》って名前もあるの。で、通りの端《はし》で、キスされたって。ふふ……あと、【リーリニアの街】では――」

「のおぉ！　ユイ、その話はしないでいい！」

焦《あせ》る父さんが面白い。

「ふふ」

「ゴォホン！　では、気を取り直して、ユイが生まれた日のことを話そうか」

「それは興味あります」

シュウヤが聞いてくれた。父さんは安心したようにシュウヤを見る。

でもシュウヤは、わたしの生まれた日が気になるの？

と視線を向けるとシュウヤは微笑《ほほえ》んでくれた。

優しい顔。もう！　どうして、そんな優しい顔をするの！

シュウヤと見つめ合っていると、父さんが、

「ユイが生まれた日。それは寒い夜の日。季節は厳冬だから当たり前なのだが……」

父さんはわたしの双眸を凝視。わたしは頷いた。

「うん。寒い日に生まれた。死神ベイカラが好む季節と時間帯と聞く。その関係もあってか、わたしは、生まれながらにして不思議な瞳を宿していたんだ」

「その通り。唯一《ゆいいつ》の瞳、他に無い瞳。そこからユイと名付けた」

「唯一の瞳。わたしの瞳は、特殊《とくしゆ》な力を秘《ひ》めている。それは〈ベイカラの瞳〉。通称《つうしよう》、死神の瞳」

「魔界《まかい》セブドラの一柱、死神ベイカラの力をユイは宿す」

「エクストラスキル。死神ベイカラの恩寵《おんちよう》。フローグマン家は魔族の血を引いていることも関係がある」

「ん、サーマリアには多いって聞いたことある」

「わたしも、王国の伝承とか？　曰《いわ》く付《つ》きのお伽話《とぎばなし》はベティさんから聞いたことある」

エヴァさんとレベッカさんがそう語ると、父さんが、

「ユイのようなエクストラスキルは、わたしにはない。が、剣術の才には恵《めぐ》まれた」

「フローグマンの祖先は魔族の血筋が色濃《いろこ》い場合、色々な戦闘《せんとう》系スキルを獲得することが多かったみたい。戦場で死ぬこともあったようだけど、父さんの祖先は数々の戦場で武勲《ぶくん》を立て生き残った。だから、父も戦場で活躍《かつやく》したって聞いた。でも、栄光も長くは続かなかった」

父さんは黙《だま》って首肯。わたしも頷いて、シュウヤと皆を見てから、

「それは【レフテン王国】と【サーマリア王国】の戦争が一時的に終結したから。国民には嬉《うれ》しいこと。でも、父さんには突然《とつぜん》過ぎた。数百年も戦争をくり返して仲の悪かった【レフテン王国】とフローグマン家の主である【サーマリア王国】が、大国【オセベリア王国】の進出により和解することになるなんて、思いもしなかった」

父さんも、

「長年続いた戦争が終わると、武門の小貴族であるフローグマン家は、要職から外れて落ちぶれたのだ」

「そう。フローグマン家は元から領地が狭《せま》く裕福《ゆうふく》ではないから……」

「……恥ずかしながら娘《むすめ》の言葉は本当です。家計が大きく傾《かたむ》くことになった。貴族と称《しょう》しているわたしたちですが、実際の生活は貧窮《ひんきゅう》を極《きわ》めました」

「うん。それでも、父さんと母さんのサキは、弱音を吐《は》かずフローグマン家再興のため必死に働いていたことは知っている。両親には感謝しているわ」

「ユイ……」

「そんな時、良い兆《きざ》しが出たように父さんが、サーマリアの大貴族に武術の腕を買われて雇《やと》われることになったの」

父さんも『そうだ』と頷く。皆、歓声《かんせい》を上げてくれた。

エヴァさんとレベッカさんは拍手《はくしゅ》してくれた。

黒猫のロロちゃんも頭部をわたしと父さんに寄せてくれた。

隠《かく》れ猫好きの父さんは嬉しそう。その父さんが、

「先ほどから語るように、フローグマンの血筋は代々伝わる武門の家柄。わたしが戦場で結果を出したことを、ヒュアトス様は覚えていてくれたようだ。さすがは、ロルジュ派とラスニュ派を押さえてサーマリア王国で勢力を伸ばしていたやり手の侯爵《こうしゃく》様である」

未《いま》だに、ヒュアトスを様づけか。ま、父さんらしい。

「……うん。ヒュアトスは敵よ？　で、あと、この律儀《りちぎ》な父さんは、エクストラスキルはないって言ってるけど、はっきり言って剣術の才能自体がエクストラスキルみたいなものだから。フローグマン家の血が色濃く出た父さんってことね」

「ユイとカルードからは、研《と》ぎ澄《す》まされた感覚を受けるから納得《なっとく》だ」

ヴィーネさんがそう語ってくれた。

「そう。だからこそ、今のわたしがある。お師匠《ししょう》様でもある」

「驕《おご》る気はないが、自信はある」

「うん。あと、わたしと違って、父さんは戦術的な能力もあると思う」

それでいて端正《たんせい》な顔立ち。正に秀外恵中な父さん。

性格は女性に近い部分があるけど、それは言わなかった。

「ありがとうユイ。自慢《じまん》の娘だ」

「ん！」

エヴァさんが微笑む。わたしも微笑んで応《こた》えたけど、次の話は暗い……。

「ところが、良いことは長くは続かない。母さんのサキが、突然に倒《たお》れて亡《な》くなってしまったの……お母さん……お母さん……苦労して、洗濯業《せんたくぎょう》と蓮《はす》の葉採取に筆作りとわたしたちのために……仕事を幾つもこなしていた。小さいわたしは見ていることしかできなかった」

　砂浜にいる全員が、表情を暗くした。

　エヴァさんは、紫色《むらさきいろ》の瞳をうるうるとさせ泣きそうになってくれた。

　優しい人だと分かる。わたしはその皆に向けて、

「父さんは、悲しみに暮れる間もなく、新たな仕事で忙《いそが》しくなり家を空けることが増えたの」

「ふむ……」

　父さんは言葉を濁《にご》すように呟《つぶや》く。

「父さんの仕事は順調でもフローグマン家の財政は厳しい。サーマリア王国の貴族籍剥奪《せきはくだつ》の一歩手前という状況《じょうきょう》なのは変わらない。常にぎりぎりの生活だった。でも、そんな厳しい事情でも父さんから、フローグマン流剣術の手解《てほど》きを受け続けていたの」

「ユイの剣術か。興味がある」

「うん。ヴィーネさんも剣術が凄《すご》いと分かる。父さんも気づいていると思うけど、同じ匂いがする？」

「あぁ、ヴィーネ殿もまた、強者であると認識《にんしき》している」

「ヴィーネはダークエルフ。地上では珍《めずら》しいエルフ種族。地下世界では普通《ふつう》だが、その地

下と地上を長く放浪《ほうろう》して生きている。凄すぎる経験をしているんだ。尊敬している」

「ありがとうございます――」

と、ヴィーネさんは素早《すばや》く片膝《かたひざ》を地面に突《つ》けた。シュウヤの家臣さんっぽい。

父さんは、そのヴィーネさんが立ち上がるのを待ってから、

「フローグマン流とは、三大流派の飛剣流、絶剣流、王剣流の良い部分を取り入れた戦場武術なのだ。周りから介者剣術と馬鹿《ばか》にされることがあるが、そんな奴《やつ》らは何も解《わか》っていない」

「ふふ。で、話を戻《もど》すと、わたしの剣術と格闘《かくとう》技術を見て驚《おどろ》くことが増えてきた」

「ユイの双眸の変化が激しくなった頃だ」

そう語る父さんは、今も微笑んでくれている。

さっきも皆に語ったけど、カッコイイ父さんだと思う。

「そんなある日。父さんが血濡《ぬ》れた姿で家に帰って来た時があった」

「血塗《ちまみ》れ？　カルードさんが傷を？」

「ううん、当時の父さんは渋面《じゅうめん》で、慌《あわ》てたわたしを見ながら『ユイ。黙っていて済まない。わたしは闇《やみ》の仕事をするようになった』と言ってきた。珍しく声を震わせていた」

「そうだ。ユイに黙っていたことがあったからな……」

父さんが語ると、皆、父さんを注視する。

父さんは、当時を思い出しているのか、顔色は勝《すぐ》れない。その父さんを見ながら、

「あの時、父さんは、〝誇《ほこ》り高《たか》いフローグマン家を闇に染めてしまったのだ〟と、告げてきた。更《さら》に涙を流しながら……わたしを抱《だ》きしめつつ説明してくれたの」

「優しさが伝わる！」

エヴァさんがそう語ってくれると、父さんは照れたように視線を斜《なな》め上《うえ》に上げていた。

その父さんは目に涙を溜《た》めているし、泣きそうになっている。

ふふ、父さん、気を緩《ゆる》めすぎよ……。

そして、シュウヤを見る。黒い瞳。優しさで満ちていることを知っている。

シュウヤの頷きに頷きを返してから、皆に視線を戻して、

「当時のわたしは『大丈夫《だいじょうぶ》。どんなことがあっても父さんを嫌いにはならない。その代わり、わたしを鍛《きた》えてください。もっと強くなりたい。フローグマン流もそうだけど、純粋《じゅんすい》に剣の道を目指したいの』と強く懇願《こんがん》したんだ」

父さんは黙って頷いてから、「分かった。フローグマン流をたたき込む」と、わたしの思いに応じてくれた。

「そうして、父さんが闇ギルドの仕事を終えると、厳しい稽古《けいこ》が始まった」

わたしは父さんとの一緒にいられる時間が増えて凄く嬉しかった。

父さんは強いし厳しい。怪我《けが》は日常茶飯事《にちじょうさはんじ》だった。必死で厳しい訓練についていく。

厳しい訓練を積み重ねた日々を送った。

ある時、父さんは、わたしの成長力に驚く。

「〈ベイカラの瞳〉もあるが、やはり、わたしと同じように武術の才能があったのだ」

「そうみたい。わたしにもフローグマン家の血筋が色濃く反映されてるらしい。戦闘職業も、戦士、剣士、双剣士《そうけんし》、重戦士、軽技使い、弓使い、軽戦士、刀使い、暗殺者と次々と獲得。そして、魔力《まりよく》を纏う特殊秘術系の〈魔闘術〉も教わりすんなり身につけた。魔力を体内で操作する技術、覚えたけど、扱《あつか》いは苦労した。でも、身体速度を上げることができることは、戦士系にとってどれほど大きいか。〈魔闘術〉を身につけた時は凄く嬉しかった。

こうして、父さんから厳しく剣術や暗殺術を教え込まれて、わたしは才能を開花させた」

父さんは頷いて「――天賦《てんぷ》の才」と、発言。過去の父さんと今の父さんが重なる。

「あの頃は、真剣稽古《しんけんけいこ》を始めてから三ヶ月《かげつ》を過ぎた頃だったか」

「うん。訓練最中とか?」

「払《はら》い胴《どう》を決めた時か、ユイを吹き飛《と》ばしてしまったが……」

「うん。わたしは起き上がりながら瞳を変化させた。光芒《こうぼう》を繰り返す瞳。〈ベイカラの瞳〉

を発動させていたの」

「そうだ」

「ユイさんの瞳ね。シュウヤから聞いていたけど」

「ん」

「ユイの戦闘力《せんとうりょく》と関係が深いのか」

ヴィーネさんは鋭い。綺麗な銀色の髪《かみ》に嫉妬《しっと》を覚える。そんな皆に双眸を見せながら、

「〈ベイカラの瞳〉で標的を凝視《ぎょうし》すると標的を赤く縁取《ふちど》ることができる。それは消えることのない死神のマークとなる」

「なんと！　消えることのないとは……」

ヴィーネさんが興奮していた。

「マークを付けた相手に対して、わたしは身体能力を倍増して戦うことが可能」

「素晴《すば》らしい。わたしにはない」

と、ヴィーネさんは急に焦ったような表情を浮《う》かべてシュウヤを見る。

愛が籠《こ》もった瞳だ……わたしだって負けないんだから！　すると、父さんが、

「当時、わたしはユイの瞳を見て……不気味と言ってしまった」

「そう。でも、その後直ぐに『同時に、〈ベイカラの瞳〉が発動した場合は、動きの質が

違《ちが》う。凄《すさ》まじい鋭《するど》さになるのだ。〈魔闘術〉と合わせれば、お前は【サーマリア】でトップクラスの暗殺者となろう』ってね」

「そうであったな」

「そして、父さんはこうも語った。『わたしの娘であり、フローグマン家だ。落ちぶれても神は見捨てはしなかった。死神といえど恩恵《おんけい》は恩恵だ。が、その瞳がベイカラ神の狂《きょう》信者《しんしゃ》共にバレたらやっかいである。発動時は気を付けろ。もっとコントロールできるようになるのだ』って忠告してくれた」

父さんは頷く。皆はわたしと父さんを交互《こうご》に見ていた。

「ユイは〈ベイカラの瞳〉を使いこなすようになった。あまりの剣術の伸《の》び具合に、わたしは内心焦っていたな……」

「え？　知らなかった」

「一段と模擬《もぎ》戦が厳しくなった頃でもある」

「あ――恐怖《きょうふ》を感じる事もあった。同時に、わたしは〈ベイカラの瞳〉が自動的に変化していることにも気付かされた。訓練の最中に、父さんから、指摘を受けた。『ん？　また瞳が変わってるな？』と」

父さんが頷いて、

「使いこなしているようで、エクストラスキルだ。成長をするスキルなのかも知れないな」

「……わたしのエクストラスキルの〈銀蝶《ぎんちょう》の踊武《ようぶ》〉も成長しているから、そうだろう」

皆、頷いた。

「熟練度だろう。経験を積めば強くなる。人は魔素《まそ》を自然と吸収するらしいからな」

魔素のことを語るシュウヤ。お師匠様から教わったのかな。

そんなシュウヤの黒い瞳を見つめながら……〈ベイカラの瞳〉のことを、

「〈ベイカラの瞳〉は恐怖を感じると自動発動するの。でも、わたしにとって好都合。それだけ能力が強くなるからね」

皆に、正直に伝える。特異な双眸《そうぼう》の力。でも偉大《いだい》な神様の力。

そして、皆に対して信頼《しんらい》の気持ちを込めるように、

「魔界セブドラの一柱。死神ベイカラ様の加護があるってこと。怖《こわ》かったらごめんなさい」

「ん、謝《あやま》らないで、わたしも骨の足。普通じゃないエクストラスキルを持つ」

「そうだ。先も述べたが、わたしもエクストラスキルを持つ」

「わたしも蒼炎神エアリアルの血筋で種族はハイエルフ。今は光魔ルシヴァル！」

皆は笑顔《えがお》で自分のことを語って、わたしのことを理解しようとしてくれた。

優《やさ》しい皆。シュウヤも優し気《げ》に頷いてくれた。シュウヤの瞳を見ると、二人で過ごした

【魔霧《まきり》の渦《うず》森】で優しくされたことを思い出す。……自然と胸がキュンとなった。

こうしてシュウヤと会えて語り合えるなんて……奇跡《きせき》。〈ベイカラの瞳〉が誘《さそ》ってくれたの？　だとしたら死神ベイカラ様……感謝します。ふふ……。

「ユイ……」

「ん、泣かないで」

「あ、ごめん、自然に、悲しくて泣いたわけじゃないから、話を続けるわね。で、父さんとの訓練は、殺し合いの寸前までに及《およ》んでいたの。だけど、その武術訓練の生活は長くは続かなかった。あれほどな強さを誇った父さんが任務で怪我を負ってしまった」

「そうだ。わたしは重傷。ヒールポーションや教会の司祭の魔法《まほう》も効かない」

「……うん。傷が普通の切り傷ではなかったの……黒い斑点《はんてん》が顔や体の皮膚に浮かんで、極々《ごくごく》小さい魔《ま》法陣《ほうじん》らしき物が多数切り傷の周りにあった。正直、今まで色々と毒の傷を見たことあったけど、あの父さんの受けた傷は、見たことがなかった」

「呪傷を受けたのだ。厳しい任務であった……」

「うん。あんな馬鹿を庇《かば》うからよ。で、父さんは病気を患《わずら》ってしまったの。病状は日々悪化した……そんな時、朗報があった。父さんに効く魔法薬を見つけたの！　だけど値段が異常に高い。しかし、それしか頼《たよ》る物がなく、高価な魔法薬に頼るようになってしまった。

仕事に出られない。一気にフローグマン家は衰退《すいたい》の一途《いっと》を辿《たど》る……」

「苦労を掛《か》けた……」

「もう！　そんな顔を今する必要はないの！　もう、で、……わたしが父さんの代わりに闇ギルドに入るのは至極《しごく》自然な流れだった。そうして、【サーマリア王国】の大貴族であるヒュアトス様と会った」

「俺との出会いに繋がるわけか」

「うん。ヒュアトスに忠誠を誓《ちか》わされた。あ、変なことじゃないからね？　で、闇ギルド【暗部の右手】に正式に加入することに。幾つもの任務をこなして……今言ったように、シュウヤと出会ったの……【魔霧の渦森】まで追った……」

するとと、レベッカさんが深く頷いてから、

「ユイさんは、お父さんのためでもあったのね……」

と、発言すると涙《なみだ》をぽろぽろと流す。

そんなレベッカさんの背中をさするエヴァさん。

「そう。父さんを救うため任務を果たさねばならなかった……けど、シュウヤと出会って愛してもらって、人の温《ぬく》もりを知ってしまった。わたしが愛をよ？　皮肉でしょう。今まで散々、人を殺《あや》めてきた。わたしが、死神に魅入《みい》られたわたしが愛を知った……」

「ユイさん……」

「分かるぞ、ユイとやら……」

冷然として話を聞いていたヴィーネさんが涙を流して語る。

すると、父さんも自らの過去を語り出した。

「鉱山都市タンダールの東にある【キレベンの街】に赴《おもむ》いた時のことの話をしよう。プレセンテ商会が運営している商店の中にある品物を、わたしたち【暗部の右手】が受け取る予定だったのだが、【ガイガルの影《かげ》】の者たちと争うことになった。そして、商店の倉庫の中で箱を調べている時だ……」


「カルードさん、箱の中身が麻袋《あさぶくろ》しかありません！」

「【ロゼンの戒】の鴉《からす》と高級飛脚《ひきやく》ギルドの二つが、同じ間《ま》違《ちが》いを犯《おか》すわけがない……だとすれば、これはオセベリア王国の工作か？」

と、わたしが告げた時、商店の外を見張っていた仲間の悲鳴が聞こえた。更に、

「ひゃひゃひゃひゃ、サーマリア王国の先兵が罠《わな》に嵌《は》まってくれましたようですねぇ」

「……何者だ」

【ガイガルの影】の幹部。ガイガルの三指の一人。カルビアの影剣《かげけん》ですよ」

「知らぬ名だ」

「失敬な野郎《やろう》ですねぇ。所詮《しょせん》は使いっ走りでしょうが――」

と、カルビアは漆黒《しっこく》色の長剣《ちょうけん》の切っ先を、わたしの胸元《むなもと》に伸ばしてきた。

頬が切られたが、構わず右回しに長剣龍角《ちょうけんりゅうかく》を振《ふ》るう――。

「くっ」

直刀の刃《は》が、カルビアの胴を浅く斬《き》ったが、避《さ》けてきた。

「……皆の者、出ろ！　この商店ごとサーマリア王国に通じた者どもをすべて殺せ！」

「「おう！」」

とっさに長剣龍角の切っ先を背後に向けながら退いた。

後ろを見ないまま、「げぇ……なぜ……」と背後から声が響《ひび》く。

長剣龍角の切っ先が、敵の胸を突き刺《さ》していた。

一人の敵を倒したところで、皆に「囲まれたようです。各個撃破《げきは》して、逃走《とうそう》地点で落ち合いましょう。生きてサーマリアに戻るのですよ！」

「「はい！」」

「おらぁぁ」「行かせるかよ」「もらった！」と、わたしに迫《せま》った敵兵士たち。

幾重《いくえ》にも迫る白刃《しらは》にランプの明かりが反射した。

その反射する光を利用するように──臍眼《せいがん》の構えからの半回転。

が、途中《とちゅう》で足を止める。正面の敵を見据《みす》えながら──。

左足の踵《かかと》から爪先《つまさき》に体重移動しつつ前蹴《げ》りを放つ。

緩急《かんきゅう》を付けた前蹴りで正面の敵を足止めした刹那《せつな》──。

長剣龍角を振るった。右の兵士の胴を薙《な》いで切断──そのまま回転しつつ左の兵士の背中に回り、その背中を撫《な》で斬る。続けて〈執牙《しゅうが》・突《とつ》〉を繰り出した。

背中を斬った兵士の首を長剣龍角の刃が貫《つらぬ》くや即座《そくざ》に反転──。

わたしのいた位置に吹《ふ》き矢《や》が数本突き刺さった。

前蹴りを浴びた敵に、その吹き矢が刺さると痺《しび》れて震《ふる》えている。毒か──。

「ちっ、素早い！」

短剣《たんけん》使いの刃が背後から迫った──が、自ら転倒《てんとう》するように体勢を屈《かが》めつつ水面蹴りを行う──短剣使いの足を掬《すく》い刈《か》った。

短剣使いは「げぇっ」と声を発して勢い良く一回転。

地面と頭部が衝突《しょうとつ》した短剣使いは、その頭部を両手で押《お》さえて「ぎゃぁぁ」と悲鳴を発

した。追撃《ついげき》は無理だ。長剣龍角の刃で床《ゆか》を刺して立ち上がる。すると、

「もらった！」

と、漆黒の刃が迫る。カルビアの剣か――〈流焚〉を実行。

長剣龍角の剣と柄《つか》を利用する防御剣術《ぼうぎょけんじゅつ》で自身の『中院《ちゅうかん》』から『腹哀《ふくあい》』を守る。

漆黒の剣刃《けんは》の斬撃のすべてを往《い》なしたところで――。

前傾姿勢《ぜんけいしせい》のまま〈執牙・突〉――突きの長剣龍角の切っ先は防がれた。

が、流れるまま〈啄木鳥《きつつき》〉を繰り出した。長剣龍角の刃がカルビンの太股《ふともも》を捉《とら》え斬る。

「げぇ」

刹那、暗刀七天技が一つ〈暗鐘天滅刃〉を繰り出す――。

カルビアの頭部を斬る。否《いな》、頭部を陥没《かんぼつ》させた長剣龍角。

長剣龍角の峰《みね》と棟《むね》を活《い》かす剣刃打撃技《けんはだげきわざ》が、カルビアの頭部を潰《つぶ》した。

魔力を込めた一撃《いちげき》は相手の内臓も壊《こわ》す。頭部の返り血を浴びた。

が、構わず前傾姿勢で、【ガイガルの影】の連中を斬り伏《ふ》せた。

「ひぃぃ、にげろぉ」

「逃《に》げるな、やれぇ――」

寄った兵士の胴を抜《ぬ》き、飛来する吹き矢を柄で防いだ。

即座に落ちた剣を拾って吹き矢の攻撃《こうげき》を寄越《よこ》す敵に〈投擲《とうてき》〉――。

吹き矢の敵の胴体《どうたい》に〈投擲〉した長剣が突き刺さる。

「ひぃああ、鬼《おに》だ、影の鬼だぁぁぁぁ」

「影鬼《かげおに》の剣士だ！」

「――逃げる敵は追わなくていい。生き延びることが優先です」

「はい！」

生きている仲間のほとんどは、【ガイガルの影】の連中に仕留められていた。

しかし、なんとか、最後まで数人の仲間とわたしは生き延びることができた。

数十人と逃げ出す【ガイガルの影】の者。

追わない。サーマリアの王都に戻ることが大事だ。


影鬼のカルード。カルードさんの渾名《あだな》か。

そういった過去からヒュアトスの【暗部の右手】に関すること。

ユイは、俺《おれ》との出会いと別れを事細かく熱情を持って語る。

泣いているユイを見ると心が痛くなった。自然と涙が流れた。親子の呼吸の会話だ。

ユイは自分の感情を包み隠《つつ》さず話す。

ヒュアトスとの絡《から》みを知ったレベッカ、エヴァ、ヴィーネは目に涙を溜めて頷いていた。

皆《みな》、二人の親子の話を真剣《しんけん》な表情を浮かべて聞き入っている。

「そして……隠れ家《が》から父さんと逃げたの。でも森の中で囲まれて……絶体絶命って思った時、シュウヤが颯爽《さっそう》と登場して【暗部の右手】の連中を鎖《くさり》で倒してくれた。だからすべて、シュウヤのお陰《かげ》なの」

「……そうだったのね」

「ん、シュウヤ、さっきはごめんなさい」

「ご主人様は、本当に至高のお方」

「閣下、彼女《かのじょ》の眷属化《けんぞく》をお勧《すす》めします。優秀《ゆうしゅう》な暗殺者なのですから、選ばれし眷属である〈筆頭従者長〉となれば閣下の戦力が増大することに繋がります」

常闇《とこやみ》の水精霊《せいれい》ヘルメはユイの眷属化を勧めてくる。そのヘルメさんだが、キャンプファイヤーの熱波が自分に来ないように、水のバリアを目の前に展開していた。

「眷属化？　それはシュウヤの、さっきの血を分けるといった言葉と関係するの？」

ユイが疑問を呈《てい》してきた。この話が一番緊張《きんちょう》する。俺は血を分けた彼女たちに視線を向けた。皆、頷いている。〝話すべきだ〟と思っているようだ。

「関係する……」

「……シュウヤのこと、もっと知りたい。聞かせてくれる？」

「わたしも聞いていいのだろうか」

カルードさんが遠慮《えんりょ》がちに聞いてくる。

この際だ、ユイの父であるカルードさんにも聞いてもらおうか。

「構いません……俺は人族ではない。光魔ルシヴァル。魔族のヴァンパイア系の流れを汲《く》む新種族なのです。そして、皆は、納得してから、〈筆頭従者長《選ばれし眷属》〉になった。俺の血を受《う》け継《つ》いでいる者たち。精霊のヘルメだけ、水だけに血も関係あるかも知れないですが、俺と契約《けいやく》を結んだ常闇の水精霊ヘルメなんだ」

「そういうことなのね。魔族の血を僅《わず》かに引いているなら、わたしと同じ。もしかしてサーマリア王国出身なのかしら」

「シュウヤは自分の出身のことを話してくれていない。田舎《いなか》としか聞いていない」

「ん、確かに」

「皆さんに同意します。ご主人様のご出身とはどこでしょうか」

「閣下、わたしも聞いていいませんが」

皆の視線が俺の全身を貫く……どうするよ。生《お》い立《た》ちと言っても……。

精神だけなら日本で三十年以上過ごしたが……。

俺は、神か、高度な知的生命か、不明な何かに、白い空間に拉致《らち》された。

そこで、キャラクターメイキング。そうして、この世界に転生してから地下世界を一年経験して神獣《しんじゅう》ローゼスと出会って相棒の黒猫《ロロ》との契約……。

辛《つら》い孤独《こどく》な地下生活を省いたとしても、彼女らが、俺の知る歴史の地球を語っても、理解できるか？　納得するだろうか？　彼女たちには地球が異世界だ。

まず無理だな。神がなんとかと言っても……。

未知の宇宙スケールの話をしても到底《とうてい》分かりそうもない。まぁ、時間は無限にある。

適度にゆっくりと説明していけばいいか。今は、オブラートに包みながら説明しよう。

「……実は俺の魂《たましい》、精神は、ここはまったく違う世界で育《はぐく》まれてきたんだ。そして、数年前に、この世界に、神の悪戯か分からないが、光魔ルシヴァルとして転生してきた。だから出身は異世界となる」

一瞬《いっしゅん》の静寂《せいじゃく》が空間に満ちる。

「おぉぉ、素晴らしいぞ。次元を渡《わた》る神たる存在、神に愛される以上の存在でしたか！」

ヴィーネは片膝を砂浜《すなはま》に突けて頭を下げてから、素《す》の興奮した口調で語る。

やはり、ヘルメに近付いてきたような気がする。

「――閣下は次元を渡る神で在らせられたのですね。迷えるわたしたちを導《みちび》いて下さり幸せであります。そして、光栄の至り」

常闇の水精霊ヘルメは頭を下げながら語る。完全に土下座モードだ。

ヘルメは水のバリアを溶《と》かした状態。だからキャンプファイヤーの火を感じて、皮膚《ひふ》が少し変形しているが、彼女は特に気にしていない。平伏《へいふく》した状態を維持《いじ》。

「え、精霊様が平伏している……あ、エヴァも緑色の鋼の足で屈んでいるし……シュウヤは本当に神様なの？　確かに、血の宗主《そうしゅ》様だし、尊敬しているし、愛しているし、いつも匂《にお》いを嗅《か》いでいたいし、大好きだけど、どうしよう……わたし……」

レベッカは完全に動揺《どうよう》。一人だけおろおろ。胸前で左右の人差し指の指先同士を合わせながら、もじもじと内股《うちまた》気味に体を動かしている。結局、ユイもカルードさんも、レベッカ以外の全員が片膝を砂浜に突けて頭を下げていた。忠誠は素直《すなお》に嬉しい……。

しかし、俺のことは友として見てほしい……ま、これは俺の我《わ》が儘《まま》か。

眷属化ってのは宗主に対して絶対的な忠誠を持つことだろうし。

ヴィーネを〈筆頭従者長《選ばれし眷属》〉にしたのは、ついこの間。

俺自身、まだまだ光魔ルシヴァルの種族の変容、いや成長についていけていない？

が、俺の心は変わることはないだろう。眷属だろうが、皆をリスペクトする。上下なんてない。

「待った。勘違《かんちが》いするな。俺は神ではない。確かに一般人《いっぱんじん》でもないし、光魔ルシヴァルは〈不死能力〉を持つヴァンパイアと同じだ」

「閣下なら、そうお話しされると思っていました。しかしながら、閣下の存在は、わたしたちにとっては神と同じなのですよ。それにヴィーネ、レベッカ、エヴァは閣下から直接血を分けられた身。もう心の中では神以上の存在となっていることでしょう」

ヘルメさんは、そうおっしゃいますがね。

ヘルメは頭を上げて話すと、またすぐに平伏ポーズに……。

はぁ……いつもスケベなことを考えている俺が神なわけないだろうが……。

故郷のことを上手《うま》く話そうとしただけなのに。なんでこーなるの!?

「もう一度言うが、俺は神じゃない。絶対に違う。なりたくもない。俺は男であり、女が大好きな、普通のエロ男だ。だいたい神になれるものなのか？　正直、分からないんだが」

必死に懇願すると気持ちが通じたのか、皆、ひれ伏すのをやめてくれた。

「それもそうね……どちらかというと……エロ神様かも知れない」

「ん、平たい顔の神で、変顔の神！」

レベッカとエヴァの然《さ》り気ない言葉に笑ってしまう。同時に優しさに心が温まる。

「あはは、エヴァ、そんな神なんているかよ！」

「ふふ。エヴァ、自信を持ってそれを言うのは反則。シュウヤはカッコいいけど、変顔が、めちゃくちゃ面白《おもしろ》いし！」

お望み通り変顔を繰《く》り出《だ》すと、レベッカは抱腹絶倒《ほうふくぜっとう》の大笑い。

皆もくすくす笑い出す。俺が神だかどうだかの空気は消し飛んでいた。

ついでにパワーアップした変顔を披露《ひろう》。

「はは、こりゃ一本取られたな」

「――閣下は至高の御方《おかた》であります。変顔もいい！」

常闇の水精霊ヘルメだけは笑わず、真面目《まじめ》な顔だ。

「ご主人様、変顔に笑ってしまいましたが、神に愛される強き偉大な雄《おす》なのは変わりませんこ」

ヴィーネもヘルメに続いて真面目な表情だ。

「ヘルメとヴィーネ。ありがとう」

「閣下……」

「ご主人様」

「うん、シュウヤはシュウヤよね」

「ん、シュウヤを愛するのは、変わりない」

レベッカとエヴァは笑顔で頷《うなず》き合い、そう言ってくれた。

すると、ユイは立ち上がる。俺の側に歩み寄りながら、

「シュウヤ、皆が納得したのはいいけど、当然、わたしも眷属に加えてくれるのよね？」

そんなことを語る。すると、カルードさんが、すぐに頭を上げて、

「ユイッ、本気か！　人ではなくなるのだぞ！」

カルードさんの戒《いまし》めの言葉だ。これは当然だ。

人の理から外れようとしているんだからな。最初は反対するはず。

「父さん、わたし、本気だから……永遠に好きな人、愛している人の傍《そば》にいることができるのよ？　夢のようなお話。それに……わたしは〈ベイカラの瞳《ひとみ》〉を持つ……」

カルードさんはそこで、ハッとした表情を浮かべると、

「フローグマン家、いや、サーマリア王国そのものが……」

「うん。父さんにだって、魔《ま》族の血が関《かか》わる。確実に、普通の人ではない」

真面目に語るユイ。このユイと一緒《いっしょ》に過ごせるのは、嬉しい。

「……」

お父さんのカルードさんは難色を示す。が、ユイと俺を見て逡巡《しゅんじゅん》。
浅く頷いていた。頷く？

「父さん、ごめんね」

「いいんだ。この世はかくあるべきか。甘草《かんぞう》の流れる川はないというが、どこで暮らすも一生。とも言う……うむ……わたしも、この方に救われた身だ。お前の決意をしかと受けた。父として納得しよう」

許すんかい。

「やった。ありがとう父さん」

「ふっ、シュウヤさん――娘を頼《たの》みます」

カルードさんは男前の笑顔だ。ユイのことを託《たく》すように頭を下げてきた。
こうなったら本人が望めばの話だが……このカルードさんも眷属にしてしまうか？
ユイを鍛えた元武人、元暗殺者で経験豊富。〈従者長〉としてなら十分ありだ。そんな思いで頷きつつ「……ええ、はい」と発言。それよりも今はユイの時間だ。
カルードさんから許可を得たことだし、早速《さっそく》血を分けるとしよう。大切なユイ。

「ユイ、準備はいいな？」

「うん」

第百五十七章「ユイの眷属化」

「皆、少し離《はな》れていろ」

「はっ」

「分かった――ユイ。がんばってね。最初は苦しくて辛い。けどね、わたしたちも傍で見守っているし、シュウヤのことを愛しているなら、どんな痛みだろうと苦しみだろうと、平気なはずよ」

先輩《せんぱい》のレベッカは、ユイの手を握《にぎ》りながら熱意を伝えていく。

「レベッカ。ありがとう。でも、貴女《あなた》に負けないぐらいシュウヤのことを愛しているから、大丈夫」

「ふんっ、わたしだって負けないわよ」

「ご主人様の血を得て、どのように選ばれし眷属に変化するのか興味があります」

ヴィーネだ。海の風が焚《た》き火《び》の明かりに反射する銀髪《ぎんぱつ》を靡《なび》かせている。一々、美しい。

「ん、ヴィーネに同意。苦しかった感覚は忘れられないけど、外から見たことがない」

「ユイ、父さんも見守っている。いやに、なったら止めるのだぞ？」

カルードさん。渋《しぶ》い表情を崩《くず》して泣きそうだ。ユイは娘《むすめ》として微笑《ほほえ》む。

「……父さん、大丈夫。見ていてね」

親子の表情は俺たちの心へとそれぞれに響いた。

皆、それぞれに思うことがある。俺は……いや、いいか。エヴァとレベッカも同じ気持ちのはず。レベッカとエヴァも自分たちのことのように涙を浮かべている。

そんな皆の様子が落ち着くまで……暫《しば》し、待った。

そして、俺とユイから一定の距離《きょり》を保つ……。

確認《かくにん》してから、ユイを見据えて――〈大真祖の宗系譜者《そうけいいふ》〉を発動。

――視界が、世界が闇に染まる。

キャンプファイヤーの火の明かりが消えた。

完全に明かりを遮断《しゃだん》した。俺とユイだけを闇の次元フィールドが包む――。

〈始まりの夕闇《ビギニング・ダスク》〉を超《こ》える真の暗闇《くらやみ》。

同時に、俺の体から魔力と血が沸騰《ふっとう》するように暴れ出す。

と、猛《たけ》り狂《くる》ったような血が全身から迸《ほとばし》った――大量の血だ。魔力も失う。

この間と同じ、胸の動悸《どうき》が激しい。

いや、この間と少し変化した。ぐぅぅと体から異音が――。

更に、心臓が早鐘《はやがね》のように高鳴った。同時に、俺の心臓の高鳴るリズムと熱波的な血が重なると、ユイに血が降りかかった――。

魂の系譜《けいふ》と〈光闇の奔流《ほんりゅう》〉が内包した血の海が、ユイの体を飲み込む。

ユイは光魔ルシヴァルの血の中を漂《ただよ》う。血で満杯《まんぱい》となった巨大水槽《きょだいすいそう》の中にいるようにも見える。そんなユイの口から空気の泡《あわ》が漏《も》れ出《で》た。

俺に腕《うで》を伸ばすユイは苦しそうだ。

「シュウヤ……」

「ユイ……」

ユイと視線が合うと笑《え》みを湛《たた》える。俺は手を伸ばしたが、ユイに触《ふ》れない。

このユイの苦しむ姿はヴィーネ、レベッカ、エヴァと同様だ。皆と同じ形。

これは〈筆頭従者長《選ばれし眷属》〉となるための儀式《ぎしき》。

俺の力を分け与える《シェアする》儀式。相棒と同じく皆と等しく命を分かち合う儀式だ。ユイは俺を凝視――強い信頼を感じる。同時に愛も。

ユイを囲う血の形が、ルシヴァルの紋章樹《もんしょうじゅ》となった。

ルシヴァルの紋章樹の中には十個の大きな円と二十五個の小さい円がある。

大きな円には、ヴィーネ、エヴァ、レベッカの古代文字が刻まれている。

そのルシヴァルの紋章樹がユイと重なると……彼女の心臓の位置から煌《きら》めく光が発生
――血と混合した光が渦を巻きつつ宙に飛び出した。

銀河の渦の如く光と血の粒子《りゅうし》が混ざり回る。それは自ら意思を持つ動きにも見えた。

それらの俺の血を、ユイは吸い込んだ。そのユイは眉間《みけん》に皺《しわ》が……。

額と頬に血管が浮いて悶《もだ》えて苦しんでいた――。

こんなユイが苦しむ姿は見たくない。が、これは俺の仕事。

この瞬間《しゅんかん》のユイは人族として最後の瞬間と言えるのかも知れない。

神の摂理《せつり》に反し、因果律を歪《ゆが》めているのと同じだろう。しかし、俺は構わない。

ユイと、彼女たちと永遠に生きていくんだ。俺たちの邪魔《じゃま》をする奴《やつ》らは、神だろうが
――『異世界を――突《つ》く』。

俺の気概《きがい》を受けたようにドクンと音が鳴ったユイは身を反らした。

光魔ルシヴァルのすべての血を吸い込む。

すると、ルシヴァルの紋章樹に丸い円が刻まれる。

〈筆頭従者長《選ばれし眷属》〉の意味の丸い円。その大きな円の中にユイの名の古代文字が刻まれた。刹那、ユイは倒《たお》れてしまう。闇《やみ》の空間が徐々《じょじょ》に消えた。

魔力を多大に消費し、痛みも味わったが……エヴァとレベッカの時よりはマシだ。

胃酸か胆汁《たんじゅう》染みたモノを口の中で味わいつつ倒れたユイの下に駆《か》け寄《よ》った。

「――ユイッ」

彼女を抱《だ》きかかえる。ユイは起きていた。

「……ん、わたし、変わった？」

「たぶんな――」

血を操作して右手首から出血させるや――ユイは瞳の虹彩《こうさい》が朱色《しゅいろ》と白色で渦巻《うずま》いた。

〈ベイカラの瞳〉とはまた違う。

朱色と白色が縁取る虹彩が、六芒星《ろくぼうせい》の魔法陣のように変質した。

同時に、目の周りに血管が浮き出る。

続いて、目尻《めじり》から無数の白い紋様《もんよう》の魔力が湧《わ》くと、皮膚の表面に浮いた血管にその白い紋様の魔力が注がれるや、血管が小さい白蛇《しろへび》の如く蠢《うごめ》いた。ユイの新しい力か？

「吸っていいぞ」

「うん」

彼女は吸血鬼《きゅうけつき》となった証拠《しょうこ》に口から犬歯を伸ばす。

俺のアイテムボックスと掌《てのひら》の間にある、右手首の隙間《すきま》に顔を埋《う》めるようにして噛《か》み付《つ》いた。

血を一気に吸い上げてくる。

「おい、一気に血を吸うな」

「あぁぁ——」

ユイは頭部を引《ひ》き離すと、俺を見る。ユイの目尻から放出中の白い紋様が、額と頬の皮膚の表面を這《は》うように広がっていた。それらの白い紋様には血が混じっている。白色と血色が織り成す紋様、それは歌舞伎化粧の隈取《くまどり》か火炎隈にも見えた。その目尻から顔を伝う隈取風の紋様化粧顔となったユイは、恍惚《こうこつ》染みた表情のまま小さい唇に付着した血をペロッといやらしい舌使いで舐《な》めた。ユイの顔の白い紋様は光魔ルシヴァルの〈筆頭従者長《選ばれし眷属》〉と〈ベイカラの瞳〉の力が融合した結果だろうか。

「美味《おい》しい……わたし吸血鬼になった」

「あぁ、だが、血の欲求を抑《おさ》えられないようだな……」

ヴィーネは我慢《がまん》できていた。

エヴァとレベッカは試《ため》していないから分からないが、個人差があるようだ。

「もっと頂戴《ちょうだい》、シュウヤの血、濃《こ》い雄の匂いがたまらないの。飲んでいるだけで、嬉《うれ》しくて愛を感じて、全身が震えてしまうぐらいに感じてしまう……切ないの……」

「……ユイが、変わってしまった？」

カルードが驚《おどろ》く。

「こらっ、ユイ、シュウヤの血を飲むなんて、ずるいわよっ。わたしだってほしいのに」

「ん、シュウヤ、わたしにも飲ませてくれる？」

「ご主人様、ご褒美《ほうび》をください……」

選ばれし眷属の〈筆頭従者長〉たちが俺に群がってきた。

ユイが吸った牙の跡《あと》はもう癒《い》えていたが、僅かな血の滴《したた》りを皆で争って舐めあっている。

それを見ていたカルードさんは、何とも言えない表情を浮《う》かべていた。

常闇の水精霊ヘルメは、うんうんと頷いて遠巻きに納得《なっとく》を示す。

〈筆頭従者長〉が増えて喜んでいるらしい。が、ユイの血に対する行動に不安がよぎる。

「お前たち、待て――ユイ、本当の話、血の欲求は抑えられるのか？」

ユイ以外を振り払《はら》って、ユイの瞳を凝視《ぎょうし》。彼女の瞳はもう元の普通《ふつう》の黒色に戻《もど》っていた。

「うん。今なら大丈夫《だいじょうぶ》」

「そうか――」

再度、出血させる。

「ふふ。衝動《しょうどう》はあるけど抑えられる。大丈夫よ。怪物《かいぶつ》になっちゃったかと心配した？」

「心配させるなよ……」

「ごめんね。でもね、シュウヤの血は、尊敬、崇高《すうこう》、神聖、といった気持ちを凌駕《りょうが》する想《おも》いを感じさせるの」

彼女の表情は真剣だ。

「そうか、今度また吸わせてやるさ」

「うん」

「あと、ヴァンパイア系の〈血魔力《まりょく》〉についてやらなきゃならないことがあるが、それは、また今度だな。今はカルードさんへ何か言ったほうがいいと思う……」

心配そうにユイを見ているカルードさん。

「あ、父さん、わたし、大丈夫《だいじょうぶ》だからね？」

「……本当か？　血を求める時の顔は怖かったぞ……」

「だって、初めての血はシュウヤの血が良かったから……驚かせたのならごめんなさい」

「いや、お前が元気ならそれでいいんだ」

カルードさんは父らしく微笑む。彼《かれ》も誘ってみるか。

「カルードさん、貴方《あなた》も俺の眷属になりたいですか？」

「何ですとっ！」

男だから別に断られてもいい。それに男だから〈筆頭従者長〉ではなく〈従者長〉だ。

「……今すぐとは言いません。ユイのように〈筆頭従者長〉ではなく〈従者長〉としてなら眷属化は可能です」

「……考えさせてもらいます」

即答《そくとう》しないあたり、さすがは元武人。

「父さん、やったじゃない。わたしと同じとはいかないけど、永遠の命を得られるのよ？」

「あぁ、それはそうだが……」

カルードさんは額に手を当て考えていく。

「閣下、素晴《すば》らしい判断です。話を聞くに、彼は戦場で活躍《かつやく》した武人。身に纏《まと》う〈魔闘術〉も手練《てだ》れクラス。そして、優秀な暗殺者でもあったユイを育てた。〈従者長〉として閣下のルシヴァル親衛隊を組織し、直の護衛長、または、闇ギルドの幹部として、或《ある》いは、配下を複数持たせて別動隊を指揮させるのもいいでしょう。いずれにしても将来、閣下の優秀な手駒《てごま》となるはずです」

常闇の水精霊ヘルメが参謀長《さんぼうちょう》のように鷹揚《おうよう》に語る。手駒か。悪い組織のボスのようだ。

まぁ闇ギルドのボスなんだが。

「ヘルメ、的確な言葉だ」

「はっ」

それじゃ、悪の組織らしく暗躍《あんやく》しますかね……。

「……ユイ、カルードさん、ヒュアトスからの追っ手はまだあると思いますか？」

「ある」

ユイは短く即答。

「ユイの言葉通り、わたしも追っ手が来る可能性は高いと思われます。豊富な部下を持つとはいえ……今回の件で、ヒュアトス様は多数の部下を失いましたからね」

「父さん、もうあんな奴に様をつけるのは止めて」

「これは癖《くせ》だ。次からは呼び捨てにする」

あるなら、潰すか。

「それじゃ、王都ハルフォニアに乗り込みましょうか。サーマリア王国の侯爵《こうしゃく》ヒュアトスを倒して、【暗部の右手】とやらを殲滅《せんめつ》しようかと思いますが、どうです？　乗りますか？」

俺の言葉を聞いていた皆が近くに集まってくる。

「そ、そんなことが可能なのですか？」

「シュウヤ、本気なの？」

「本気の提案だ。ユイはもう俺の血を分けた女。〈筆頭従者長《選ばれし眷属》〉。ユイの敵は俺の敵となる」

「――シュウヤッ」

ユイは飛ぶようにして抱きついてくる。懐《なつ》かしい……。

小柄《こがら》な体だ。昔、お尻《しり》を、掌《てのひら》で、むぎゅっとしてあげた。

「ご主人様にくっつきすぎです――」

ヴィーネが強引《ごういん》にユイの体を離していた。

「次はわたし――シュウヤッ」

レベッカが飛びついてくる――が、癖で爪先半回転を実行。

華麗《かれい》に、レベッカを躱《かわ》す。彼女は金色の髪《かみ》を大きく揺《ゆ》らして盛大にコケていた。

転《こ》けたレベッカは立ち上がるや体に蒼炎《そうえん》を灯《とも》した瞬間――。

「あぁぁー！　ユイにだけ何回もハグして！」

と、叫《さけ》ぶと、怒《おこ》ったようだ。

「わたしは駄目《だめ》なの？　むかつくぅ――」

レベッカは爆発的《ばくはつてき》な加速で俺に突進《とっしん》――肩《かた》タックル的な抱き締《し》めを腹に喰《く》らった。

背中にも柔《やわ》らかい衝撃《しょうげき》を得た。砂浜に転倒した俺だ。

「……レベッカ、それは強烈《きょうれつ》すぎる」

「ご、ごめんね。感情と身体能力の力加減が難しいの……」

「いや、まぁ、レベッカの気持ちは嬉しいし、体の柔らかい感触《かんしょく》も好きだから、金色の髪もいい匂いだし……」

「ふふ、シュウヤ……」

レベッカは蒼炎を瞳に宿しながら積極的に俺の唇を奪《うば》ってきた。

「あぁー、ご主人様とレベッカがキスをっ」

「ん、ずるいっ」

エヴァとヴィーネが必死な表情を浮かべて近寄ってきた。

「にゃお」

黒猫《ロロ》も皆が寄ったことが面白いらしい。エヴァと一緒に俺に近付いてくる。

皆で俺の体を抱き締め大会。

正面の取り合いで彼女たちは軽い喧嘩《けんか》を始めてしまう……。

結局一人一人へ濃厚《のうこう》なキスをしたら収まった。

「……わたしには、必要ないですから」

カルードさんの言葉だ。何故《なぜ》か紅《あか》く頬を染めて退きながら話している。安心してほしいが、お父さんにキスをするわけがない。

「お父さん、そんな顔をしないでよ。シュウヤは男には興味がないから大丈夫だって」

「残念だが、それはわたしも同じ。が、あまりにも接吻《せっぷん》の嵐《あらし》で……混乱してしまった」

残念が気がかりだが指摘《してき》はしない。キスの嵐で動揺してしまうのは仕方がないことだ。

俺にはキス研究会という、おっぱい研究会と双璧《そうへき》を成す、御技《みわざ》があるのだからな。

と、内心ふざけながら、

「そんなことより、お父さん、いや、カルードさん、ユイも、一旦《いったん》、休憩《きゅうけい》してからになりますが、王都までの道案内を頼みますよ」

「うん、任せて」

「分かりました」

そうしてから、俺は「少し一人で歩く」と告げてから夜の砂浜を歩いた。能力を確認だ。


ステータス。

名前：シュウヤ・カガリ
年齢《ねんれい》：22
称号《しょうごう》：水神ノ超仗者
種族：光魔ルシヴァル
戦闘《せんとう》職業：魔槍《まそう》血鎖《ぐさり》師

筋力22.9　敏捷《びんしょう》23.5　体力21.2　魔力25.9→22.9　器用21.0　精神28.2→25.2　運11.3
状態：平穏《へいおん》

魔力、精神の値がかなり減っている。

合計四人の〈筆頭従者長《選ばれし眷属》〉を誕生させたからな。

「にゃお」

黒猫《ロロ》が肩に乗ってきた。頬に頭部を擦《こす》りつけてくる。

「ロロ、明日の朝には王都に乗り込むぞ、お前の大きくなる力が必要だ」

「にゃ」

黒猫《ロロ》は肩をぽんっと叩《たた》く。

「よし、ロロ、少し降りていろ」

「ンン」

目に留《と》まった砂浜に転がった平べったい石を拾う。

そして、〈夜目〉を発動しつつ波打つ海へ投げた。

〈投擲〉効果か。海の波は弾《はじ》け散る。波に穴を開けて海を貫《つらぬ》いていた。

直《す》ぐに波はなくなったが。少し、予想と違《ちが》うが、これはこれで遊びになる――。

どんどん意味もなく投げ続けていった。

「ご主人様、先ほどから音が凄《すご》いですが……」

「シュウヤ、何、この音は」

「ん、石を投げているの？」

「閣下、遠くのモンスターを倒しているのですね、さすがです」

ヘルメが指摘した通り――海には何かが漂って血が浮いていた。

「本当だ。見てあそこ。血の海になっているし死骸《しがい》が何十と浮かんで、変な大きい魚も集まっている」

レベッカは蒼炎を灯した目を浮かべて語る。

彼女の目には〈夜目〉的な暗視効果もあるのだろうか。

あれ、ユイがいないが！　全員が貝殻《かいがら》の水着を着ているじゃないですか！

こりゃ、光球を発生させて、明るい光でも見ないとな。

「レベッカ、遠くが見えているの？　あ、見えた。これも光魔ルシヴァルの力？」

「そうなのかな。あっ、エヴァ、目が紫色《むらさきいろ》に光っている」

「ん、暗闇を見ようとするとそうなるみたい」

「わたしは元がダークエルフなので当然、見えています」

俺は猛烈《もうれつ》に感動、興奮。鼻息を荒《あら》らげながら、海岸線を眺《なが》める彼女たちへと、

「なぁ……皆、水着を着てくれたんだな……」

「うんっ、シュウヤが喜ぶかなーと、わたしが皆に提案したのよ？」

レベッカは偉《えら》いでしょ？　というように腰《こし》に白魚のような手を当て、胸を張る。

丘《おか》のような曲線はないが、僅かに膨《ふく》らんだ胸は愛《いと》おしい。金色の髪も綺麗《きれい》だし、美しい姿だ。それに俺のことを喜ばせようとしてくれる心は可愛《かわい》すぎる……。

「ん……」

エヴァは嬌羞《きょうしゅう》を帯びた微笑《びしょう》を浮かべて、悩《なや》ましい腰を捻《ひね》る。

その際に、爆乳が揺れていた……貝殻が小さく見える……。

魔導車椅子《まどうくるまいす》をセグウェイタイプに変更《へんこう》して、砂浜を振動《しんどう》もなく移動していくが、そのタワワな乳は微妙《びみょう》に揺れた。前にも味わったが、やはり、直に揺らしたい。

「ご主人様……」

ヴィーネも大きい美乳だ。当然の如く貝殻が小さい。銀色の光沢《こうたく》を帯びた長髪《ちょうはつ》が海風に揺れて靡いた。光球の明かりに髪が反射し綺麗に輝《かがや》く。

「閣下のために、わたしも着ました」

ヘルメのプロポーションも抜群《ばつぐん》だ。

黝色《ゆうしょく》と蒼色《あお》の皮膚の色合いは抑えられている。

柔らかそうなメロン・ダイナマイティーのおっぱいを隠《かく》せない貝殻の水着が目立つ。

ヘルメ自らの口元を隠す指先には竜《りゅう》の鱗《うろこ》のような、艶《つや》のある丸い爪《つめ》が見えている。

自然と口が動いていた。

「皆《みな》、一緒に走ろう」

「え？」

「走るのですか？」

「そうだ。一緒に走ろう」

「ん、変なシュウヤ。鼻から血が出ているし」

「いいから、一緒に走ろう」

「も、もう、何か変よ？　目が血走っているし、大丈夫？」

レベッカは目を細めて可愛らしく睨《にら》みながら、見上げてくるが構わない。

「一緒に走ろう」

「ん、シュウヤが面白い」

「構わん、走るぞ——」

興奮した俺《おれ》は走りながら、いつぞやに、妄想《もうそう》したように笑いながら振《ふ》り返《かえ》る。

後ろから貝殻の水着を着た美女たちが乳を揺らして走ってくる。

レベッカの乳に関してはあえて触れない。幸せなひと時だ……夢のよう。

「あー、シュウヤ、前を見て」

「ん、ぶつかる、シュウヤ完全に興奮している」

「——ぐあっ」

俺は警告を受けるが、大きな木に衝突《しょうとつ》してしまった。

巨大《きょだい》な椰子《やし》の実が上から落ちてきて、更《さら》に痛みを味わう。

「ぷっ、シュウヤはやっぱり、エロ神ね」

「ん、えっちい神」

「閣下、大丈夫ですか？」

「ご主人様、珍《めずら》しく気が動転されていましたね……」

ヴィーネとヘルメが俺の手と肩を抱《かか》えて起こしてくれた。

「ありがと。すまんな、少し暴走した……夢だったんだ。美女たち、貝殻の水着を着た美女たちと一緒に砂浜を走ることが……」

「ご主人様がオカシクなられたわけが分かりました。夢を叶《かな》えられたのですね。わたしも心が満たされて幸せです……」

「ん、シュウヤが夢を叶えた、わたしも嬉しい」

「変な夢だけど、シュウヤ……わたしの水着でも嬉しいの？」

素晴らしい腋《わき》を持つレベッカが暗に胸がないことを示しながら話す。

「当たり前じゃないか、お前も俺の好きな女だ。あとでいっぱい可愛がってやる」

「あぅ……」

「ん、わたしもお願い」

「おう、エヴァも魔導車椅子ごと抱き締めてやるさ」

「ふふっ、そんなことしたら魔導車椅子が壊《こわ》れちゃうからだめ」

そんな可愛いことを話すエヴァの傍に魔脚《まきゃく》で近寄る。

エヴァの体を引き寄せて抱き締めてから……エヴァの耳に、

「——だったらエヴァを壊しちゃうかな」

優《やさ》しく語ると、エヴァは顔を真っ赤に染める。

「ご主人様っ、何を壊すのですか？」

「ん、ふふっ、ヴィーネよりも、わたしがいいって」

「——本当ですか？」

ヴィーネは血相を変えて俺に詰《つ》め寄ってきた。

「エヴァ、からかうな。エヴァを壊しちゃうぞって言ったんだよ」

「まぁ……閣下、わたしも激しくお願いします」

「そうだったのですか。ご主人様、わたしも忘れられないほどの特別な〝おしおき〟をお願いしますね」

おしおきか。最初は変なことはせずに、海に泳ぎに行って遊んだりしたあと……。

黒猫《くろねこ》ロロディーヌが呆《あき》れるほどの彼女《かのじょ》たちとの激しい夜となった。

途中《とちゅう》でユイに、わたしには水着がないの？　と乱入を受ける。

続いて、貝殻水着とアイテムボックスのポーチをユイにプレゼントするという、一波乱がありながらも何事もなく……そのユイも激しい情事に混ざる。

そして、皆に悪いが、裸《はだか》のユイの手を握って砂浜《すなはま》に移動した。

「シュウヤ、いいの？」

「いいんだよ」

「ふふ──」

微笑むユイに顔を寄せると、ユイは抱きついてくる。

「シュウヤの大事なとこが当たってる」

「あぁ」

「わたしを慰《なぐさ》めてくれたから、今度はわたしが――」

と、ユイが俺の一物を咥《くわ》えた。小さい唇で俺の一物を頬張《ほおば》る。

ユイは頭部を前後にスライドさせながら一物を吸引してくる。

「んんんんぅぅ」と喉《のど》を鳴らす音を出しては一物を舌で包む。

そのまま一物を引っ張るように唇を離した。キュポンと音が響《ひび》く。

ユイの開いた口内と、亀頭《きとう》から出たカウパーの糸が繋《つな》がっていた。

「ふふ、これがシュウヤの先走り汁《じる》……」

そう悩ましく語るユイは、俺の亀頭にキス。強い快感を一物に得た。

「一物がビクッとした。嬉しい」

そう語りつつ上目遣《うわめづか》いを寄越《よこ》す。

「このままだとユイの顔に出ちゃうぞ」

「いいよ、顔に出しても。さっきいっぱいわたしを愛してくれたから、お返ししたい。それに、えっちな本を読んで、密《ひそ》かに勉強していたから、シュウヤに、特別なご奉仕《ほうし》したい」

「……なら、頼む」

「うん――」

俺の一物を掴《つか》むと上下に擦りつつ亀頭を舌先で舐めてくる。

「そ、それは……」

「シュウヤの感じている顔が可愛い――」

ユイは舌で亀頭を舐めては、唇で亀頭を吸い上げる。

そのまま俺の一物を宝物でも握るように優しく包むと、一物を上下させてきた。

ユイの舌も一物の亀頭を舐め取るよう両手の動きに合わせてくる。

ぬるぬると光る一物の滑《すべ》りが良くなった。また亀頭にキス。上唇《うわくちびる》と下唇《したくちびる》で、亀頭を挟《はさ》むと、俺の一物を飲むように一気に頬張った。ユイの顔の下半分が細長くなった。

「ん、ん、ん、ん、んぅ――」

ユイはいやらしい顔で荒い息は吐《は》いて、一生懸命《いっしょうけんめい》に俺の一物を吸う。

同時に一物を口内で締め付けてきた。ユイの頭部を持って腰を激しく振る。

ユイも応《こた》えた。「んんんッ」と、声を発したユイは、もう光魔ルシヴァル。

ユイは自ら頭部を押《お》し出《だ》して、俺の尻を掴むと、自ら息詰《いきづ》まることはないことを楽しむように、俺の一物を喉の奥《おく》まで受け入れて、口内と喉で俺の一物を刺激《しげき》してきた。

凄《すさ》まじい快感が「出ちゃうから――」とユイの頭部を引っ張る。じゅぼっと卑猥《ひわい》な音を響かせて、一物をユイの唇から引き離す。

「あぅん、シュウヤ、口の中に出してよかったのに……」

「そうだが、ユイの顔にかけたい——それか——」

と、ユイの頬を一物で叩いてから、ユイの濡《ぬ》れた膣《ちつ》内に指を入れた。

「アンッ、アゥ……も、もう……わたしがするの！」

と、俺の一物を握るユイは、上目遣いで甘《あま》い吐息《といき》を吐きながら、一物を激しく擦り始めた。同時に唇の先を亀頭に当ててくる。

「——シュウヤ、気持ちいい？」

「あぁ、気持ちいい。腕の振りが凄く速い……」

「ふふ、嬉しい……伊達《だて》に剣術《けんじゅつ》は鍛《きた》えてないし——〈魔闘術〉で洗練しているから——」

「出る——」

「あぅ——」

ユイの顔に精液がかかったが、肌《はだ》、鼻に、口の中に浸透《しんとう》。

唇に付着した精液を指で舐めるユイは可愛い。

「濃いシュウヤの匂《にお》い……胸とあそこが熱くなる。シュウヤ、愛してほし……あ、消えた」

と精液を吸収したユイが愛おしかった。そのあとユイを連れて皆のところに戻った。

そうして、ユイの体が火照《ほて》っていたこともあり、皆とも濃密《のうみつ》な夜を過ごしていった。

が、皆、眷属《けんぞく》化して身体能力が増しているが、宗主《そうしゅ》の俺に敵《かな》うわけもなく……。

ヘルメも含《ふく》めて全員が早々にダウン。砂浜をぶらつくか。

と相棒が駆け寄ってきた。

「ンン、にゃ～」

「よう」

と、砂浜に腰掛《こしか》けると、相棒もちょこんと横に座《すわ》る。

黒猫《ロロ》は夜明け前の海を眺めていた。

そんな相棒の頭を撫《な》でてから暫し、俺も海を眺める。

「少し訓練をするかな」

「にゃ」

相棒もやる気のようだ。俺の〈刺突〉から右回し蹴《げ》りのモーションを真似《まね》しようと、回転しながら海に飛び込んでいる。ずぶ濡れじゃん。

「にゃぁぁ」

「はは、ふいてやるからおいで」

第百五十八章「槍使いの強敵」

訓練をしながら朝日を迎《むか》えた。
カルードさんには悪いと思ったが、ユイを含めて激しい夜になってしまった。
結局、朝はヘルメと相棒だけ。
全員が熟睡《じゆくすい》中。その間にヘルメの能力で全身を洗ってもらった。
人型に戻ったヘルメと一緒《いつしよ》に料理を行う。
ヘルメは水の精霊《せいれい》としての能力で野菜を丁寧《ていねい》に洗いつつ肉を氷剣《ひようけん》で細かく切った。
しかし、味を調《ととの》えるとか料理を作るという概念《がいねん》はないだろう。
だから一人で調理を行った。時間は掛《か》かったが……。
全員分の料理《スープ》を作りあげた。しかし、まだ皆が起きそうもない。
意地悪いくらい夏らしい燦々《さんさん》と照らす陽《ひ》を浴びつつ……。
暇《ひま》をつぶすように海岸を歩いた。ヘルメと相棒と談笑《だんしよう》しつつ皆が起きるのを待つ。
昼を過ぎたところで、やっと、皆が目覚めだす。

これらの行動から分かる通り、睡眠《すいみん》時間が特別なのは俺とヘルメと黒猫《ロロ》のみ。

ヘルメは俺の左目のほうが安らぐらしいが。

ユイも、ヴィーネと同じく、選ばれし眷属の〈筆頭従者長〉だろうと、ある程度の睡眠時間は必要らしい。まぁ、まだ眷属になったばかりだ。

体と精神がルシヴァルの能力に追い付いていない可能性もある。

起きた彼女たちに顔を向けた。

「朝食というか昼食はできているぞ。スープ、パン、水は机に置いてある」

「わぁ、ありがとう」

「ん、シュウヤ気が利《き》く」

「ご主人様ありがとうございます」

「……シュウヤは料理も上手《うま》いからね」

ユイは昔を思い出しているのか、俺の顔をじっと見ながら話していた。

ゾルの家で色々と作ったからな……皆、美味しそうに食べてくれる。

「驚きましたぞ……スープが美味《うま》い。高級料理のような味わいをここで楽しめるとは……わたしもシュウヤ様とお呼びして、よろしいでしょうか」

カルードさんがスープとパンを食べながらそんな事を語る。

玉ねぎ系と香辛料《こうしんりょう》を少し混ぜたシンプルな味なんだが、お世辞だな。

「好きに呼んでもらって構わないですよ」

「はい。シュウヤ様。……それから、その……」

カルードさんは言いにくそうに俺をチラチラと見てくる。

「なんでしょうか」

「はい、〈従者長〉の件、お受けしたいと思います」

「父さん、決心したの？」

「あぁ……考えた末だ。ユイと共に、このお方に仕えようと思う」

彼は微笑の形に唇を変えながら語る。

「父さん……良かった。病気もこれで完全に治るし強くなれる」

「……分かった。カルードさん。いや、カルード。お前を召《め》し抱えることにする」

「――ははっ、ありがたきお言葉」

朝飯の途中だったが、カルードは片膝《かたひざ》を砂浜に突けて答えていた。

「おう。食事後に血を飲んでもらうとして、カルードとユイは一緒に、ヒュアトスの屋敷《やしき》までの案内を任せるぞ。空からの視点となると思うが」

「はっ、空からとは……」

「ロロだよ。変身すれば分かる」

黒猫《ロロ》は肉を食べていた。

「にゃお」

一鳴きすると、肉を平らげていた。

「ロロ様ですか、分かりました」

「そそ、後でな。今は食事にしよう」

「はい」

暫《しばら》く、まったりと談笑しながらの食事タイムとなる。

食事を終えると、皆で素早《すばや》く片付けを行い魔造家を仕舞《しま》った。

そして、皆が俺の周りに集まる中、カルードが一人、前に出る。

「カルード、準備はいいか？」

「はい」

男は初だが、〈大真祖の宗系譜者《そうけいふ》〉を発動。

またもや、視界が闇に染まる。世界を闇が侵食《しんしょく》――。

体内で魔力と血が沸騰《ふっとう》するや血の躍動《やくどう》が始まった。

心臓が高鳴り脈拍《みゃくはく》が速くなり、全身の皮膚《ひふ》から血が溢《あふ》れ出《で》た。

今回は〈従者長〉だ。〈筆頭従者長《選ばれし眷属》〉ではないことを強く意識。そうして俺の力を分け《シ》与え《ェア》るのが始まった。カルードは心服している表情だ。俺の血がカルードを包む。今までの子宮や心臓の形とは違う。宙に浮かんでいた。〈筆頭従者長〉と〈従者長〉の違いか。

小さい血球は、瞬間的《しゅんかんてき》に大きなルシヴァルの紋章樹《もんしょうじゅ》となった。

紋章樹の幹には十個の大きな円。

ルシヴァルの紋章樹の屋根を構成する枝に二十五の小さい円が刻まれてある。

大きな円には、ヴィーネ、エヴァ、レベッカ、ユイの名の古代文字が刻まれてあった。

そのルシヴァルの紋章樹がカルードの体と重なった。

……カルードの心臓から煌《きら》めく光が発生。

そのカルードの心臓から煌《きら》めいた光は、俺の血と混ざるや影《かげ》のような闇《やみ》色を発しながら、血と光とも融合しつつ密度を高める。続いて「自己駆動粒子」的な運動を起こして、宙空へと陰《いん》と陽を意味する陰陽《いんよう》太極図を模《かたど》った。ミクロ的な観点なら、光魔ルシヴァルの血に内包したアルゴリズムを有したルシヴァル細菌の「クオラムセンシング」的な動きだろうか。

俺の血、光魔ルシヴァルは時空属性がある。血文字も使えるように共通の情報伝達機構を有しているってことか。簡単に言えば、光と闇を象徴する光魔ルシヴァルの意味だろう。

その陰陽太極図は、一瞬で輝く血色の粒子と影の粒子に分解された。その輝く血の粒子と影の粒子は宙に螺旋《らせん》を描きつつカルードの体内に吸い込まれた。更に、一つの循環《じゅんかん》を示すような律動を続けている∞の血文字が浮かぶ。∞の血文字は無限の命を意味している？

その∞の血文字は膨張を繰り返す。律動が激しい。その∞の血文字を苦しそうに見つめているカルードは俺の血を体内に得る度に悶《もだ》えて苦しんでいた。

苦しみの表情、男だから興味がない。が、カルードは俺の最初の〈従者長〉だ。〈大真祖の宗系譜者〉として、しっかりと見てやらないとな。

人族から光魔の眷属に変わる瞬間《しゅんかん》を……やがて、すべての血がカルードに吸い込まれた。刹那《せつな》、ルシヴァルの紋章樹の小円にカルードの名が刻まれた。カルードも倒《たお》れた。

そして、闇の空間も消えた。魔力と精神が消費した。

〈従者長〉だから〈筆頭従者長〉ほど消費はないが、疲《つか》れは残る。

「父さん！」

俺よりも先にユイが駆《か》け寄《よ》った。

「……ユイか、声がよく聞こえる？　音の捉《とら》え方《かた》が変わったのか。わたしは……〈従者長〉を獲得《かくとく》した。変わったぞ、匂いも違う、力を感じる……凄い、昔以上の感覚だ――」

カルードはユイを振り切《き》る。突如《とつじょ》、猛烈な勢いで走り出した。

ヴァンパイア系としての表情だ。犬歯を尖《とが》らせていた。

そのカルードは片手上段の構えから――。

「カッ!!」

と、気魂《きこん》を込めた声を発して長剣《ちょうけん》を振るった。

続けて、左足を左横に出して体を反転させる。背中を向けるや再び横回転。

交互《こうご》に胸元《むなもと》と背中を俺たちに見せるように横回転しつつの横移動を続けた。

手に持つ長剣がカルードが回転するごとに勢いが増した。

「〈舞斬《ぶざん》〉の基礎《きそ》歩法。フローグマン流剣術『宵暮《よいくれ》の舞《まい》』!」

ユイが叫ぶ。娘《むすめ》の言葉を聞いてカルードは微笑《ほほえ》むと、急激に足を止めた。

動きを止めての制動。動から静。武人独特の歩法だ。

ゆっくりと前進しながら俄《にわか》に長剣を持つ腕《うで》を掲《かか》げた。

長剣が分裂《ぶんれつ》して見えるほどの速度で振るうカルード。半円の軌道《きどう》を長剣で宙に描《えが》く。

長剣で、扇状《おうぎじょう》の方向に向けて連続的に突《つ》く技《わざ》を披露《ひろう》する。

最後に跳躍《ちょうやく》しつつ前転――砂浜に長剣の腹を叩きつけて、締めていた。

「……父さん、本当に凄い。昔以上の動き」

確かに、血と肉で作られた人族の動きを超《こ》えた敏捷さであり優美さも感じられた。

「あぁ、これも〈従者長〉になったお陰、シュウヤ様のお陰だ……」

「うん。シュウヤに感謝しなきゃね」

「勿論《もちろん》だとも――シュウヤ様」

カルードは素早い身のこなしで、俺の足下《あしもと》に来ると、片膝を砂浜に突きながら敬う姿勢で、渋《しぶ》い顔を上げる。

「……素晴らしきお力を齎《もたら》して頂き、本当にありがとうございます。このカルード・フローグマン、今をもって、シュウヤ様《マスター・ロード》へ永遠の忠誠を誓《ちか》わせて頂きます。〈従者長〉としての力をマイロードへ捧《ささ》げます」

カルードの表情は中年のままだが、少し若返って見えた。気のせいか。

「……承知した。これからも宜《よろ》しく頼《たの》む」

「はいっ。マイロード」

一連のやり取りを黙《だま》って見ていた皆は納得《なっとく》したような表情を浮《う》かべている。

「〈血魔力《ちまりよく》〉に関して、ユイと同様に俺の屋敷についたら教えてやる」

「畏《かしこ》まりました」

しかし、ロードか。初の呼び名だ。眷属初の男。

優秀《ゆうしゆう》で渋い男の部下も中々、いいかも知れない。

「それと、ユイ、カルード以外の皆、血文字で俺に連絡《れんらく》ができるのは把握《はあく》しているな?」

「うん、これのことでしょ――」

『すけべなシュウヤ大好き』

血文字で変なことを書くな……。

「そうだ」

「ん、わたしも」

『えっちぃシュウヤはおっぱい好き』

くっ、エヴァは天使の微笑顔《びしょうがお》でそんなことを……。

「では、わたしも」

『ご主人様は偉大《いだい》な雄《おす》であり……』

その気持ちは嬉《うれ》しいが長い……。

「よし、血文字は大丈夫《だいじょうぶ》だな。それじゃ王都に向かう。ロロ、準備していいぞ」

「にゃ」

俺の言葉を聞いた黒猫《ロロ》は、一気に四肢《しし》を巨大化《きょだいか》させた。

巨大なグリフォンを超えた姿に変身。

「――おぉぉぉ、この間よりも大きい……これが噂《うわさ》にきく守護聖獣《せいじゅう》でしょうか？」

「いや、俺の相棒。使い魔であり神獣《しんじゅう》だ」

「……さすがはユイが惚《ほ》れ込む偉大なる御方《マイロード》だ」

カルードは神獣ロロディーヌを見上げて、体を震わせていた。

「ロロちゃん、本当に大きい。皆で背中に乗る――」

レベッカが感心しながら話をしている最中に巨大な相棒の触手《しょくしゅ》が――「きゃぁぁっ」と、彼女を掴むように絡《から》む――瞬《また》く間《ま》に、大きな背中に運んでいた。

次々と俺を含めて神獣ロロディーヌは運ぶ。

「さぁ、皆も乗ったな？　ロロ、いいぞ」

「にゃおん」

巨大な神獣だが、声は野太い猫《ねこ》の声だ。

そして、力強い四肢の動きで砂浜を掻《か》き出していく。

数本の触手を先に伸《の》ばして、その触手を捻って力を溜《た》めて、解放――。

反動の力で空に出る。俺たちを乗せて、雲を切るように飛翔《ひしょう》を続けた。

空を駆けていく黒の神獣だ。微《かす》かに感じる風が気持ちいい――。

神獣ロロディーヌの胴体《どうたい》の横から大きい漆黒《しっこく》の翼《つばさ》が生えた。

ドラゴンのような漆黒の翼から魔力粒子《まりょくりゅうし》が迸《ほとばし》る――。

魔導車椅子の乗ったエヴァが驚《おどろ》いたまま、

「ん、ロロちゃんが、空を飛べるなんて……」

と語る。紫《むらさき》の瞳《ひとみ》を輝かせて感慨深《かんがいぶか》い表情だ。そのエヴァも空の光景を楽しむように両腕を広げた。

「驚きだけど、最高よ！　あのクラゲ、時々、空の上にいるのは見たことあったけれど、近くを飛んでいるし！」

……レベッカも楽しそう。そう言えば、神獣ロロディーヌが空を飛べることを二人には話していなかった。

「速く飛んでいることも驚き。リーリアの森を越《こ》えた。そして、あの街道《かいどう》の先が、王都ハルフォニアだから」

ユイが斜《なな》め下《した》に指を差している。もう王都と思われる海に面した巨大都市が見えてきた。様々な建物が立ち並ぶ。

都市の奥には、三角錐《さんかくすい》の尖った塔《とう》がアシンメトリーで揃《そろ》い建つ灰色の城があった。

小さい山のように見えたが灰色の城か。王子と王女とか、いや、ロミオとジュリエット的なロマンスがありそう。港には多数のガレアス船が碇泊《ていはく》。

海岸線付近には多数の船が行《い》き交《か》う。

「……あれが王都か……直ぐだった」

「ロロちゃんが速いのよ。実際に乗った訳ではないから分からないけど、グリフォンを超えてドラゴン並みの速度が出ているかも」

「どうだろう……」

ドラゴンには一度乗ったことがあるが、あの時は一瞬《いっしゅん》で目的地についた。

大騎士《だいきし》レムロナのドラゴンはカッコよかった。

レムロナと言えば、パトロンになった第二王子にこの間の宝物を売りにいかないと。

……あ、そこで魔石のことも思い出す。

アイテムボックスに納めて拡充《かくじゅう》して、次の報酬《ほうしゅう》を……。

「……マイロード、直にこのまま都市の中へ突入《とつにゅう》するのですか？　このままですと、索敵《さくてき》範囲《はんい》に突入しますが……魔法使《まほうつか》いと魔術師《まじゅつし》の探知魔法《まほう》。または、魔道具の索敵《さくてき》の範疇《はんちゅう》に引《ひ》っ掛かりますと、軍が動く可能性があります」

アイテムボックスのことを考えていると、カルードが忠告してきた。

「軍か、ロロ、ここで旋回《せんかい》」

「にゃぁ」

指示通りに巨大な神獣ロロディーヌは空を旋回。気持ちいい風を感じた――。

「――サーマリアの軍隊か、オセベリアのような竜魔騎兵団《りゅうまきへいだん》が存在するのか？」

「はい、王都ですから、グリフォン隊が大部分ですが竜騎士《りゅうきし》隊も少数配備されています」

「……軍隊、国ごと蹂躙《じゅうりん》してもいいが……ここは無難な選択肢《せんたくし》を取る。降りて、街道から普通《ふつう》に王都の中へ入るとしよう」

「イエス、マイロード」

「ご主人様、あの巨大な魔法は撃《う》たないのですか？」

ヴィーネは敵の魔導《まどう》貴族を潰《つぶ》した魔法のことを言っているのだろう。

「撃って簡単に終わらせてもいいが、今回は戦略級魔法はなしでいこうと思う」

「そうですか」

「手ぬるいか？」

俺がヴィーネに問うと、ヘルメが代わりに口を開いていた。

「閣下、手ぬるすぎます、閣下の手駒《てごま》を攻撃《こうげき》しようとしている相手なのですから、種族、国ごと、根絶やしにすべきかと思われます」

常闇《とこやみ》の水精霊ヘルメは相変わらず過激だ。

「精霊様……の案はいささか、強烈《きょうれつ》すぎるかと思われます……わたしはご主人様のやろうとしていることは分かりますので、ご主人様の判断に賛成です」

「ヴィーネ……語るようになりましたね、閣下のご判断が分かるというのですか？」

「ええ、分かります」

精霊ヘルメとヴィーネが視線で争いを起こす。

「あのな……」

「閣下、今は黙っていてください、ヴィーネ、閣下が考えていることを教えてくださいな」

常闇の水精霊ヘルメは長い睫毛《まつげ》を揺《ゆ》らしながら、ヴィーネを鋭《するど》い視線で睨みつつ語る。

「……はい、戦略級の強大な魔法を撃たない事からの予想ですが、ご主人様はヒュアトスという大貴族を驚かせつつ絶望を植え付けた上で、直接的に自分の手で、特に槍で、葬《ほうむ》りたいと、お考えになったのだと思われます。わたしなりに愚考《ぐこう》してみました」

――驚いた。ヴィーネが、サトリを持つエヴァかと思うほど、正確に俺の考えを当ててきた。

血を分けた効果か？

「……閣下、どうですか？　ヴィーネの予想は当たりましたか？」

「大当たりだ、凄いなヴィーネ」

俺がヴィーネを褒《ほ》めると、彼女は、わが意を得たりというふうに、にやりと笑うと、ヘルメを見やる。

「はい。ご主人様の好みは把握しておりますので……」

「ふんっ、今回は負けを認めます……」

精霊ヘルメはヴィーネの笑顔《えがお》を見て、つまらなそうに顔を逸《そ》らしていた。

「ん、シュウヤ、後で手を握《にぎ》って」

一連のやり取りを黙って見ていたエヴァが話す。彼女は俺の心を読みたいらしい。

「おう——それじゃロロ、あそこの街道近くで降ろしてくれ」

「にゃ」

神獣ロロディーヌはゆっくりと下降。

複数の触手を地面に突き刺《さ》して、衝撃《しょうげき》を殺しながら四肢を地面につけて着地。

が、相棒は巨大。黒馬、黒獅子《じし》、黒グリフォン、黒ドラゴンといったような姿だ……。

「うあぁぁ、怪物《かいぶつ》だぁぁ」

「にげろお」

「黒いの出た!!」

街道では通行人の一行が取り乱していた。

構わずに、俺たちは神獣ロロディーヌの背中から降りていく。

全員が地面に降りるとロロディーヌは普通の黒馬の姿へと縮小。

街道の野次馬《やじうま》からは、再度、どよめきが起きた。

「ンンン――」

前田慶次《まえだけいじ》が乗っていたか不明だが、松風を彷彿《ほうふつ》させる黒馬ロロディーヌ――。

その相棒は、触手を使い、俺だけを乗せてくれた。

「――それじゃ、王都に向かうか」

「はい」

ヴィーネは俺の前に座りたい視線を向けてきたが、素直《すなお》に返事を寄越す。

すると、レベッカが、相棒の黒い毛並みの胴体を触《さわ》りながら、

「その大きさだと、ロロちゃんもさすがに全員を乗せることは無理ね」

エヴァもレベッカと微笑み合いながら相棒の毛並みを楽しむ。

「ん、了解《りょうかい》」

「走りましょう」

「ん」

「あ、わたしが押す」

「ん、いつもありがと」

エヴァは魔導車椅子《まどうくるまいす》を押すレベッカに振り向《む》く。

優しげな表情だ。レベッカも好《い》い笑顔だ。

和《なご》むし、不思議と俺も優しい気持ちを心に抱《いだ》く。いい二人だ。

エヴァとレベッカは仲良く魔導車椅子を動かして先を進む。

精霊ヘルメも歩き出している。

「父さん、先に走るわよ」

「あぁ、行こう」

「シュウヤ、わたしたちの後をついてきてね、先導するわ」

「分かった」

ユイとカルードが街道を走り出す。

俺は触手手綱《しょくしゅたづな》を操作。ユイとカルードの背中を追った。

皆《みな》も同じ速度で走り付いてくる。全員が、光魔ルシヴァルの血を受《う》け継《つ》ぐ眷属。

身体能力が跳《は》ねあがっているようだ。走る速度が人族のそれを超えていた。

そして、途中からエヴァがレベッカに先に行けと、ユイたちに負けるなと応援《おうえん》すると、
レベッカが奮起。レベッカは、足に蒼炎《そうえん》を纏《まと》わせつつ走る。

素早いが、元魔法使い系とは思えない……。

そんなレベッカと談笑しながら側を進むエヴァも魔導車椅子の速度が異常に速い。

ヴィーネとヘルメは言わずもがな――。

俺が騎乗《きじょう》する相棒ロロディーヌの真横をキープしている。

ヴィーネは俺が見ているのに気が付くと、銀髪《ぎんぱつ》を揺らしながら微笑みを向けてくれた。

相変わらず、美人で可愛《かわい》い奴《やつ》だ。

唇《くちびる》を窄《すぼ》めて、キスをしたいとアピールするところが、俺《おれ》の股間《こかん》を刺激する。

そんなエッチな彼女の顔を見ながら……あっという間に、王都の門に到達《とうたつ》。

ユイとカルードはゆっくりのペースになりながら門を通っていく。俺たちも続いた。

都市の中に入り、十字路を幾《いく》つか通る。幅広《はばひろ》の大通りを越えたところでユイとカルードは止まった。

「マイロード、ここから先が貴族街、あの手前の壁《かべ》に囲まれた大きい屋敷がヒュアトスが住む屋敷となります。付近では【暗部の右手】の構成員が見回りをしている最中です」

カルードが膝《ひざ》を突いて報告してきた。

「そうか。裏には当然、出入り口はあるんだろう？　ひょっとしたら地下にも脱出坑《だっしゅつこう》とか、あったりするんじゃないか？」

「はい、ご推察通り」

カルードは恭《うやうや》しく、頷《うなず》く。

「まるで実際に建物でも見た感じだけど、シュウヤは頭が回るわねぇ……わたしは正面から力ずくで突っ込むのかと思ってたわ」

「さすがは閣下。読みが深い」

レベッカとヘルメはそういうが、

「こんなのは序の口だ。相手は大貴族であり侯爵《こうしゃく》。しかも、隣《となり》の国へ内部工作を仕掛《しか》ける
ほどの大物、隠し玉《切り札》は数個持っていると考えていいだろう……」

「ご主人様、わたしも同感です。魔導貴族の司祭は神に通じる魔神具《ましんぐ》を持っていましたし、
マグルとて、侯爵ですから必ず切り札は持っているかと」

ヴィーネも同意。

「ん、わたしもそう思う。貴族はかなり金を持つから、きっと強力なマジックアイテム、
霊装《れいそう》の防具だけでなく、武器も身に着けているはず」

「エヴァの言う通りで持っているわ。ヒュアトスは毎年ペルネーテで行われている地下オ
ークションに出席して色々買っていたからね」

ユイがエヴァの意見に付け足した。

「いつぞやの、エリボルのような宝物庫がありそうですね」

ヘルメは【梟《ふくろう》の牙《きば》】の頭を直接潰したことを思い出しているようだ。

「ありえるな」

「では、周りの雑魚《ざこ》たちの始末はお任せください」

「おう。それじゃ、ヘルメは裏口を見張れ。逃《に》げたい奴は逃がしていいが、武器を持った奴は殺せ」

「はい――」

その瞬間、ヘルメは液体になり、屋敷の壁を侵食するように消えていく。

「カルードは周りの雑魚を片付けてこい」

カルードは吸血鬼《ヴァンパイア》らしく双眸《そうぼう》が血走るや犬歯を尖らせ「イエス、マイロード――」と、笑顔を見せつつ屋敷の前にある通りを走った。

「エヴァとレベッカは正面から派手に暴れていい。【暗部の右手】の兵士たちが多数いると思うが」

レベッカは頷く。蒼《あお》い瞳を輝《かがや》かせながら全身に蒼炎を纏った。

金色の髪《かみ》の一本一本を綺麗《きれい》な蒼い炎《ほのお》が彩《いろど》る。純粋《じゅんすい》に美しい。

防護服の表面にも蒼い炎が幾重《いくえ》にも走った。迷宮《めいきゅう》産の可憐《かれん》な防護服は燃えない。

予《あらかじ》め防護服の表面にメタンハイドレートが備わっているような燃え方だ。

そのレベッカは赤黒い宝石が先端《せんたん》に装着されたグーフォンの魔杖《まつえ》を掲げた。

「任せて。魔法と蒼炎弾《そうえんだん》で遠距離《えんきより》から始末する。近付いたら蒼炎拳《そうえんこぶし》で殴《なぐ》ってやるんだから」

宣言するように語るレベッカ。魔杖越《まつえご》しに覗《のぞ》かせる鎖骨《さこつ》が綺麗だ。

「ん、レベッカをフォローしながら戦う」

一方、エヴァは冷静な態度。紫色《むらさきいろ》の瞳でレベッカを一瞥《いちべつ》して頷くと、黒いトンファーを両腕《りょううで》の袖の中から伸ばしていた。黒いトンファーの表面には赤紫色《あかむらさきいろ》のルーンの紋様《もんよう》が発生していた。

「それじゃ、正面口は任せた」

「うん、任せて――」

「ん――」

彼女《かのじょ》たちの走る姿を見てから馬のロロディーヌから降りた。その相棒は瞬く間に黒猫《くろねこ》の姿に戻《もど》るや俺の肩《かた》に跳躍。肩に小さい黒猫《ロロ》の体重を感じながら、

「ユイ、地下の出入り口は何処《どこ》にある？」

「こっち――」

「了解、ヴィーネも行くぞ」

「はい」

「にゃお」

黒猫《ロロ》を肩に乗せた状態で、先を走るユイを追った。

ユイは屋敷の反対側にある路地裏の一軒の小屋の手前で停《と》まった。

「あそこに家の中に通じる出入り口があるはず」

「了解」

「外に三人。中にも人の気配があります……あれが【暗部の右手】ですか」

ヴィーネの言葉通り。【暗部の右手】のメンバーがいる。黒装束を着た者たちだ。

「見張りの実力は予想できない。家の中の存在はたぶんだけど、幹部だと思う。逃げのマティウス、暗撃のヒミコ、とか室内戦を得意とした連中」

「へぇ……魔槍杖《まそうづえ》は振《ふ》り回《まわ》せそうもないな」

室内戦か……肩にいた黒猫《ロロ》が地面に降りた。山猫《やまねこ》の姿に変身。

黒豹《くろひょう》より小さく猫より大きい。微妙《びみょう》な対室内戦用の姿に変身していた。

「ご主人様、わたしとユイで片付けますから、見ていてください」

「それもいいが、〈鎖《くさり》〉で対処しよう。見ているのは性に合わない」

「はい」

ユイは指先でサインを寄越《よこ》す。暗殺者だった名残《なごり》か。そのユイが、

「――うん。あの家に突っ込む。正面の出入り口しかないからね」

そう発言しつつ二つの魔刀を鞘《さや》から抜《ぬ》いた。

ヴィーネも翡翠《ひすい》の蛇弓《バジュラ》を構える。

光線の矢をいつでも射出できる体勢だ。

「いいぞ、撃て」

「はっ」

ヴィーネは斉射必中という言葉が似合う素早い所作で光線の矢を連続的に射出――。

風を切るように光線の矢は飛翔。

見張り兵士の眉間《みけん》に光線の矢は突き刺さった。が、一人、手練《てだ》れがいた。

光線の矢をすべて、金属の槍で弾《はじ》いている。金属棒か。

金属棒をぐるりと回している。黒装束姿だから分からないが、体幹が強そうだ。

同じ、槍使いか……。

「ユイ、ヴィーネ、ロロ、手出し不要。あいつは俺がやる」

久々の強敵の予感。楽しみだ。魔槍杖バルドークの握りを強めた。

「うん」

「分かりました」

「にゃお」

前傾姿勢《ぜんけいしせい》で駆けた。小屋の前に立つ槍使いに近づいた。

「俺に近距離戦《きんきょりせん》を挑《いど》むとはな――」

黒装束の槍使いは、そう発言しながら金属製の棒で突きを出してくる。

――牽制《けんせい》か。その突きを、首を僅《わず》かに動かして避《さ》けつつ――魔槍杖を振るった。

黒装束の槍使いは双眸に魔力を溜めつつ金属棒を振り上《あ》げた。

魔槍杖バルドークの紅矛《べにほこ》と金属棒の石突《いしづき》が衝突《しょうとつ》。斬《き》り上げは防がれた。黒装束の槍使いは、続けざまに、金属棒を握る右手を突き出《だ》すようなコンパクトな返し突きを繰《く》り出す。

俺の胸に迫《せま》った金属の矛は鋭そうだ。その穂先《ほさき》を魔槍杖の柄《え》で擦《こす》り上げるように受け流しつつ――後退した。黒装束の槍使いは、後退する俺に対して追撃《ついげき》はしてこない。

冷静な黒装束の槍使いは、口元の黒マスクを外す、

「同じ槍使いか。しかし、何もんだ？　サーマリアの裏社会に於《お》ける槍使いの手練れは何人か知っているが、見たことがない面だ。そして、今の不動なる動きの質で分かる。ロルジュ派、いや、国外の敵がこんな八槍神王の上位クラスを雇《やと》ったというのか？　もしや〝蚕〟の追っ手か？」

「……蚕なんてしらん。神王位なら聞いたことがある」

「蚕を知らないのか。裏武術界の連中でもない？　無名の殺し屋か。ふっ、とんだ大当たりの仕事だったということだ――」

黒装束の槍使いは、喜びの声を張り上げると、前傾姿勢で突貫《とっかん》。

勢いを乗せた〈刺突〉を撃ち出してきた——鋭い〈刺突〉か。

俺は魔槍杖の柄の中部で、その〈刺突〉を受けた——魔槍杖バルドークを回転させて、金属の矛を引き込みながら横に流して反撃《はんげき》——中段足刀を繰り出す。

が、黒装束の槍使いは、体を横に移動させて蹴《け》りを避けるや金属棒を振る。

薙《な》ぎ払《はら》いの金属棒を紙一重《かみひとえ》で避けた。

金属の矛刃《ほこは》が俺の外套《がいとう》に接触《せっしょく》するや紫の閃光《せんこう》が起きた。

黒装束の槍使いは眉《まゆ》をひそめると退いた。

俺は〈魔闘術の心得〉を意識。足に強く魔力を纏いつつ魔槍杖バルドークの柄を回しては風槍流を意識した歩法でにじり寄る。相対する槍使いは俺の魔槍杖バルドークを凝視《ぎょうし》して、

「風槍流……しかも、金剛樹《こんごうじゅ》の矛を受けても傷が付かない。特別なハルバードか？　柄頭には蒼い水晶《すいしょう》もある。魔槍《まそう》の斧槍《ふそう》で斧杖《おのつえ》か。特異な付与魔法《エンチャント》でカスタマイズされた魔槍と見た……そして、装備は最低でも伝説級《レジェンド》と予測……本当に何者だ？」

黒装束の槍使いは魔眼《まがん》で俺の観察を強めてきた。

「この槍は、魔槍杖バルドークと呼べば分かるか？　ま、俺は槍使いだよ」

さて、ここからだ。〈魔闘術〉を活《い》かすとしよう。

相対する黒装束の槍使《やり》いと間合いを詰《つ》めた。

左足の踏《ふ》み込みから腕を捻《ひね》り出す〈刺突〉の魔槍杖バルドークの穂先を繰り出した。

黒装束の槍使いは金剛樹の槍の柄で紅矛を弾こうと構えた。

その槍構えから機動を読む。魔槍杖バルドークの矛は金剛樹の槍の柄の表面を削《けず》りつつ
黒装束男の腕の黒い手甲《てっこう》ごと腕を貫《つらぬ》いた。「ぐあぁ」血が舞《ま》った。

しかし、黒装束の槍使いは傷ついた片腕《かたうで》を下げるや、魔力を全身に纏う。

「――この程度はかすり傷！」

そう発言しつつ、片手に握った金剛樹《こんごうじゅ》の槍《やり》の穂先で、俺の胸を突いてきた。

手応《てごた》えはあったんだが……一歩、二歩と、金剛《こんごう》の矛を魔槍杖で弾きながら後退。

更《さら》に、黒装束の槍使いは、不気味な笑顔を見せた。

腕から黒い別種の魔力を発動させた。〈魔闘術〉系のスキルか。闘法だろうか。

腕の傷を瞬時《しゅんじ》に癒《い》やしていた。

「……久々だ。手傷を負うのは……」

「今のはスキル？」

「そうだ。〈開・魔癒〉、あまりないスキルだな――」

言葉《ことば》尻《じり》に下段蹴りを繰り出す黒装束の槍使い。俺は、その蹴りを跳躍して避けた。

その中空から魔槍杖を振り下《お》ろす――紅斧刃《べにおのば》でぶった斬《ぎ》るイメージだ。

が、黒装束の槍使いは、体の軸《じく》をぶらすことなく、俺の紅斧刃の振り下ろしを、両手で握った金剛樹の槍で受け止めた。火花が散ると同時に金属の不協和音が響《ひび》く。

金剛樹の槍は硬《かた》いが、その黒装束の槍使いの動きは見切った。

俺は魔槍杖バルドークで薙ぎ払い、いや、フェイントを繰り出して、本命の右回し中段蹴りを放った――黒装束の槍使いは、唐突《とうとつ》なフェイントと蹴技に対応できず。

黒装束の槍使いの鳩尾《みぞおち》に蹴りが決まる。

「ぐあぁ――」

蹴りを喰《く》らった黒装束の槍使いは家の壁に背をぶつけるが、あまり効いていない。

片足を壁に当て、痛みを我慢《がまん》するように表情を歪《ゆが》める槍使いだ。

〈開・魔癒〉以外にも体を強化するスキルを持つようだ。

「いてぇ……お前の名を聞いておこうか……」

眼窩《がんか》の中に篝火《かがりび》のようなものを宿しながらの言葉だ。

「……シュウヤ・カガリだ。お前の名は？」

「レオン・アッシマー。八槍神王第三位テレーズ・ルルーシュの下で学んでいたことがある。豪槍流《ごうやり》も風槍流も王槍流も学んだ経験がある」

元門弟《もんてい》か、道理で強い訳だ。そのタイミングで全身に〈魔闘術〉を纏う。左足を前に出しながら、回した魔槍杖バルドークを右脇と右腕《みぎうで》で抱《かか》えるように携《たずさ》える。

「――そうかい。俺は風槍流だ、来いよ、レオン。八槍神王第三位の門弟さん」

と、左手を前に出して、手先でレオンを呼び込み誘《さそ》う動作を繰り返《かえ》した。

「はは、風槍流『誘い崩《くず》し』の間だな？　興味深い、行くぞ――」

レオン・アッシマーは気合いの声を発すると同時に魔力を全身から放出。

黒いオーラ的な魔力を纏い放ちながら、前傾姿勢で〈刺突〉を繰り出してくる。

急ぎ魔槍杖バルドークを前に出す――。

紅斧刃の棟《むね》で、そのレオンの〈刺突〉を受けるや魔槍杖バルドークを握る左手を持ち上げた。魔槍杖バルドークは火花を散らしながら縦回転。

柄頭に嵌《は》まる蒼い竜魔石《りゅうま》がレオンの顎《あご》に向かう。

レオンは金剛樹の槍を持ちながら退いて、竜魔石の顎砕きを避けてきた。

壁を背にしたレオンに対して、呼吸をずらす歩法で間合いを詰める。

魔槍杖バルドークで〈刺突〉を繰り出すモーションに入った。

俺は魔槍杖バルドークの穂先をレオンに向けたまま柄を引くや――一槍の技術を実行。

腰《こし》だめをしつつ右足を半歩引きつつ魔槍杖バルドークを回転させる。
穂先と竜魔石を交互に突き出しながら、柄も武器に扱《あつか》った。
レオンは不規則な機動を見せる魔槍杖を読めない。
俄に左腕《ひだりうで》を上げた直後、魔槍杖バルドークの紅斧刃を斜め下に向かわせる――。
レオンは、俺の視線と左腕を上げるフェイクに引っ掛《か》かった。
「――な！」
虚《きょ》を突かれたレオンは驚きの声を発したが遅《おそ》い。
レオンの右太腿《ふともも》を斬った紅斧刃――。その紅斧刃から出た炎で、レオンの血を焦《こ》がす。
「ぐあああ」
叫《さけ》び声《ごえ》を発したレオンは体勢を大きく崩す――まだだ。
俺は――爪先《つまさき》を軸とした爪先半回転を実行――。
横に回転《こか》しながら、自身の体幹と背筋に力を溜める。
視界は移り変わるが、イメージはできている――。
全身に溜めた力を魔槍杖バルドークの紅斧刃に乗せた〈豪閃〉を発動――。
魔槍杖バルドークを斜め下から振り上げた。
炎が彩る魔槍杖バルドークの紅斧刃がレオン・アッシマーの胴体をぶった斬る。

レオンの頭部をも突き抜けるように電光石火の紅斧刃だ。

俺の周囲から、虎《とら》の叫びのような豪快《ごうかい》な魔《ま》風が迸った。

レオンは、前髪《まえがみ》ごと斬られた頭部と上半身が左右に分かれるや、切断面から大量の血が迸る。

その返り血を含《ふく》めて、〈血道第一・開門〉ですべての血を頂いた。

魂は吸えなかったが……ちょうどいい。眷属《けんぞく》化で、血を大量に失っていたからな。

魔槍杖バルドークの柄を手の甲《こう》から掌《てのひら》に戻しつつ体を回転させて――「――倒したぞ?.」

と、背後で見ていた皆に、そう告げた。

「……カッコイイ」

ユイは少し惚《ほう》けていた。

「ご主人様の槍は凄《すさ》まじい！　凄《すご》い雄である。が、相手も並ではない雄であった……」

ヴィーネも興奮しているのか素《す》の感情が表に出ていた。

「ン、にゃお」

黒猫《ロロ》も『たおしたニャ』という感じに鳴いていた。

「そうね。シュウヤとあれほど打ち合えるなんて、相手もかなりの凄腕《すごうで》だった」

八槍神王の一人から学んでいたらしいな。

「そうだな」

「次はわたしの番よ」

　ユイは満足気に微笑んでから、走り出すと、レオンの死体を蹴《け》って退《ど》かすや小屋の小さい階段を上って玄関《げんかん》から入った。

「にゃお」

「ご主人様、わたしたちも行きましょう」

「おう」

　山猫の姿のロロディーヌとヴィーネと一緒《いっしょ》に、ユイが先に入った小屋に向かう。

　ユイは並外れた素早《すばや》い動きで、右の部屋に突入。

　跳躍しながら扱う魔刀の刃《は》が綺麗《エレガント》な放物線を描く。

　数人の黒装束たちの頸椎《けいつい》を正確に切《き》り裂《さ》いた。

　頭部なしの胴体から迸った血がユイの顔を叩《たた》く。

　その返り血を、白い瞳で微笑《びしょう》を浮かべながら牙を生やした口から飲み込んでいた。

〈ベイカラの瞳〉のスキルか。怖《こわ》いが美しい。

「なんだぁ？」

　奥《おく》の通路から仮面を被《かぶ》る男が声を発する。

「まさか、レオンがやられたの？」

隣からは白仮面を被る女の声も響く。

「あっ、その目、その刀は！　死神のユイッ、裏切ったのか！」

「他にもいるようね……」

仮面を装着した男と女は腰を沈《しず》めつつククリ刃的な短剣《たんけん》を持って構えていた。

そこに、狭《せま》い室内の壁を三角飛びで蹴りながら移動を繰り返す相棒の姿が見えた。

仮面の敵に近付く山猫ロロディーヌが、その二人に向けて触手骨剣《けん》を伸ばす。

「──なんだっ」

「ひぃぁ」

触手骨剣の攻撃に面喰《めんく》らいながらも自らの短剣で触手骨剣を弾いて壁際《かべぎわ》に後退する二人。

「あなたたちに恨《うら》みはないけど、死んでもらうわ──」

ユイは冷徹《れいてつ》に言い放ちながら前傾姿勢で前進。白い靄《もや》がユイの顔辺りに見えた。

白い靄は二本の刀にも付着している。淡《あわ》い残像を見せる剣突《けんつく》により、壁際に追い込まれていた男の胸はいとも簡単に魔刀に貫かれていた。〈ベイカラの瞳〉と眷属としての力が合わさった新しいスキルなのかも知れない。

「ぐふぁ」

「マティウス――」

　黒装束の女は山猫ロロディーヌが繰り出す触手骨剣の刃に追い込まれながらも、仲間の名前を叫んでいた。

「黙《だま》りなさい」

　ヴィーネの言葉だ。腕《うで》を伸ばしたヴィーネはラシェーナの腕輪《うでわ》を発動させる。

　影《かげ》の小人のような黒い小さい精霊《ハンドマッド》たちが腕輪から這《は》い出《で》ては、躍動《やくどう》しながら仮面を被る黒装束に近寄っていった。

「ひぃ、なによ、これぇ。腕にこないでぇ、げぇっ――」

　黒い小さい精霊《ハンドマッド》たちは、女の黒装束の両足から体を登り全身を拘束《こうそく》。

　白仮面まで到達した黒い小さい精霊《ハンドマッド》は、その白仮面を外す。

　黒装束の女の顔は綺麗だった。緑の瞳に金髪《きんぱつ》の女エルフ。頬には鼠《ねずみ》の模様があった。

　その間にも山猫ロロディーヌの触手骨剣の豪雨《ごうう》のような連続した突《つ》き攻撃は続く。無数の触手から出た骨剣にエルフは黒装束ごと貫かれた。

「ぐあぁぁ」

　室内だろうとどこだろうと相棒は強い。

　いつでも〈鎖〉は射出できたが、室内戦は見ているだけとなった。

そして、美人だから死なせたくなかったが仕方ない。

片手を口元で縦に固定し……南無《なむ》……仏教スタイルでお祈《いの》りをしとく。

「もう室内には【暗部の右手】の幹部はいないと思う。ここの下に通路があるはず……」

ユイが床《ゆか》にあった布を剥《は》がすと、板で蓋《ふた》がされている入り口が出てきた。

「ここか」

「うん」

ユイが板を退けると、中から下りの石段が現れた。

「屋敷《やしき》の地下通路まで直通。だけど、地下には死骸魔師《しがいまし》のアゼカイが放った専用の死骸《しがい》人形たちがうろついているから、それらを殲滅《せんめつ》しながら行くわよ」

「おう」

「はい」

死骸人形とやらが気になるが、まぁいい。

肩の黒猫《ロロ》の頭部を撫《な》でてから、階段を下りた。

第百五十九章「ヒュアトスの切り札」

暗い地下だがユイは〈ベイカラの瞳《ひとみ》〉を利用せずとも見えている。

ヴィーネも元ダークエルフだから〈夜目〉すらも必要ないだろう。

俺も〈夜目〉と〈暗者適合〉があるから視界は良好だ——。

通路の壁に掘《ほ》った形跡《けいせき》があった。すると、魔素《まそ》の反応。

「いた——」

俺は魔槍杖バルドークを召喚《しょうかん》しつつ前進——あれが死骸人形。

頭部は古風な和風女で、額には長細い札が貼《は》ってあった。

目が少し飛び出たギョロ目だ。唇は血色。朱色《しゅいろ》のアジア風の衣《ころも》を着ていた。

両手の表面に浮《う》かぶ血管は脈打つ。そんな指先から爪《つめ》が異常に伸《の》びていた。

あの爪が武器か。見た目がキョンシーだ。霊幻《れいげん》道士を呼びたくなる。『テンテン』は元気かな。昔は好きだった。ぴょんぴょん、跳ねているし……。

「グオォルォン」

索敵範囲が広いのか、死骸人形の一体が独特の声を発し、俺に向かってきた。

僅かに前進しながら迎《むか》え撃つ。狙《ねら》いは、あの札が貼られた頭部だ。

前傾姿勢で左足を前に出す――地下の硬い床面《ゆかめん》を潰す勢いの踏み込みから――。

腰を捻りつつ魔槍杖バルドークを握る右手を捻る〈刺突〉を繰り出した。

魔槍杖の螺旋《らせん》回転した紅矛が死骸人形の頭部を捉《とら》えた瞬間《しゅんかん》――。

札が穂先に巻き込まれ散りつつ死骸人形の頭部も爆発《ばくはつ》したように散った。

同時に首が千切れて頭部の残骸《ざんがい》を吹《ふ》き飛《と》ばす。

ひしゃげた頭部らしき肉塊《にっかい》は、天蓋《てんがい》にぶつかりながら床に落ちて転がった。

背後でぴょんぴょん跳ねた死骸人形たちの足下《あしもと》にぶつかって止まる。

頭部ナシの死骸人形は、壊《こわ》れた人形のように地面に崩れ落《お》ちた。

「さすがね。これでも死骸人形は恐《おそ》れられた番人なのよ」

「迷宮は歯ごたえのある強い敵が多いからな」

「そっか。シュウヤは迷宮のモンスターを討伐《とうばつ》している冒険者《ぼうけんしゃ》だもんね。こんなのは敵じゃないのか。わたしも強くなったし冒険者になろうかな」

はにかんだユイの表情を見ると、嬉《うれ》しくなる。

「まだ前方に数十匹《ひき》いるようです」

ヴィーネが指摘《してき》。

「あぁ、俺がやる」

強敵の槍使いと一戦を交えたが、室内戦は見ているだけだったからな。

すると、ロロディーヌが四肢《しし》を屈《かが》めた。山猫風の相棒だ。

お尻《しり》をふりふりさせながら狩《か》りの態勢を止めて振り返る。

「にゃ?」

ロロディーヌは瞳孔《どうこう》を散大させていた。まん丸の黒い瞳は、興奮した証《あか》しだ。

「狩りたい顔だな。いいぞ、狩ってこい」

「にゃあん――」

甘《あま》い声とは裏腹に死骸人形たちに飛び掛かった山猫のロロディーヌ。

黒毛が目立つ全身から八、九、十、と一瞬《いっしゅん》で無数の触手《しょくしゅ》を出した。

すべての触手の先端には、白い突起物《骨剣》が出ていた。

それらの触手はマシンガンから射出した弾丸《だんがん》の如くの勢いで死骸人形たちの頭部、胴体《どうたい》、手、足を貫いた。続いて、肉付きの良い死骸人形に触手を絡《から》ませた。その触手を収斂《しゅうれん》。

触手が絡む肉付きが良い死骸人形も当然引っ張られて相棒の足下に転がり込む。

その俎板《まないた》の上の鯉《こい》状態の肉付きが良い死骸人形に頭部を寄せて、ふがふがと臭《にお》いを嗅《か》いでから、前足で踏みつけると頭部を上げて「ガルルルゥ」とレアな獣声《じゅう》を響かせた。

そして、俺に視線を寄越す。ロロディーヌは指示を待つ？　そうなら珍《めずら》しい。

「遠慮《えんりょ》なく喰っていいぞ」

「にゃ」

と返事をした相棒ロロディーヌ。視線を落とし口を広げて牙を露出《ろしゅつ》させた。

死骸人形に噛《か》み付《つ》く。と、食べていく。相棒なら腹が壊れることはないと思うが……。

「オォルォン」

「グオォ」

「オォォォ」

死骸人形たちが叫び出した。仲間が相棒に食われている現場だ。

死骸人形たちが怒《おこ》ったと分かる。が、死骸で人形なんだよな？

仲間意識でもあるのか？　ま、気にしても仕方ない。死骸たちは山猫の姿をしたロロディーヌに向けて細い指から鋭い爪を伸ばす。顔に貼った札が光を帯びる。

光った札がひらりと持ち上がった。口内から黄ばんだ乱杭歯《らんぐいば》を覗かせた。

汚《きたな》いと思った瞬間――その口から風刃のような魔刃《まは》を吐《は》き出してきた。

山猫の姿のロロディーヌは、数本の触手を振るって飛来した風刃を撃《う》ち落とす。

骨剣で風刃を突き刺し破壊《はかい》。黒色の触手も硬くなったのか、風刃を連続的に叩き落としていった。箒《ほうき》で叩くように簡単に風刃を弾くさまは面白《おもしろ》い。

叩き折られた風刃は、方向を変えて壁に激突《げきとつ》。線条の跡《あと》を壁に生む。

神獣《しんじゅう》のロロディーヌは、そんな攻撃《こうげき》を受けつつも死骸人形の肉を食べ続けていた。

「ロロ、食うのに夢中になりすぎだ」

そこからは俺が前に出た。両腕から〈鎖〉を出す。

——猛烈《もうれつ》なスピードで疾走《しっそう》する〈鎖〉が死骸人形たちを貫いた。

素早く〈鎖〉を操作し死骸人形を〈鎖〉で雁字《がんじ》搦《がら》め状態にした。

その一弾指〈鎖〉を収斂させる。〈鎖〉で雁字搦めにされていた死骸人形は、俺の手首の〈鎖の因子〉のマークに飛来。手首に衝突する勢いだ。直《す》ぐに〈鎖〉を消去。

勢いを持った速度で飛来する死骸人形を拳《こぶし》で殴り落とした。

相棒に注意しといてなんだが、俺も食べてみるか——殴り落とした死骸の首に噛み付く〈吸魂《きゅうこん》〉を実行——魂らしきものを吸収。俺の体は光を帯びる。

吸った死骸人形は一瞬で干《ひ》からび萎《しお》れて消えた。

着ていたアジア風の衣服は地面に落ちる。

頭部に貼られた札も、ひらひらと舞い落ちていった。

直ぐに新たな標的となった俺に対して……他の死骸人形たちが、爪を伸ばしつつ近寄ってきた――が、対処は楽だ――〈光条の鎖槍《シャインチェーンランス》〉を発動。

飛行した五つの〈光条の鎖槍《シャインチェーンランス》〉が死骸人形たちを突き刺《さ》す。

〈光条の鎖槍《シャインチェーンランス》〉は死骸人形たちを突き刺したまま通路の奥へと死骸人形たちを運ぶや、通路の奥からドッと鈍《にぶ》い音が響いた。

〈光条の鎖槍《シャインチェーンランス》〉が死骸人形を磔《はりつけ》にした音だ。

死骸人形に突き刺さった〈光条の鎖槍《シャインチェーンランス》〉の後部が、いつものようにイソギンチャク的に動きながら無数に分裂《ぶんれつ》した。

分裂した触手的な何かは網目《あみめ》模様を模《かたど》ると光の網《あみ》を形成。

〈光条の鎖槍《シャインチェーンランス》〉だった光の網は死骸人形の体を覆《おお》う。

光の網はアジア風の衣服ごと死骸人形の体の中に浸透《しんとう》。

瞬時に死骸人形の体に生々しい網目模様の傷痕《きずあと》が生まれた。

死骸人形たちの体は、崩れたパズルのように肉片《にくへん》のピースとなって床に落ちる。

壁にはモダンアートのような網目の傷跡《きずあと》を残した。

「すべて倒《たお》したようね。でも、シュウヤの無詠唱《むえいしょう》で放った光の槍は見たことがない魔法《まほう》。

槍の後部が分裂しながら光の網になるのも見たことがない。壁が網状《あみじょう》の傷となっているし、喰らいたくない魔法槍《まほうやり》の攻撃ね」

ユイが振り返りながらそう語る。顔色に恐怖《きようふ》が滲《にじ》んでいた。

目は〈ベイカラの瞳〉が分かりやすく発動している。

「はは、そんな怖がるな」

「あ、また勝手に……ごめん」

「いいよ。その目は綺麗だし」

「それが〈ベイカラの瞳〉。死神ベイカラ様の素晴《すば》らしい恩寵《おんちよう》の力。神に選ばれし存在。ユイはご主人様にお仕えする者として当然の力を持っています」

ヴィーネは尊敬の眼差《まなざ》しで、ユイの〈ベイカラの瞳〉を見ながら話していた。

「ありがとう」

「いえ、当然です」

ユイは笑顔《えがお》でお礼を言うが、ヴィーネはあまり表情を変えていない。ヴィーネの視線は、通路に向けられている。意味は『先に行かないのですか』と言うことだろう。

「うん、あそこが入り口。右が階段になっている」

「階段の上がった先には、見張りはいるか？」

「いると思う。屋敷の表のレベッカとエヴァに裏に回った精霊様と父さんの結果次第《しだい》。でも逃げるなら、この地下通路を絶対に利用すると思うけど」

「外から連絡《れんらく》はない。皆《みな》が暴れている証拠《しょうこ》だろう。だから俺たちは地下から直に屋敷に乗り込めばいい。行こうか」

「うん」

「行きましょう」

「にゃお――」

いつもの姿に戻った黒猫《ロロ》が先を走る。

「あ、ロロちゃん、わたしの仕事を取らないで――」

黒猫《ロロ》はユイの言葉を聞いて耳をピクピクと動かして足を止めた。

しかし、我慢できないのか通路を走って階段を上がる。

見えなくなった黒猫《ロロ》を追った。階段がある通路の手前に到着《とうちゃく》。

相棒が上った階段を見上げた。

黒猫《ロロ》は閉じた扉《とびら》の前にいた。後脚《あときゃく》だけで立ちつつ両前足で爪研《つめと》ぎ中。

『ここを開けて開けて、にゃ』と、カキカキカキカキして扉を掻《か》いて傷付けている。

扉を開けようとしているらしい。急ぎ階段を上がる。

「――なんだ？　おい、変な音が地下通路の入り口から鳴っているぞ。定時連絡か？」

ヤバ、気付かれているし。

「知らねぇよ。表と裏の外も何か騒《さわ》がしいし……何かあったんじゃねぇか」

「開けたほうがいいだろ、確認《かくにん》するぞ」

「あぁ」

扉が開かれた瞬間、

「猫《ねこ》だと？」

黒猫ロロディーヌが音もなく触手を伸ばす。驚《おどろ》く兵士の眉間に触手骨剣が突き刺さっていた。寄り目で倒れていく兵士。

「にゃおん」

黒猫《ロロ》は自慢気《じまんげ》な表情を浮かべる。

倒れた兵士たちの上に乗り、俺《おれ》の顔を見ていた。

「早業《はやわざ》だ。一瞬焦《いっしゅんあせ》ったけどな」

「ンン、にゃ」

黒猫《ロロ》は『そんなことは知らないにゃ』と喋《しゃべ》るように頭部を反らし、ヴィーネの足に頭部を擦りつけていた。「ロロ様……」と、ヴィーネは微笑《ほほえ》んで屈む。黒猫《ロロ》の頭部を青白い手で撫でていた。ヴィーネの長い銀髪《ぎんぱつ》が肩から背中に流れて靡《なび》くと、黒猫《ロロ》はその銀髪に猫パンチを繰り出していた。ヴィーネはびっくり。

「きゃ」

「ロロ、髪にじゃれたら駄目《だめ》だ」

「にゃ」

怒られたことが分かった黒猫《ロロ》は耳を凹《へこ》ませる。俺の肩に戻った。

相棒は後脚を伸ばして、後脚を舐《な》めていく。更に、尻を付けて自分の喉元《のどもと》を後脚で掻いた。

「今の光景を見てると、ヒュアトスを殺しにきた戦いということを忘れちゃいそう」

ユイが黒猫《ロロ》を見ながらボソッと呟《つぶや》く。気持ちは分かる。

緊張感《きんちょうかん》が抜けるが、それが、また、なんとも言えないんだよな。

肩で休みだした黒猫《ロロ》を見た。

黒猫《ロロ》はつぶらな瞳をゆっくりと閉じたり開いたりして、リラックスメッセージを送ってくれる。俺も瞼《まぶた》を閉じて開いて、リラックスメッセージを送った。

「……さて、つかの間のまったりタイムは終了《しゅうりょう》だ。ユイ、ヒュアトスはどこにいる？」

「幹部と兵士は陽動作戦通りね。表と裏に回ってここにいない。上手《うま》くいった。ヒュアトスはまだ避難《ひなん》してないから、いつもの政務室だと思う。こっちよ」

ユイが先に歩く。魅力的《みりよくてき》な太股《ふともも》が見えた。が、今は大事な時だ。

廊下《ろうか》を進むと、赤絨毯《じゆうたん》が敷《し》く奥の部屋から複数の反応を感知。

廊下の壁《かべ》を飾《かざ》る豪華《ごうか》な品物からして、ここが侯爵《こうしやく》の部屋だと判断できる。

「気配が少ないから、皆は表と裏に回ったようね。奥の部屋がヒュアトスの部屋よ」

「そのようだ。部屋の中に複数の気配がある。ヒュアトスがいたら俺が話す。ユイ、ヴィーネ、ロロ、準備はいいな?」

「はい」

「うん」

「──にゃ」

肩の黒猫《ロロ》が跳躍《ちようやく》──赤い絨毯に着地。

足下の黒猫《ロロ》と一緒に扉を開けて部屋に突入《とつにゆう》した。

やや遅《おく》れて、ヴィーネとユイも入った。部屋の奥にヒュアトスと部下がいた。

その部下の一人が、

「闇《やみ》ギルドの手合いは不明ですが、正面も裏も襲撃《しゆうげき》を受けた模様。閣下、念のため、わたしが使役《しえき》する死骸人形たちを利用して地下を通り逃《に》げるべきかと」

「表と裏からの用意周到《よういしゆうとう》な襲撃……相手は同胞《どうほう》の貴族か、群島国家《サザナミ》からの刺客《しかく》か、レフテン王国機密局の【黄昏《たそがれ》の騎士《きし》】たちかも知れません――」

そのタイミングで、ヒュアトスに進言中の部下が俺たちの存在に気付いた。

「アゼカイ、レイク、どうして急に黙る？　ん――」

ヒュアトスは前と変わらず。狐《きつね》目を大きく広げて驚いている。

俺とユイの顔を見ては、頬をピクピクとひきつらせていく。

「よぅ、ヒュアトス。久《ひさ》し振《ぶ》り」

「なんだお前は！」

俺は両手で腰のホルスターから二丁の拳銃を抜くように手首をくいっと動かし〈鎖〉を射出した。

弾丸染《だんがんじ》みた軌道《きどう》を描《えが》く二つの〈鎖〉は机の両脇《りょうわき》に立つ護衛か幹部か分からない奴《やつ》らの頭部を貫通《かんつう》し、そのままヒュアトスの頭部を二つの〈鎖〉で――いや、止めた。

二つの〈鎖〉の先端《ティアドロップ》は、ヒュアトスの額の横にピタリと付く。

俺が差し向けた〈鎖〉の先端は鋭《するど》い刃物《はもの》と同じだ。

ヒュアトスの側頭部は〈鎖〉の先端に触《ふ》れて、二つの血筋がつぅっと側頭部から頬へと流れた。もみあげが血に染まると、震《ふる》えるヒュアトス。

「ひっひぃぃぃぃ……槍、使い……」

ヒュアトスは尻餅《しりもち》をつくように椅子《いす》にぶつかりながら床に崩れた。

切り札があると思ったんだが……気にしすぎたか。やはり、所詮《しょせん》は人族。

この動揺《どうよう》の仕方はエリボルの姿とかぶる。ま、当然か。戦いに生きるダークエルフたちに失礼だが、ダークエルフたちのほうが戦いを理解していた。

「な、なぜ、お前とユイがここに。わたしの配下たちは何をしているのだ……」

ヒュアトスは茫然《ぼうぜん》としながら呟く。そんなヒュアトスに近寄った。

「お前の部下たちは、表門か裏門でがんばっているはずだ。皆、俺の眷属たちと戦って、死んでいると思うが」

ヒュアトスはそこで、ゆっくりと立ち上がる。エリボルとは違《ちが》うようだ。

彼《かれ》は狐目を鋭くさせながら、

「……くっ、忌《い》ま忌ましい……何故《なぜ》、お前がわたしを潰《つぶ》そうとする。どこの勢力に雇われたのだ……ロルジュ派、ラスニュ派が国内で暴れる訳がない……レイクが言ってたように群島国家《サザナミ》の王家に連なる者か？　オセベリアの女狐シャルドネか？　セナアプアの糞《くそ》評議員共か？　宰相《さいしょう》の偽情報《にせじょうほう》に踊《おど》らされたレフテンの犬、機密局、ネレイスカリの救出か？」

シャルドネとも争っているのか。そういえば……。

ユイとの出会いの場でもあった会合で、レフテン王国の姫様《ひめさま》ネレイスカリを、こいつとシャルドネと名前を忘れた宰相が協力して行った誘拐《ゆうかい》について話し合っていた。

興味はないが、聞いてみるか。

「……レフテン王国の機密局ではない。だが、誘拐した姫《ひめ》は生きているのか？」

俺の言葉を聞いたヒュアトスは驚き問いたげな目で、見つめてきた。

「……なぜ、レフテンではないのに興味を持つ」

それはご尤《もっと》も。

「何百年か知らないが、歴史を持つ由緒《ゆいしょ》ある王国の姫様だ。酒場の話の種にもなるし、気になるだろう」

「それは建前。実は姫の関係者か、やはり機密局に雇われた者だろう？　だとしたら遠回りだったな？」

ヒュアトスは口《くち》の端《はし》を歪めて笑う。彼は、何か勘違《かんちが》いをしているが。

「遠回り？　それで生きているのか？」

「今も生きているはずだ。遠回りとは、もうわたしは関知していないという事だよ」

「どういったカラクリだ。説明しろ」

「ネレイスカリの身柄《みがら》はわたしの手の者が一時預かった。が、既《すで》に取り引き通り、ザムデ宰相に引《ひ》き渡《わた》してある」

宰相か。思い出した。使えない部下もその場にいたな。

「へぇ、ザムデ宰相の下に姫様はいるのか。レフテンも混乱の極《きわ》みだな」

「わたしがその状況《じょうきょう》を作り上げたようなものだがな？」

胸を張りながら顎を上げて、少し自慢気な顔だ。

「ザムデは自らの国が滅《ほろ》びてもいいと思っているのか？」

「いや、宰相本人は戦争で懐《ふところ》を潤《うるお》したいだけだろう。姫を利用し敵対中の貴族と機密局を翻弄《ほんろう》しているが内実は……その通り、国が滅びに向かうだけ。藩屏《はんぺい》を忘れた宰相だ。権力、金に囚《とら》われすぎた男を宰相にしてしまったレフテンが悪いのだ」

ヒュアトスは悪びれぬ表情を浮かべて話す。ま、レフテンなんてどうでもいい。

ただ、あの巨大《きょだい》な不屈獅子《ふくつじし》の塔《とう》には興味がある。あの天辺《てっぺん》には、何があるんだろうか。

いつか、挑戦《ちょうせん》しに行くのもありかも知れない。あとはシャルドネの事も聞くか。

「よく分かった。それで、シャルドネとは連絡を取っているのか？」

「いや、この間の会合以来、会ってはないな。競合が多く、争ってはいるが」

シャルドネのライバル的な存在か。んじゃ、もういいかな。

「さて――」

魔《ま》槍杖《そうづえ》を縦に振《ふ》り政務机を横にずらすように、破壊。

「ひぃぃっ」

ヒュアトスは驚き、目を見開く。

「ま、まってくれ、命だけは……この鍵《かぎ》を渡し、中にある宝をすべて進呈《しんてい》しよう……だから、命だけは……」

彼は胸にかけてあった鍵を持ち上げている。鍵は普通《ふつう》ではない。

……金属の鍵の上部分には、白色の複眼が嵌まる。濃密《のうみつ》な魔力《まりょく》の筋模様が鍵の意味がありそうな魔《ま》法陣《ほうじん》効果も生んでいるようだ。

濃密な魔力が内包されていた。他人が触《さわ》れば、呪《のろ》われる奴か？

「鍵だと、それには触りたくない、その鍵を開ける扉か宝箱はどこにあるんだ？」

ヒュアトスは目を光らせる。俺が興味を引かれたと思っているようだ。

「棚《たな》に仕《し》掛《か》けがある……触るのが嫌《いや》なら、わたしが開けよう」

彼はよろよろと本棚《ほんだな》に歩いていく。

「ご主人様、よろしいのですか？」

「あぁ」

十中八九、罠《わな》だと分かるが……こいつは何をするんだろうと展開的に楽しみな俺がいる。

「シュウヤ、あの笑い顔は何か企《たくら》んでいる顔よ」

「おや、ユイ、心外だな……」

ヒュアトスは、表情で、仕掛けを動かしていいのか、判断を聞いてきた。

「いい、やれ」

「そうですか……では」

ヒュアトスはニヤリと笑い、本の一部を動かした。

その瞬間、本棚が左右に開かれ丸い扉が現れる。

丸い扉には幾何学《きかがく》模様の白い魔法陣があちこちに浮かんでは消えていた。

「あきらかに普通の金庫ではないな。中に何が入っている？」

「開けたら分かります。因《ちな》みにわたしの稼《かせ》ぎの殆《ほとん》どが、この部屋の扉と、この中に入っていると言ってもいいでしょう……」

彼は含みを持たせて、また口の端を上げる。あの顔、よほど自信がある顔だ。これがこいつの切り札か。

「いいから、開けろ」

ヒュアトスは深呼吸を行い、鍵穴《かぎあな》に鍵をさし入れ、口を動かしていく。

「カーズドロウ・アブラナム・アスローハ・リズィ・ヌグィ・ハッドー――」

ヒュアトスは詠唱をした。何だ、呪文《じゅもん》？　が、魔力を殆ど消費すると、扉の表面にあった魔法陣が煌《きら》めいて動く。

「なんだ、その言葉は」

「あぁ、これは荒神《こうじん》カーズドロウの扉を解放する呪文ですよ」

荒神だと？　そう言っている間に扉が開いた。

中には強大な魔素を内包した人型生物がいた。

人形生物は黒色の長髪《ちょうはつ》。額は出っ張っている。薄紫《うすむらさき》の肌《はだ》を持ち、目は白い。白目の周りには黒く縁取《ふちど》られた太い角眉《かくまゆ》と繋《つな》がった骨が、左右の後頭部に曲線を描くように伸びている。全体的にのっぺりとした人形のような頭部。

首の襟《えり》部分に白いファーが付いた赤紫《あかむらさき》のマントを羽織る。

全身に黒色の革《かわ》のコスチュームを装着。

武器は長杖《ながづえ》だ。先端と後端に魔力の線が繋がる鉤爪《かぎつめ》を持つ。

その人型生物は長い髪《かみ》を振るってから、赤紫の口を大きく開け、歯を見せつつ、

「ヌオオオォォォォォ――」

咆哮《ほうこう》――空気が震動《しんどう》し突風《とっぷう》を起こし、周りにあった本棚やら椅子が吹き飛ぶ。

その人型生物は、

「久々に吸う違う空気だ……我を閉じ込めた荒神アズラは何処《どこ》だ……」

ヴィーネは銀髪を靡かせながら翡翠《ひすい》の蛇弓《バジュラ》を構え光線の矢をいつでも射出できる構えを取っていた。黒猫《ロロ》も警戒度《けいかいど》を引き上げたのか、大きい黒豹《くろひょう》の姿に変身。回りのゴミを触手で吹き飛ばしてスペースを確保。ユイは二刀を構えいつでも飛び掛かれる態勢だ。そして、ヒュアトスは、やはり、切り札は持っていたか。

「おおおお、荒神カーズドロウ様っ。解放せしめし、わたしが――」

「煩《うるさ》い――」

白目のカーズドロウが長杖を振るうと、杖の先から、魔力の杭《くい》が大量に撃ち出された。

ヒュアトスの全身に魔力の杭が突き刺さる。ヒュアトスの身体は一瞬で潰れ肉片と化した。

……凄い切り札を出した侯爵のヒュアトス……あっけなく死んだ。

赤紫色《あかむらさきいろ》のマントを羽織るカーズドロウと呼ばれた人物は、ヒュアトスの血肉を踏《ふ》み潰しながら丸い扉を潜《くぐ》り出る。

「ゴミが我に口を開くなど……ん――」

扉から出たところで、カーズドロウは俺を見た。

白目に魔力が集中した瞬間、コインのような物が白目の前に浮かぶ。

コインには三つの生きた蜘蛛《くも》の複眼が現れていた。

「弾《はじ》くだと⁉　どういうことだ？　お前はアズラ側の門番、カーズドラ、最強騎士か？」

白目のカーズドロウはコインを消して、たじろぐ。

動揺を示し……後ろに一歩、二歩と下がり閉じ込められていた丸い扉にぶつかっていた。

「……何を言っているのかよくわからないが、アズラの騎士とは何だ？　そもそも、お前はカーズドロウと呼ばれていたが、何でそこに閉じ込められていた？」

「……質問が多いな、我《われ》が聞いていたのだぞっ」

カーズドロウと呼ばれた性別不明な奴は、白目を大きくし、声を荒《あら》らげた。

「うるせぇな、今のヒュアトスを殺したように俺たちとも戦うのか？」

外に魔力を漏《も》らさないように〈魔闘術〉を全身に纏《まと》い、魔槍杖を正眼に構え持つ。

それとも〈鎖《くさり》〉、魔法、〈光条の鎖槍《シャインチエーンランス》〉で奇襲《きしゅう》するか？

「ふふふっははははっ、ふん、我の鑑識《かんしき》を弾く強者と戦う訳がなかろう。聞くところによるとアズラの者でもないようだからな、戦う理由はない」

「だったら俺も戦う理由はないな。それで、お前の質問には、もう答えていたと思うが……俺の質問にも答えてもらおうか。なぜ、閉じ込められ、なぜ、アズラとかいう奴を恐れている」

俺は静かな口調で問う。

「……第二次アブラナム大戦の名は聞いたことがあろう？　我はホウオウ側で、数々の土着荒神の一神としてアズラ側の土着荒神との戦いに敗れたのだ。そして、この金剛樹《こんごうじゅ》の大封《ふう》室に閉じ込められた」

……アブラナム系の荒神としてなら聞いたことがあるが、大戦とかは聞いたことがない。

荒神だから白猫マギットと同じなのか。

「その大戦は聞いたことがない」

「大戦を知らぬだと……いったいどれほどの時が……」

荒神マギトラについて聞いてみるかな。

「……アブラナム系の荒神マギトラなら訊《き》いたことがあるが」

「何、マギトラ殿《どの》を知っているのか。多頭を持つ白狐《びゃっこ》。第一次アブラナム大戦で大活躍《だいかつやく》してから行方《ゆくえ》不明になっていたはずなのだが……まぁ生きておいでなら、我らの味方となり、アズラ側と戦ってくれるであろう――ん、そろそろか」

カーズドロウがそう呟いた瞬間、頭上から咆哮が轟《とどろ》く。その瞬間、血文字が俺の目の前に浮かんだ。〈筆頭従者長《選ばれし眷属》〉のレベッカとエヴァからだ。『頭上に巨大なドラゴンが出現』と、書かれてあった。

「ドラゴンだと？」

「そうだ——」

カーズドロウが見上げながら話した刹那《せつな》——ヒュアトスの屋敷の天井《てんじょう》、そのすべてが消えた。巨大ドラゴンが尻尾《しっぽ》で薙《な》ぎ払《はら》ったらしい。また血文字が浮かぶ。

『大丈夫《だいじょうぶ》？』

『大丈夫だ』

エヴァに血文字を送っておいた。

「去る前に改めて名乗っておこう。わたしは荒神カーズドロウ・ドクトリン。そして、そなたの名前を聞いておきたい」

「俺はシュウヤ・カガリ」

「そうか、我はシュウヤの勢力圏《せいりょくけん》から離脱《りだつ》する。だから、どうかアズラ側に接触《せっしょく》しても味方はしないでくれ、頼《たの》む……」

偉《えら》そうな雰囲気《ふんいき》だったが、一転して、白目のカーズドロウは頭を下げてきた。

「頭を下げられても、約束はできない」

「ならば、ロンバルア……我が意思は通じているな？」

カーズドロウは憂《うれ》いの表情を浮かべながら頭上のドラゴンを見る。

ドラゴンは茶色系の色合い。巨大な四枚羽を持つ。

腹の下には二本の巨大な爪を生やし、一対《いっつい》の恐竜《きょうりゅう》っぽい足も持つ。

背骨から連なる巨大な頭部には、鼻と眉間《みけん》を隠《かく》す骨の防具がある。

額の骨の下にある鋭い白い双眸《そうぼう》が、こちらを睨《にら》んできた。

その巨大なドラゴンは、口を広げた。口内に生えた無数の歯と牙《きば》を見せつけてくる。

口の中から緑の光を発生させた。

「ゴォォォ――」

緑の怪光《かいこう》ブレスでも発するのか？

と、一瞬、身構えたが、茶色のドラゴンは苦しみの声を上げていた……。

「カーズドロウ、一体何をやっているんだ？」

俺の声を聞いたカーズドロウは、一瞬、笑顔を見せる。

「シュウヤに友好の証しとして、ある物を進呈する。さぁロンバルアッ、がんばるのだ」

そう語るカーズドロウは、長杖を翳《かざ》す。

鈎爪の形をした杖の先から緑色の魔力を放出――緑色の魔力は、苦しみの声を発しているドラゴンに向かう。ドラゴンは、その緑の魔力に包まれると、

「ングオォォォ、キュァァァン――」

と、なんとも言えない声と、甲高《かんだか》い声を交互《こうご》に発した。そして、俺たちの真上に着地。

盛大に尻を向けて……うんこをするように菊《きく》門を見せつけてくる。

……まさか友好の証しに竜《りゅう》のうんこをくれるのか？　そんなことをする理由は……。

「ご主人様、巨大な竜のお尻がひくひくと動いています！」

ヴィーネ、いちいち解説しないでいいんだが……。

「シュウヤ、うんちだったらどうするの⁉」

ユイは俺と同じことを考えていたらしい。

その瞬間、お尻とは違う穴から、メリメリッと音を立てながら巨大な卵、緑色の殻《から》に包まれた卵がゆっくりと重力に逆らうように、羽毛《うもう》的な印象で、ふんわりと落下してきた。

巨大な竜の卵は着地。しかし、良かった。うんちではなくて卵か。

「これを俺にくれるのか？」

荒神カーズドロウは、俺の言葉を聞いて鷹揚《おうよう》に頷《うなず》く。

「……そうだ。進呈しよう、ロンバルアの子供。この大陸に住む高・古代竜《ハイ・エンシエントドラゴニア》とは違う、遠き大陸に住む多少は知能ある高・古代竜《ハイ・エンシエントドラゴニア》の一種だ。この種は三回だけ子供を産むことができる。ロンバルアの最後の子供となる。そして、魔力を与《あた》えれば三日ぐらいで、シュウヤの子供として生まれ出るだろう」

まじか、最後のドラゴンの子供を俺に託《たく》すと。

荒神カーズドロウが頼んできた、アズラ側に味方するのは、今のとこは、なしだな。

まったく持って、何がアズラ側か分からないが。

「分かった。ありがたく貰《もら》っておこう」

「これで我が誠意は伝わったであろう。我らホウオウ側へつけとも言わぬ、ただ、アズラ側にはつかないでくれ」

「どちらの味方になるかは分からないが、少なくとも、お前とは敵対しないでおこう」

「……曖昧《あいまい》だがいいだろう。強者たるシュウヤよ、それでは去らばだ――」

カーズドロウはおごそかに頷くと、足に魔力を溜《た》めた瞬間、跳躍して卵を産み落としたドラゴンの頭上に飛び乗っていた。ドラゴンは勢いよく飛び去っていく。

あっという間に雲の中に消えて見えなくなっていた。

俺は目の前のドラゴンの卵に注目。

早速《さっそく》、右手を卵に当て、卵の表面を掌《てのひら》で撫《な》でながら魔力を注ぎ込むと、卵がぴくりと動き反応を示した。更《さら》には、卵の殻の表面に独特の紋様《もんよう》が浮《う》かび刻まれた、刹那、親指の爪《つめ》にチクッと針が刺さるような感覚を得る。なんだ？　と親指を凝視《ぎょうし》。

爪の表面にはネイルアートのような小さい卵と同じ紋様が刻まれていた。

「……これは一種の契約《けいやく》か？」

ユイとヴィーネに親指を見せる。

「特殊《とくしゅ》なドラゴンとの契約印みたいね」

「ご主人様、特別なドラゴンライダーにもなられるのですね」

「にゃおん、にゃにゃ、にゃーん」

黒猫《ロロ》はドラゴンの卵へ肉球を押《お》し付けて遊んでいた。

「そうなったら、嬉しいな……ロロと一緒《いっしょ》にドラゴンも連れて空を飛び回るのも面白そうだ」

そのまま星の成層圏《せいそうけん》を突破《とっぱ》して宇宙の旅、イデ○ンを探しに……は冗談《じょうだん》として、ロロとドラゴンの二体を連れて空を駆《か》けるのは面白そうだ。

「シュウヤ～。全部倒したー」

「閣下」

「ん、シュウヤッ」

「マイロードッ」

表と裏で暴れていた皆だ。レベッカは驚いて、

「その大きい卵は……」

隣《となり》のヘルメはキューティクルを保つ長い睫毛《まつげ》から水飛沫《みずしぶき》を放出させつつ、

「閣下が産んだのですかっ」

と、変なことを聞いてくる。

「そうだ。そのせいで尻が二つに割れてしまったのだ！　ぐうぉぉ」

「な⁉　大変です！　閣下のお尻がぁ」

ヘルメは血相を変えて全身から水飛沫を発生させて近寄ってきた。

「……ヘルメ、冗談だ」

「はぅあっ」

「あはは、すまん。それに、尻はもとから割れているだろう？」

「……はい、そうですね」

ヘルメは肩《かた》を落としてしまうが、即興《そっきょう》コントを見ていた皆は、笑っていた。

「ふふっ、精霊《せいれい》様とシュウヤ、おもしろい」

「ヘルメは尻に強く、尻に弱いからな」

「閣下のお陰《かげ》で、水晶《すいしょう》がトキメイテいます、うふ」

精霊な彼女《かのじょ》は流し目で俺を見ては股間《こかん》を凝視してきた。何が彼女を興奮させたのかよく分からないが、エヴァへと顔を向けて、ヘルメのことは無視しといた。

「ん、この卵は、さっきの空に浮いていた巨大竜《きょだいりゅう》？」

「そうだ。荒神カーズドロウが使役していたドラゴン。この大陸ではない高・古代竜《ハイ・エンシエントドラゴニア》だ
そうだ。それを友好の証《あか》しとして俺に進呈してくれた」
「高・古代竜《ハイ・エンシエントドラゴニア》。さぞや立派な〝お尻《しり》〟から生まれ出たのでしょうね……。そして、さす
がは閣下であります。荒神でさえ畏怖《いふ》させたということですか」
尻《しり》好きなヘルメちゃんはお尻を強調していた。
「お尻は分からないけど、高・古代竜《ハイ・エンシエントドラゴニア》なんて本当に凄《すご》いわよ！　でも、正直いうと、荒
神の名前って、あんまり聞いたことがないのよね」
ヘルメに同意しながらレベッカは話していた。
「ん、昔、神界、魔界《まかい》とはまた違う神様たちと先生から習ったことがある」
エヴァも頷いてから語る。先生とは男爵《だんしやく》家の頃《ころ》か。
「何でも、古き時代に、荒神同士で戦争があって敗れて閉じ込められていたとか、カーズ
ドロウは話していた。そして、俺に、アズラ側にはつかないでくれと説得された。その友
好の証しとしてドラゴンの卵をくれたんだ」
「へぇ、シュウヤはそのアズラ側につかないのね」
レベッカが聞いてくる。
「どうだろう、確約はしなかった」

「そう、でもドラゴンを進呈するってことは、シュウヤの存在を味方に引き入れたいということよ。そして受け取ったのだから、そのアズラ側と争うことになるんじゃない？」

本当にアズラ側が存在するなら、そうなるだろう。が、何百万、何千万、何億年と幾星《いくせい》霜《そう》の遠い過去の話で神性が失われている可能性もあるわけだ。

ま、いたらいたで俺たちにちょっかいを出したら……、

「……そうなったらそうなったで、俺たちが踏みつぶせばいいだろう」

「閣下……痺《しび》れ憧《あこが》れ最強です」

その言葉通りに、常闇《とこやみ》の水精霊ヘルメは、体の表面に黝色《ゆうしょく》と群青色《ぐんじょういろ》の葉を浮き彫《ぼ》りにさせると、浮遊《ふゆう》しつつ震えていた。エヴァは全身に紫《むらさき》の魔力を発して浮かぶと、

「ん、シュウヤについていく」

「ご主人様と永遠に――」

卵の近くにいたヴィーネは片膝《かたひざ》を地面に突《つ》いて頭を下げている。

「にゃおん」

黒猫《ロロ》は浮くエヴァに向けて跳躍。エヴァも応《こた》えて相棒を抱《だ》きしめていた。

黒猫《ロロ》を抱きつつ魔導車椅子《まどうくるまいす》に座《すわ》ったエヴァ。

そんなエヴァの太腿《ふともも》で休もうとしている黒猫《ロロ》さんだ。ユイも、

「アズラやカーズドロウもシュウヤと戦うなら、このアゼロス&ヴァサージで討《う》つ」

ユイは二刀を縦に素早《すばや》く振ってから鞘《さや》に刀を納めると、片膝を床《ゆか》に付けてくる。

「マイロードの敵は、我が敵。ついていきますする」

カルードとユイは恭《うやうや》しい態度を取った。すると、レベッカは、皆が頭を下げつつ口上を述べていることに焦《あせ》りを覚えたのか、

「――わたしもがんばるんだから」

と、アタフタしつつ赤黒い魔杖《まつえ》を掲《かか》げて宣言していた。

レベッカらしい行動で可愛《かわい》い。

『これでいいのよね?』という感じでチラッと俺を見るし、面白《おもしろ》い。

「よし、それじゃ、ペルネーテの自宅に戻《もど》るか」

第百六十章「ユイの過去。シジマ街」

ここはサーマリア王国の東部にある【シジマ街】。

群島諸国《サザナミ》に近いこともあり建物は瓦屋根《かわらやね》の香椎《かしい》造と埋茶《うめちゃ》造などが多い。

雨樋《あまどい》は、竜《りゅう》人と猿人《えんじん》の剣士《けんし》が踊る模様と船と島の模様だ。　軒《のき》には鈴《すず》もぶら下がる。

腕《うで》がいいと評判の床屋《とこや》は長蛇《ちょうだ》の列が並ぶ。　団子が有名な茶屋も大盛況《だいせいきょう》。

その隣の大銭湯も客の入りはいい。　そんな銀杏《いちょう》通りには、　銀杏の名が付くように、　銀杏の印の魔《ま》道具店もある。　そんな大銭湯から出たモガ族がいた。　見た目はペンギンだ。

「ふぅ……いい湯だったな。　って、　ネームス！」

「……わたしは、　ネームス……」

「やべぇ、　軒の飾りを壊《こわ》すな、　って店の主人が来る前に逃げるぞ」

「待て！　大事な門構えを！　【暗行衛士《あんぎょうえじ》】が許しても、わたしゃぁ許さないよ！　モガ！」

「てぇやんでぇ！　壊したのは俺じゃねぇ」

そんな凹凸《でこぼこ》コンビが騒ぎを起こした通りの向かい側は【八角四《はっかくよ》隅《すみ》通り】と呼ばれている。

その【八角四隅通り】ではライカンの多い【セレリナウルの爪】と、多種多様な種族で構成する【焔灯台《ほのおとうだい》】の大手闇ギルドが幅《はば》を利《き》かせている。

盗賊《とうぞく》ギルド【ロゼンの戒《かい》】には、お得意様な両ギルドだ。

そんな闇ギルドの多い界隈《かいわい》を一人の美しい黒髪《くろかみ》女性が歩いていた。

短い黒髪。瞳《ひとみ》は夜空を映しとった黒い瞳。その黒い瞳には鋭さがあった。

すると、黒い瞳に小さな白い光が生まれる。その小さい白い光は、ぽつりぽつりと雪が降るように増え始めるや、あっという間に黒い瞳は白夜《びゃくや》のように白く染まった。

そう彼女の名はユイ。〈ベイカラの瞳〉を発動した瞬間《しゅんかん》だった。

ユイは〈隠身《ハイド》〉を実行しつつ壁伝いに歩くと動きを停《と》める。

そのユイは、

あの包み紙……小刀櫃《こがたなびつ》で間違《まちが》いない。魚人の剣士で得物に紋様もある。

たぶん【セレリナウルの爪】から得た物を届けに【焔灯台】の事務所に戻るところ。

標的は大通りに出た……その前に任務を果たす――。

アゼロスの刃《は》を前に差し向けつつ前進。敵の掌握察《しょうあくさつ》がわたしの動きを察知。

これは仕方ない。相手は手練《てだ》れの一人。でも、

「仮面だと？」

遅《おそ》い——アゼロスの魔刀に魔力を込めて〈七突暗速〉——。

「ぐあ——」

悲鳴を上げさせる前に返す刀で標的の首を薙いだ。

地面に落ちた標的の頭部は放って、血濡《ぬ》れた小刀櫃を回収。身を翻《ひるがえ》す。

——無事に任務は成功した。ネビュロスではなく久しぶりの一人仕事。

どうしてかしら、でも、深くは聞くつもりはない。まずは死神ベイカラに感謝。

早くこのシジマ街から出ないと——。


任務を無事に果たしたユイ。一流の暗殺の腕を持ちながらも不安は隠せない。

そのユイが行った【暗部の右手】の任務の重要性は理解していない。

が、現場の役割は理解しているユイ。仕事を果たすことが重要なのだと、自身に言い聞かせながら同街の挟《はさ》み小屋の路地を通り、【暗部の右手】の事務所に戻った。

部屋の鉄筒《てつつつ》から出た紐《ひも》を引っ張る。屋根に出た煙突《えんとつ》型の魔道具から魔力が出た。

暗殺成功を意味する魔力が含《ふく》まれた狼煙《のろし》だ。

一見は、ただの煙《けむり》だが、同街の【暗部の右手】の連絡係《れんらくがかり》が持つ専用の魔道具に暗殺成功の意味がある魔力波が届く仕掛けだ。ユイは速《すみ》やかに外に出た。

追跡《ついせき》を受けているかどうかの確認《かくにん》を怠《おこた》らない。

そのまま安全を確認して、専用の馬車が待つ通りに向かった。

ユイは無事に専用の馬車を乗《の》り継《つ》いでシジマ街から出る。

そうして、無事にサーマリア王国の王都に帰還《きかん》。【暗部の右手】の本部があるサーマリア王国の侯爵ヒュアトスの屋敷《やしき》には向かわない。寝《ね》たきりの父カルードが待つ家に急ぐ。

「父さん、ただいま！」

「……サキ？」

ユイを見るカルードの双眸は虚《うつ》ろだ。亡《な》き妻の幻影《げんえい》をユイに重ねていた。

あとがき

こんにちは、ついに「槍猫」13巻が発売！　買ってくれた読者様、いつもありがとう！

わたしとしては、表紙のカルードとユイのイラストは特にお気に入り！　フローグマン家の親子としての絆が感じられる、素晴らしいイラストだと思います。前巻の力強いロロディーヌの神秘パワーが得られる表紙と同様に、市丸先生に強く感謝したいです。

そんな13巻のストーリーとしての見所というと……何しろ殆どの部分が書き下ろしですから、すべてが見所と言いたいですが、まずはやはり、ユイとカルードの過去語りでしょうか。

特に、カルードの渾名の由来の場面は短い文ですが、書籍版の完全オリジナル。このカルードを主役にした剣豪物語も、別に書けそうです。頼まれたら本にしたい（笑）

更に、エヴァとレベッカの筆頭従者長化《選ばれし眷属》と、その二人の書籍書き下ろしの濡れ場も気合を入れて書かせていただきました。この二人の大切な場面も、13巻を買ってくださった読者様に捧げます。あと個人的には、エヴァがスクワットをがんばる場面も好きです。

続きまして、近況報告を――まずはゲームの話題から。『サイバーパンク2077』を買ってプレイ中。近未来世界をモチーフとしたゲームです。このSFの世界観がまた抜群で、有名映画『ブレードランナー』を彷彿とさせてくれます。プレイした感想は、バグも多いですが面白い！　加えて隠しエンディングもあるとか、実に楽しみだ。そして、『ジョニー』って名の、キアヌ・リーブスが演じている癖のあるキャラもいい。映画の『マトリックス』や『ジョン・ウィック』を思い出しました。

肝心の中身はオープンワールドゲームをやったことのある方なら、想像通りのものかと。（個人的なこの手のゲームの理想の一つとして、街を行き交う人々のNPCという概念を無くし、まさに一人一人が生きていて、主役にも脇役にもなり得る仕様を望んでいます。ただ、いくら量子コンピューターが発展しても、人と類似した人工知能意識を無数に内在させることは不可能かもですね。VRを超えたリアル世界の構築は、さすがに理想が高すぎますね（笑））

それはさておき、この異世界の中に、ゲーム性を損なわずにプレイヤーを没入させようとする開発陣の気概は素晴らしい。その至高体験こそが、すべてのエンタテインメントに通じる基本と考えています。やはり『ウイッチャー』シリーズを造っただけはある。「CD PROJEKT」様は凄い会社です。日本語版販売元の「スパイク・チュンソフト」様にも感謝を。思えば『ウイッチャー３』でシリが語っていた『頭に金属を入れた人たちの世界で……』と、いったような言葉は、この『サイバーパンク２０７７』世界のことだったのかな。シリが『サイバーパンク２０７７』の世界に出たら面白そう！

……と、それなりに嵌まっていますが、「槍猫」はちゃんと書いていますので、読者様はご安心を。

次は映画の話を。先日、「スタジオライカ」様の『ミッシング・リンク英国紳士と秘密の相棒』を鑑賞しました。『コララインボタンの魔女』と『クボ／二本の弦の秘密』も良かったこともあり、期待通りに楽しめました。この「スタジオライカ」様の作品は一コマ一コマ職人さんたちが造るストップモーションアニメ。その出来映えはというと、どれもが実に素晴らしい作品ばかり。特に前作の『クボ／二本の弦の秘密』が個人的にお勧めです。黒澤明監督の名作『七人の侍』などに影響を受けつつ、日本の折り紙といった文化や「わびさび」といった美意識を活かした世界観がとてもいい！　絶妙の和風ファンタジー具合には、「槍猫」も影響を受けています。他にも面白そうな映画があったら鑑賞したい。読者様に映画好きがいましたら、最新映画のお勧めメッセージを待っています（笑）。

さて、映画の話はこれでお仕舞い。担当様、市丸先生、関係者の方々、今回もお世話になりました。感謝！

そして、読者様にも強い感謝の念を送ります。感想や応援メッセージなどで「本を買ったよ！」などとご報告をいただければ、素直にわたしの執筆の力となります。今年は世界的にもいろいろとありましたが、今後とも初心を忘れず精進して「槍猫」を書いていきたいと思います。それでは、また！

２０２０年12月　健康

未来から来た娘、クーンに戸惑う暇もなく、
ブリュンヒルドに子供たちが次々とやってくる。
フォンとともに。23
2021年2月発売予定！

続々と現れる未来の子供たちに冬夜達が混乱する中、
世界の片隅で新たな騒動の種が芽吹き始め——。
異世界はスマート
冬原パトラ
illustration■兎塚エイジ

Anytime I can!
いつでも自宅に帰れる俺は、異世界で行商人《ぎょうしょうにん》をはじめました
霜月緋色 著
Hiiro shimotsuki
ill. いわさきたかし
①～③巻 好評発売中!
④巻 来春発売予定!

「小説家になろう」
四半期
第1位
異世界転生・転移
ファンタジー部門
（2019年8月19日時点）
コミカライズも
大好評連載中!!
漫画：明地雫
原作：霜月緋色
キャラクター原案：いわさきたかし

収穫祭も終わり、ついに迎えた金の月。
それは、ヴィナ＝ルウに告白して
旅立った商人シュミラルが、
ジェノスに戻ってくることを
意味していて!?
Author
EDA
Illust.
こちも
異世界料理道
VOLUME
24
Cooking with wild game.

今後訪れるであろう雨季への準備や、
新たな氏族への料理指南など、
大きな変革を迎える第24巻!!
2021年春発売予定!

HJ NOVELS
HJN21-13

槍使いと、黒猫。 13

2021年1月23日　初版発行

著者――健康

発行者―松下大介
発行所―株式会社ホビージャパン
〒151-0053
東京都渋谷区代々木2-15-8
電話　03(5304)7604（編集）
03(5304)9112（営業）

印刷所――大日本印刷株式会社
装丁――木村デザイン・ラボ／株式会社エストール

Printed in Japan

ISBN978-4-7986-2395-5　C0076